大魚讀品
BIG FISH BOOKS

让日常阅读成为砍向我们内心冰封大海的斧头。

男孩的生活

This boy's life

[美] 托拜厄斯·沃尔夫
Tobias Wolff —— 著

方嘉慧 —— 译

浙江教育出版社·杭州

编者按

《男孩的生活》一书的作者是美国斯坦福大学人文学科教授托拜厄斯·沃尔夫，因其“黑色而刚劲”的笔力，擅长对社会现实进行精准的剖析，其作品在美国短篇小说领域独树一帜，与雷蒙德·卡佛、理查德·福特等被评论家列为“肮脏现实主义”作家。

本书延续了作者一贯的描写风格，借主人公托比一系列胆大妄为的举动，包括出于维护自尊而发起的反抗、逃亡、伪造支票、盗窃汽车等行为，毫不避讳地向宗教社会体系的裂痕、残酷的社会现实、破碎的婚姻和家庭对子女的影响、挫败感无以复加的青春等发起追问和质疑，同时也有对青少年漂泊与成长之痛的深刻反思。

当然，书中不可避免地触及美国社会背景与社会规范之下诸多特有的情境与场景：宗教、枪支以及青少年阶段的性话题，因此，建议诸位读者朋友在阅读过程中带着审慎与批判的视角。

自序

我尤其要感谢我的妻子凯瑟琳，她多次细读本书。我还要感谢罗斯玛丽·哈钦斯、杰弗里·沃尔夫、加里·菲斯克乔和阿曼达·厄本的帮助和支持。书中有几处错误已经得到修正，主要是时间顺序弄混了。此外，我母亲认为那只被我用“丑陋”来形容的狗其实挺帅的。我保留了这样一些观点，因为这是一本记忆之书，记忆有它自己的魅力所在。而我将尽力遵循记忆来讲述一个真实的故事。

我的第一任继父曾经说过，那些我不懂的东西都能拿来写成一本书了。好吧，现在我写出来了。

献给迈克尔和帕特里克

“人生的首要责任是装模作样。

至于第二责任是什么，迄今无人发现。”

——奥斯卡·王尔德

“惧怕堕落便是在惧怕生活。”

——索尔·阿林斯基

目 录

C o n t e n t s

财富

我和母亲开车越过大陆分水岭[1]后，发动机里的水温再次升高至沸腾。我们停下来等着它冷却，突然听到后方传来气喇叭声。声音越来越大，只见一辆大卡车自拐弯处蹿出，从我们身边疾驰而过，又冲向下一个弯道，后面的拖车像跳希米舞[2]一样疯狂地左摇右晃。我们眼看着它呼啸而去。“噢，托比，”母亲对我说，“那辆车的刹车失灵了。”

气喇叭声渐行渐远，消失在风中，徒留树木在风中叹息。

等我们到那儿的时候，已经有好些人围在卡车坠毁的悬崖

1 北美洲的大陆分水岭（Continental Divide）是一系列将水系流域大致分隔成太平洋出海与大西洋/北冰洋出海的山脊。北起阿拉斯加的威尔士王子角，往南经过育空地区、不列颠哥伦比亚省、蒙大拿州、怀俄明州、科罗拉多州、新墨西哥州以及墨西哥，且实际上一直延伸到南美洲与安第斯山脉相连。

2 跳希米舞（shimmy）时，身体尽量保持不动，但快速抖动肩膀或臀部。此处的跳希米舞用来表达机动车不正常地振动。

边上。这辆车冲出护栏，直直跌落数百米，四脚朝天地躺在了河中的巨石之间。它看起来小得可怜。一股浓浓的黑烟从驾驶室内升起，飘散在风中。母亲询问是否有人去报警了。已经有人去了。我们和其他人站在悬崖边上，没人说话。母亲双手搂住我的肩膀。

在那天剩下的时间里，她一直看着我，抚摩着我，把我的头发往后梳。我觉得是时候怂恿她买些纪念品了。我知道她没有钱买，我也一直控制自己不去索取，但现在看她心里不设防，我又忍不住了。于是，当我们离开大章克申[1]时，我成功拥有了一条印第安串珠腰带、一双镶珠莫卡辛鞋[2]以及一匹青铜马，马身上还挂着可装卸的皮雕马鞍。

那是1955年，为了摆脱那个令母亲害怕的男人，也为了开采铀矿致富，我们从佛罗里达州驱车前往犹他州。我们就要时来运转了。

夏末，我刚刚过完十岁生日，我们就离开了萨拉索塔[3]，一路向西。天空低沉，越变越暗，最终电闪雷鸣，狂风大作，而后又复归平静，空气湿漉漉的。我们途经佐治亚州、阿拉巴马

1 大章克申（Grand Junction）是美国科罗拉多州的一个城市。

2 莫卡辛鞋，是一种由鹿皮或其他软皮制成的鞋，前半部分通常有刺绣或其他装饰物，穿起来柔软而灵便。它是美洲原住民的一种传统鞋，后来移民到这里的欧洲人也开始穿着莫卡辛鞋。

3 萨拉索塔（Sarasota）是美国佛罗里达州的一个县，位于佛罗里达半岛西岸，临墨西哥湾。

州、田纳西州和肯塔基州，时不时在小镇上停下来，等待发动机降温。小镇上的居民走路慢吞吞的，仿佛患有关节炎似的，说话带着很浓的当地口音，并且声音短促。满口蛀牙的懒汉们围着汽车，往这位来自美国北部的漂亮太太和她的儿子手里塞花生，争论着哪一条路才是最近的。当我们驶过时，聚在花坛那里的妇女们会抬起头来，或者在门廊上看着我们；她们有时候面无表情，有时候朝我们点点头，挥扇示意。

每隔几个小时，我们的“纳什漫步者”轿车就会“沸腾”一番。母亲花了本就不多的原本用于投资矿产的钱，但仍没有找到能解决这个问题的修理工。我们只能等着它自己冷却下来，再继续上路，反反复复，周而复始。（母亲由此非常讨厌这台发动机，在我们刚到犹他州后不久，她就把车送给了在自助餐厅碰到的一位妇女。）晚上，我们睡在沼泽般阴暗、潮湿的房间里，车前灯在房间墙面上下扫动，蚊子在耳朵边上嗡嗡作响，外面高速公路上传来绵延不绝的车胎的嘎吱声。但这些对我来说都不是事儿。占据我身心的，是母亲的自由，是她重获自由的欣喜，是她想要改变命运的梦想。

一旦抵达我们梦想中的西部，生活就会发生翻天覆地的变化。当母亲还是小女孩的时候，她住在比弗利山庄[1]。她对美国

1 比弗利山庄（Beverly Hills）位于美国加州洛杉矶西边，被视作财富、名利的代表和象征。

股市大崩盘[1]前的加利福尼亚州有着满满的回忆，这些使我们对未来的生活充满了遐想。她的父亲——她管他叫“老爸”——曾经是一名海军军官，拥有百万股票资产。当时，他们一家子住在带塔楼的大豪宅里。但是后来她老爸输光了自己和所有爱尔兰裔穷亲戚的钱，躲到国外去了。在此之前举行的玫瑰花车游行[2]中，母亲与其他三个女孩被选中站上比弗利山庄的“彩虹尽头”主题彩车，而该彩车在大家的掌声中摘得年度大奖。她曾经见过杰基·库根[3]。她与哈罗德·劳埃德和玛莉安·戴维斯[4]合过影，这两位主演的电影《水手》是在她老爸的船上拍摄的。老爸还在海上的时候，她和她的母亲过着梦幻般的生活，还会一连几天扮演着姐妹的角色。

在我们等待“纳什漫步者”轿车降温的时间里，母亲告诉了我有关“那些汽车”的事情——我本来是可以亲眼看到那些汽车的！她老爸开的是一辆富兰克林牌旅行车。她曾被一个男孩追求，这个男孩拥有自己的克莱斯勒敞篷车，车上装有车载音乐喇叭。当然了，还必须提到她的邻居埃尔南德斯一家，他

1 大崩盘（the Crash）通常指1929年美国纽约证券交易所的崩盘事件，影响到众多投资者。

2 玫瑰花车游行（the Tournament of Roses）是美国加州帕萨迪纳市于每年1月1日举行的大型新年庆祝游行，起源于1890年。每年来自全美乃至世界各地用玫瑰花与各种花朵装饰的大型花车、乐队及游行队伍，吸引了许多观众。

3 杰基·库根（Jakie Coogan），好莱坞演员，无声影片时代的杰出童星，出生于加利福尼亚州。

4 哈罗德·劳埃德（Harold Lloyd）和玛莉安·戴维斯（Marion Davies）均为好莱坞影星。

们在自家仙人掌农场底下发现石油后，就从墨西哥搬了出来。这是个大家庭。当人们以为他们会集体出行时，他们却各开各车，全是皮尔斯-阿罗牌的。

我们本来也可以过上那样的生活。在犹他州，真的有人可以一夜暴富。并不一定非要当上采矿工程师或矿物学家才能赚钱，只需要一个盖革计数器[1]，就能致富。我们正前往铀矿，在那里，母亲将找到一份工作，并擦亮眼睛，处处留神。一旦她摸到门道，便会开始勘探自己的铀矿。

等母亲找到铀矿藏时，她打算好好补偿一下自己。多年来，她一直辛勤工作，先是当一名冷饮售货员，随后又去学着当秘书，有时候几乎身无分文，有时候能勉强糊口。五年前，我们的小家庭破裂了。她与一个暴力男保持了长期的暧昧关系，忍受了无尽的痛苦。她要把这些失去的时间补回来，而我是她的左膀右臂。

目睹卡车坠崖的次日，我们到了犹他州。我们来得太迟了——迟了好几个月。摩押[2]和其他矿产小镇已人满为患。所有的汽车旅馆都住满了人。当地居民已经对外出租卧室、客厅和车库，现在又开放了前院，为拖车式活动房屋提供停放场所，

1 盖革计数器（Geiger counter）是一种专门探测电离辐射（α粒子、β粒子、γ射线和X射线）强度的记数仪器。

2 摩押（Moab）位于美国犹他州格兰德县，距离盐湖城东南374千米。

每周收取租金一百美元，这相当于我母亲一个月的工资——她有工作的话。但是她找不到工作，周围的人们脾气越来越坏。这地区甚至出现了凶杀案。白天街上随处可见喝醉酒的、爱挑衅的女人。盖革计数器卖得很贵。每个人都叫我们继续往前开。

母亲仔细考虑了一下。最终，她从一个穷人手中买下了一个盖革计数器，这种黑灯照到有铀的地方就会发亮。随后我们出发前往盐湖城。母亲认为附近一定有矿石。从来没有人在这里找到过铀，这意味着我们几乎独享这块地盘。为了维持生计，她打算在肯尼科特矿业公司工作。不久之前，她还在佛罗里达州的时候，就给该公司负责人事的员工发了问询信，并收到此人的回复，他劝告她不要来，在盐湖城找不到工作，他自己所在的公司也即将倒闭。他回信的口吻是如此友善！母亲坚信自己会在他那边找到工作。这几乎是板上钉钉的事。

因此我们继续向前，穿过沙漠。我们一边开车一边唱歌，唱爱尔兰民谣、美国民歌、大乐队蓝调。我迷上了《靛蓝色心情》。我生无可恋地反复低吟着“你不是蓝色的，不，不，不”，而母亲则盯着温度表，时刻照看着汽车引擎。我的喉咙变得干涩起来，嗓子都快哑了。反正我就是激动不已。我们的旅途就要结束啦。柏玛刮胡膏的广告和破破烂烂的里程牌都成了过去的风景。里程牌上的数字越来越小，我们靠着超大肺活量，高声喊出上面的数字。

我来犹他州，并不是为了继续当过去的那个男孩。我想改头换面，实现“西部梦想”，梦想里混杂着自由、统治和不露声色的自立。我想做的第一件事就是改掉名字。在我离开佛罗里达州之前，有个新来的女插班生，她也叫托比，这让我们俩都羞得无地自容。

我想管自己叫杰克，和杰克·伦敦同名。我觉得这样会让我变得和他一样强大，一样有才华。我几乎不太可能和名叫杰克的女孩当同班同学。我还很喜欢这名字的发音——杰克，杰克·沃尔夫。但我母亲却不乐意了，她既不喜欢我改名字这个做法，也不喜欢我的这个新名字。我并没有就此罢休。后来她终于同意了，但前提是我得去参加教理问答课。一旦我准备好加入教会，她就允许我拿乔纳森当教名，简称杰克。到秋季开学的时候，我也可以告诉别人我叫杰克。

我父亲听到风声，从康涅狄格州打来电话，坚决不许我换掉他给我取的名字。他说这是一个古老家族的名字。其实这不是真的，它仅仅只是听起来好像如此，正如他在古董店购买的家具只是看上去像是祖传家具而已，他为自己设计的盾徽也只是看上去像是来自某位骁勇男爵的，这位男爵终其一生都在与萨拉森人[1]血战，他沿着泥泞的道路冲锋陷阵，道路两旁都是农

1 萨拉森人（Saracen）是中世纪时对伊斯兰教徒的称呼。

民和自由民。

他对我将要成为天主教徒也不满意。“我们家人，”他对我说，“一直都是新教徒。更确切地说，是圣公会教徒。”但实际上，他们是犹太人家族，而我直到十年后才知道这一真相。父亲极度不满，甚至让我哥哥在电话里教导我。我态度很不友善，杰弗里也并不真的在乎我是否改名，因此这事儿就告一段落了。

看到这惹恼了父亲，母亲感到很高兴，并护着我。她意识到，改名字似乎也不坏。说到底，父亲人在康涅狄格州，而我们可是来到了犹他州。虽然父亲当时很有钱——他与一位女百万富翁结婚了，早在和我母亲离婚前，他俩就同居了——但他什么也没给我们，甚至连那点少得可怜的法定抚养费也没给。我们勉强度日，没有他也照样活下去。现在我要改掉他给我起的名字，这难免会让他意识到点什么。

那年秋天，每个星期我都会去上一次教理问答课，放学之后去。泛黄的落叶在窗外飘落，詹姆斯修女教导我们要过有信仰的生活。她是一个充满激情的女人。她动情的时候，就连那方下巴都在颤抖，她说话的时候，闪亮的无框眼镜背后的双眼变得炯炯有神。她根本坐不住，她总是在我们的书桌之间来回踱步，长袍碰到我们身上，窸窣作响。她既不缩手缩脚，也不羞羞答答。即便是关于性的话题，她也讲得绘声绘色、兴致勃勃。有时候她还会忘记自己身在何处，吹起口哨来。

詹姆斯修女不愿让我们放学后乱跑乱窜。她担心我们会和公立学校的朋友们厮混在一起，可能会变成摩门教徒。为了让我们下午有事可干，她设立了射箭俱乐部、绘画俱乐部和国际象棋俱乐部，并要求每个人都必须加入其中一个。每周两次，不准缺勤。没有人想过违背她的要求。

我加入了射箭俱乐部。女孩子也可以加入这个俱乐部，但没有人选。下雨天，我们在教堂的地下室里练习，晴天则到户外去。詹姆斯修女尽可能地看管我们；如果她没空，就由一位年长的近视眼修女来监督我们，她常常喊道“男孩们，男孩们”，想要以此管住我们。

隔壁邻居养了猫。这些猫习惯在教堂庭院里奔跑，它们花了一段时间才意识到自己已经从捕猎者变成了猎物——这些大印花布猫和橘猫晒着太阳，十分可爱地用尾巴缠绕着身子，脑袋歪来晃去，利箭从它们身边嗖地飞过。我们从未射中任何一只猫，就差那么一点点。最后，猫认清了自己的处境，选择退出这块领地。事已至此，我们便只好拿彼此当靶子。

我们假装寻找掉落在靶场外面的箭，然后慢慢转移到树丛里，在那儿老修女看不见我们。游戏开始了。起初，我们只是匍匐着，设法让箭“锵”的一下射到离追捕对象最近的那棵树上。有一阵子，我们心满意足地认为这是绝佳的射击方式。但这种玩法对某些人来说太束手束脚了，于是其他人只能跟着改变规则，同样地，后来我的朋友们在用水球、石头和BB枪干架时，玩法也越来越刺激。

游戏变得有趣起来了。我们所有人都曾与箭矢擦肩而过，这些经历在不断地被复述之后，就成了传奇。有一次，唐尼的钱包被击中了。还有一次，帕特里克的鞋子被射飞了。有些男孩恢复了理智，退出游戏，但我们剩下的人仍在继续。我们表现得天真无邪，从未认真思考过真正的目标是什么：事实上，就是要击倒某个人。在树林中，我的大脑一片空白。我把箭搭在弓上，拉开弦，专注于前方的动静，即使到了这种时候，我也从未想到自己可能会受伤或者伤及他人。那天下午，我正张弓搭箭，准备等目标一露面就开射，却听到背后窸窣作响。我转过身来。

詹姆斯修女正要说些什么，她的嘴巴是张开的。她先是看着瞄准她的箭头，又看着我。在她面前，我清醒过来了。我意识到自己都在干些什么。我们就这样站了一会儿。我终于放下了弓箭。我把箭从弓上卸下，开始为自己找借口，但她一听到我的声音就闭上了眼睛，挥了挥手，好像在驱赶小飞虫。“练习结束了。”她说。然后她转身走掉了，留我站在那边。

我突然感觉心中有愧，不知怎的有一种深深的负疚感。这种感觉以前就有过，我越发确信除了母亲以外的所有人都看透了我，都讨厌我。按理说我不该有这种感觉的。我以为自己已经把这种感觉留在了佛罗里达州，一同留下的还有我对于打架的恐惧和面对女孩的羞涩，但没想到它一直阴魂不散。

詹姆斯修女与此无关。这次的弓箭事件对她来说可能没什么大不了的。在她看来，我只不过是一个普普通通的男孩，在做一些男孩爱做的蠢事。但我开始感觉她看透了我，我想她现在肯定花了好些时间在想我是多么坏的男孩。

在她身边我会感到心虚。我开始逃课，不去射箭，甚至还旷掉了几次教理问答课。母亲没办法第一时间察觉到这些变化。当时我们还没有买电话，她也从未去过教堂。她觉得这样对我比较好，但其实真正的原因在于这样对她比较好，尤其是她离婚后又和罗伊纠缠不清，她离开佛罗里达原本可是为了摆脱这个男人的。

一有机会，我就和学校里的男孩混在一起。但他们家里都信摩门教。除了去学习摩门教义，他们还有很多空闲时间，但他们的父母不愿让他们跑远。大部分下午，我都无所事事而且神思恍惚，四处晃荡。我走到市区，盯着商品看。我想象自己被街上的各色路人领养。有时候，看到远处一个身着西装，但面容不清的男人朝我这个方向走来，我就会做好准备，打算与“父亲”相认。然后我们会擦肩而过，几分钟后我会选择另一个人来玩这个游戏。只要有人愿意和我交谈，我就会和他聊起来。我想上厕所时，就去敲离得最近的房门，请求使用卫生间。从来没有人拒绝过我。我坐在别人家的院子里，和他们的小狗一起玩。小狗们都认识了我——它们等着我年底再来玩。

我还给亚利桑那州凤凰城的笔友写长长的信，她叫爱丽丝。自学期伊始，我们班就一直和她们班相互交换信件。按规定我们每月通一次信，但我每周至少给她写一封信，每次都要写上十页、十二页乃至十五页。在信里，我声称自己养了一匹叫“斯迈利”的帕洛米诺马，每次在父亲的“雷兹必”牧场上遭遇美洲狮、响尾蛇和成群的丛林狼时，斯迈利都陪伴着我。如果我没在牧场上忙活，我要么就去喂养德国牧羊犬，要么就为几支田径队效劳。尽管爱丽丝的回信写得很简短，也不定时回复，但我相信她一定很崇拜我，我想象自己有一天站在她家门口，接受她的膜拜。

这就是我放学后消磨时光的方式。我偶尔会感到孤独，但这种感觉并不常有。然后我就会回家去找罗伊。

我们刚到盐湖城没几周，一直尾随我们的罗伊也露面了。他在小镇另一头租了个房间，但大部分时候都待在我们的公寓里，他明确表示，只要我母亲循规蹈矩，他就不会有任何怨言。

罗伊没有工作。他继承了一小笔遗产，又申请了弗吉尼亚州的伤残福利金。他声称如果自己出去工作，就会失去这份补贴。在他没去打猎、没去钓鱼、没去盯梢我母亲的时候，他就会坐在餐桌旁，叼着根雪茄，透过面前弥漫的烟雾，眯着眼阅读《射手圣经》。他见到我时，总是显得很高兴。走运的话，他会在吉普里放上几支步枪，带着我开车去沙漠，对着罐子射击，去寻找铀矿石。受我母亲的影响，他也染上“铀瘾”了。

在这些短途旅行中，罗伊寡言少语。每隔一会儿，他就瞅着我笑，随后又把视线移开。他似乎总是陷入沉思，透过太阳镜望着马路，风拨弄着他那完美的波浪鬈发。罗伊很帅，是受男孩子欢迎的那种传统型帅哥。他有个文身。他上过战场，但却对此缄默不语，透着英雄气概。他举止优雅。必要的时候，他还会修理吉普，不过他更喜欢穿过半个犹他州去找一个技工来修，技工的信息是他从酒吧某个大嘴巴那里听来的。他是个专业的猎人，总是能逮到猎物。他教我和我母亲射击，他教得太好了，母亲后来甚至打得比他还准——是一个真正的神枪手。

母亲没有告诉我她和罗伊之间发生了什么事情，也没有告诉我罗伊为什么威胁她，为什么动不动就施暴。在我面前，她还像从前那样，足智多谋，笑点很低。只是偶尔会有一些夜晚，她坐着哭个不停。我会过去安慰她，却从来都不知道她为何而哭。天亮后，我就把这些事儿抛在脑后。如果说还有其他异常情况，那只能是我没注意到。多年来，罗伊的怪异举止以及我们仨怪异的同居生活，对我来说早已变得稀松平常。

我曾把罗伊当作男人的典范。母亲肯定也有过这种想法，但那只是曾经。我觉得我应当喜欢他，也假装自己喜欢他，甚至渴求他的陪伴。他只对我发过一次火。我曾发现，母亲用的烹调油在黑光照耀下会闪着磷光，看上去像铀，于是有一天，我就把烹调油洒在我们带回家的一些岩石上。罗伊看着它们，激动得要发狂。我不得不告诉他为何我笑得这么厉害，他便不高兴了。他恶狠狠地看着我。他站了好一会儿，一直用这种表情盯着我，最后说道："这一点都不好笑。"那天晚上，他再也没有跟我说过话。

从沙漠回来的路上，罗伊会把车停在保险公司附近，那是母亲工作的地方，在得知肯尼科特矿业公司确实倒闭了之后，她便在这家保险公司当起了秘书。他在外面等着她下班。然后他会跟着她回家，在道路上闲逛，时不时把吉普开进私家车道，让母亲走在前面，与她保持一定距离，然后再驶出车道，尾随母亲，确保能看到她的身影。母亲但凡往身后看上一眼，就会立刻发现这辆熟悉的吉普。但她从没有往后望过。她像军人一样大踏步前进，肩膀挺直，头高高昂起，从不回头看。罗伊这样做，好像在和我们玩游戏。我知道这不是游戏，但我也不知道这到底是怎么回事，所以我答应他会守口如瓶。

一个下午，我们把她跟丢了。大楼要关门的时候，人流涌出，但母亲不在其中。罗伊等了一会儿，仔细瞧着上面黑暗的窗户，看着门卫锁门。然后他变得惊慌失措。他立马给吉普挂挡，绕着街区飙车。他再次停在这幢建筑物前面，关掉引擎，开始喃喃自语。“是的，”他说，“好吧，好吧。”说完再次启动引擎。他又绕街区开了一圈，然后冲过附近的街道，交替踩着刹车和油门，他脸上满是泪水，像祈求者一样翕动着嘴唇。这一幕在萨拉索塔曾经发生过，我晓得这种时候最好保持沉默。我只是紧紧抓住乘客把手，努力表现得镇定自若。

他终于停下来了。我们就这样静坐了几分钟。当他看起来好些时，我问他是否可以回家了。他点了点头，看都不看我，从衬衫口袋里掏出一条手帕，擤了擤鼻涕，又把手帕收了起来。

我们进屋时，母亲正一边做饭，一边听着歌。窗户上蒙着一层水蒸气。罗伊看着我走到炉边，靠在她身上。他一直看着我，直到我回看他。然后他眨了眨眼。我知道他想让我也眨眨眼，我也知道，如果我眨眼，就是表明我跟他在同一条战线。

母亲搅拌酱汁的时候，用一只手搂着我的肩膀。她旁边的柜台上放着一杯啤酒。

“箭射得怎么样？”她问道。

“挺好的，”我说，“蛮好的。”

罗伊说：“我们出去之后打掉了几个瓶子，然后我们就去打野猫了。”

“打野猫。”母亲冷冷地重复道。她讨厌这个词。

罗伊靠在冰箱上。“今天很忙？”

“的确很忙，特别忙。”

“忙到一分钟都停不下来，是吧？”

“忙得跳脚。”她说。她啜了一口啤酒，舔了舔嘴唇。

“出门的感觉很好吧。”

“是的，真不错。”

“棒极了，”罗伊说，“步行回来的路上还顺利吗？”

她点点头。

罗伊对我笑了笑，我屈服了，我也冲他笑了一下。

“我不知道你这是要骗谁，”罗伊对她说，“就连你的孩子都知道你干了些什么。”他转身走回客厅。母亲闭上眼又睁开，继续搅拌着酱汁。

很多次，我们吃晚餐的时候谁都不说话，那天晚上便是如此。吃完饭，母亲拿出了她的打字机。为了得到这份当秘书的工作，她撒谎说自己打字很快，以至于老板给她安排了过多的工作。这意味着她必须在晚上加班，把白天在办公室没完成的报告打完。在她打字的时候，罗伊一边擦着步枪，一边生气地看着她，而我在给爱丽丝写信。我把信塞到信封里，托母亲帮我邮寄。然后我就上床睡觉了。

那天深夜，我醒了，听到罗伊在以他独有的方式低声发牢骚，不同的词语连成一串模糊的长音，透过墙壁传到我这边。他的抱怨似乎没完没了。然后我听到母亲说：“购物！我当时去购物了！难道我不能去购物吗？”罗伊继续嘟嘟囔囔。我躺在床上，抱着毛绒玩具熊，其实我已经过了抱玩具熊的年纪了，也向母亲保证过等到正式改名字时，我就把这只小熊丢掉。月光洒满了我的房间，房间位于公寓的末端，没有暖气。在这样月色明亮清冷的夜晚，我呼出来的气都变成了白雾，直到再次入睡。

复活节期间，我与教理问答课上的其他几个人一起受洗。在领圣餐之前，我们应当进行忏悔，那一周，詹姆斯修女为我们每个人都定了时间，让我们来到神父寓所，由她陪同我们去忏悔室。她会在外面等着我们，直到我们忏悔完毕，再引导我们补赎。

我想了想自己要忏悔什么，但我无法将自己的过错一一拆解开来。要挑出一个特定的罪恶来告解，就好像在沼泽里钓鱼，总感觉有什么东西在往下拽着你，你一开始以为很有希望，然后慢慢地感受到了阻力，最终变得绝望，因为你意识到鱼竿已经碰到河底了。另一端是整个星球，根本不可能拉得起来。我一点想法都没有。我不知道该怎么办，但最终我还是硬撑着准时到了神父寓所。如果不去，我之前的逃课经历也会一并引起注意，詹姆斯修女可能会因此去拜访我母亲。我可不能让她们俩碰面交换意见。

进入神父寓所的时候，我和詹姆斯修女相遇了。她问我是否准备好了，我说是的。

“不会把你怎么样的，”她说，“反正死不了。”

我们走到教堂，沿着侧廊走到忏悔室。詹姆斯修女为我打开了门。“进去吧，”她说，“好好忏悔。”

按照我们所学的那样，我双膝跪下，面朝屏风，说道：“保佑我吧神父，因为我犯了罪。”

我听到有人在另一侧发出沉重的呼吸声。过了一会儿，他问道：“嗯？”

我双手合十，闭上眼睛，等着他说些什么。

“你似乎碰到什么麻烦事了。”他的声音深沉而沙哑。

“是的，先生。”

“叫我神父。我是一位牧师，不是绅士。听着，不管你在这里说了什么，都不会被泄露的，这点你应该清楚吧。”

“是的，神父。”

“我想你已经好好想过了吧。对吗？”

我说：“对的。”

“嗯，你刚才就是太紧张了。我们等会儿再来一次，怎么样？可以吗？”

“悉听尊便，神父。”

“那我们就这么做。在门外稍等片刻吧。”

我站起来，离开忏悔室。詹姆斯修女本来倚靠着墙，现在朝我走来。“现在感觉还行吧，是不是？”她问。

“他让我在门外等一等。”我跟她说。

她看着我。我能看出她很好奇，但她什么也没有问。

牧师很快也走出来了。他年纪很大，个子很高，走起路来有点一瘸一拐。他站得离我很近，我抬头看他时，都能瞧见他那白色的鼻毛。他身上烟味很重。“我们刚准备开始的时候遇到了一些麻烦。”他说。

“怎么了，神父？”

“没别的，就是他有点紧张，”牧师说，“他需要放松一下。给他来杯牛奶吧，或许有帮助。”

她点点头。

“我们稍后再试一次，怎么样？二十分钟后见？”

“我们会准时到的，神父。”

詹姆斯修女和我走进寓所厨房。我坐在钢制裁剪桌旁，她给我倒了一杯牛奶。“要不要来一些饼干？”她问。

“没事的，修女。”

“你需要吃点饼干。”她把一包奥利奥放到盘子上，递给我。然后她也坐下了。她双臂交叉，手藏在袖子里，看着我吃饼干、喝牛奶。她终于问道：“到底发生了什么？舌头打结了？”

“是的，修女。”

“没什么好怕的。”

“我知道。”

“也许是你往坏的一面去想了。”她说。

我盯着自己放在桌面上的双手。

“我忘了给你餐巾纸了，”她说，“把手舔干净吧。别害羞。”

她就这么等着，等到我抬起头。我这才发现她比我原先以为的还要年轻。并不是说我之前就很关注她的年龄。我只会注意到那些拄着拐杖或者长着胡须的老修女，她们似乎脱离了时间，没有过去，也没有未来。但是现在——我和詹姆斯修女之间只隔着张反光桌子，距离很近——我开始以全新的眼光来看待她。我看得出来这位与我母亲年纪相仿的女人焦急地想要帮助我，却不知道我需要什么。她的善意大大地冲击了我。我眼眶灼热，喉咙也堵住了。如果我知道该怎么做，我一定会向她“投降”的。

“可能没有你想的那么糟糕，”詹姆斯修女说，“不管发生了什么，总会有那么一天，等你回望过去时，你会发现那些过错再寻常不过了。但你必须忏悔。如果闷在心里，只会觉得越来越糟。”她补充说，“我不是让你跟我坦白，知道吧。那与我无关。我只是想告诉你，我也是过来人。”

詹姆斯修女往桌前倾了倾身。“我像你这么大的时候，”她说，“也许年龄比你还要再大一些。我父亲晚上洗澡的时候，我就去翻他的钱包。我不偷钞票，只会拿上几枚硬币，有时候只拿一毛钱。他根本不会注意到。其实我向父亲要钱的话，他肯定会给我，但我更喜欢偷。从父亲那里偷钱让我感觉很糟糕，但我还是照做不误。”

她低头望着桌面。“我还会在背后中伤别人。每当我和某个朋友在一起时，我就会说别人的坏话。然后一转身，我又会说起刚刚那位朋友的坏话。我也知道自己在干些什么。我讨厌这样的自己，真的讨厌，但我没有改过自新。我曾经希望我的母亲和兄弟们死于车祸，这样就只剩我和父亲相依为命了，大家都会可怜我。”

詹姆斯修女摇了摇头。“过去我总有这些可怕的想法。你懂我的意思吗？”

我点点头，我的表情告诉她，我恍然大悟了。

“很好！”她说。她拍了下桌子：“准备好再试一次了吗？”

我说我准备好了。

詹姆斯修女带我回到了忏悔室。我跪下来，再次开口：“保佑我，神父，因为——”

“好的，”他说，“这些刚才都说过了。直入主题吧。”

“好的，神父。”

我又闭上了眼睛，双手合十。

“来吧来吧。”他声音突然变得很尖。

“好的，神父。”我靠近屏风，小声地说，“神父，我会偷东西。”

他沉默了片刻，然后问道：“你都偷些什么？”

“神父，我偷钱。我母亲在洗澡的时候，我从她钱包里偷钱。”

“你这样偷有多久了？”

我没有回答。

“嗯？”他说，“一周？一年？两年？”

我选择了中间数：“一年。”

“一年，”他重复道，“这是不对的。你不能再这么做了。你想金盆洗手吗？”

“是的，神父。”

“认真一点。”

“我是认真的，神父。”

“好的。很好。你还有别的要忏悔的吗？”

“我会在背后中伤别人。”

“在背后中伤别人？”

“朋友不在我旁边时，我会说他们的坏话。”

“那也是不对的。”他说。

“的确不对，神父。”

“那当然是不对的。如果你总这样做，肯定会被朋友抛弃的。听我一句劝，如果失去朋友，生活将失去意义。”

“好的，神父。”

“你真的打算改过自新吗？”

“是的，神父。”

“很好。请说到做到，我可不是在跟你开玩笑。还有别的要忏悔的吗？”

“我有很糟糕的想法，神父。”

“好的。这样吧，”他说，“不如我们下次再聊？你今天忏悔得够多了。”

牧师为我补赎，并宽恕了我。我离开忏悔室，听到他把自己那扇门打开又关上。詹姆斯修女又朝我走来，陪我一起等着牧师。他重重地喘着气，用一只手扶着柱子才站稳了。他把另一只手搭在我肩膀上。“很好，”他说，“的确很好。”他捏了一下我的肩膀：“这是个好男孩，詹姆斯修女。”

她微笑着：“我知道他是个好男孩。神父。我知道。”

后来，罗伊送给我一把口径为0.22英寸的温彻斯特步枪，就是用这把枪我学会了射击。这款泵动式步枪十分轻巧，平衡性极佳，核桃木弹匣油黑发亮。罗伊还是个小男孩的时候就带着这把枪了，它现在看上去还跟新的似的。甚至比新买的还要好。经过长时间地使用后，这把枪的按压效果如丝般顺滑，如此优质的木料现在也几乎绝迹了。

这份礼物并非从天而降。罗伊是个小气鬼，也不善解人意，但他逃不出我的手掌心。我决心得到那支步枪。要想独立自主，要想真正融入西部，要想找到合适的工作——比如捕猎、骑马看管牧群、当兵、执法——首先得有武器。我需要那支步枪，不仅仅因为喜欢那支枪本身，还因为它让我变得完整了。

母亲说我不能接受这份礼物，绝对不行。罗伊把步枪拿了回去，但向我保证他会说服她的。他无法想象有人竟会拒绝他送的东西，他认为这是在故意和他作对，是虚伪的表现。平日里他总是寡言少语，但遇到这种情况，他就开始不依不饶地抱怨起来了。他会跟着母亲穿梭于各个房间，不停地发着牢骚，音调刚好能让她神经紧张，最终竟到了这样一种地步——只要他能停止抱怨，她什么都愿意做。

几天后，母亲就让步了。她让我保证，除非有她和罗伊在，否则我不能私自拿取或触碰这把枪，只有这样，我才能拥有这支步枪。好的，我说。当然了，合情合理。但即便如此，她还是不满意。她显然不乐意让我持有步枪。罗伊说，他像我这么大的时候，已经有好几支步枪了，但母亲还是不放心。她信不过我。罗伊说现在是时候来考验我了。

接下来的一周左右，我都恪守诺言。但现在天气变暖了，罗伊常常出门。到后来，放学后就只有我一个人待在公寓里，百无聊赖，我便决定把步枪拿出来擦一擦，这没什么大不了的。就只是擦一擦，不干别的。只是将这把枪拆开、上油，用亚麻籽油擦拭枪匣，给八角形的枪管抛抛光，再将其置于光下以确认枪膛是否完美无瑕，这样就足够了。但我还是没忍住。擦完步枪，我又开始举着它在公寓里迈起正步，在镜子前摆出英勇的姿势。罗伊还留着一件旧军装，有时候我会穿上这件衣服，再搭配些狩猎装备——皮毛军帽、迷彩大衣和几乎齐膝高的靴子——看上去就和士兵一样。

穿上迷彩服的时候，我感觉自己像个狙击手，很快我也开始表现得像个狙击手。我在前窗旁的沙发上造了个秘密窝点。拉上窗帘，公寓就变暗了，我守在自己的据点。我用枪管把窗帘拨开，视线紧紧跟着路上的行人或车辆。一开始，我模仿射击的声音——锵！锵!然后我开始扳上扳机，准备射击。

罗伊把弹药都藏在橱柜内的一个金属盒里。我对公寓中所有物品的藏匿点都了如指掌，这个也不例外。盒子里有大口径子弹，也有放在底部的0.22英寸的小子弹，就像夜晚时分男人随意丢在抽屉里的几美分硬币。我拿了一些，藏在只有我知道的地方。有了这些子弹，我就可以装填步枪了。我扳上扳机，在房间里转了一圈，手指轻轻地搭在扳机上，瞄准任何走过的人……当他们经过窗下时，我有时都不得不咬紧嘴唇，忍住不笑，令我欣喜若狂的是这些人的生死都掌握在我手中，但他们却荒谬而无知地以为自己很安全。

但渐渐地，这种无知不再令我发笑，反而激怒了我。这是一股奇怪的戾气。多年后，我与战友又感受到了这股戾气，当时我们正使唤着手无寸铁的越南平民，而他们竟敢顶嘴。只有获得认可、让人害怕，才能感受到强权所带来的快感。无权者的无畏精神，能让当权者气得发狂。

一天下午，我扣动了扳机。我必须射击。我在街上找来找去。街道空荡荡的，只有两只松鼠在电话线上你追我赶。我紧紧盯着其中一只。等它一停下，我就开枪了。那只松鼠直直地掉到了马路上。我缩到窗帘后边，注意外面的动静，我觉得肯定有人听到枪声或者看到松鼠掉下来了。但在我听来惊天动地的声音，对邻居来说，可能不过是关上橱柜时发出的砰的一声。过了一会儿，我偷偷往街上瞥了一眼。松鼠一动不动，看上去像某人遗落的围巾。

等到母亲下班回家，我跟她说，街上有一只死松鼠。她和我一样，都很喜欢动物。她取下装面包的袋子，和我一起走到街上，看着那只松鼠。“可怜的小东西。”她说。她把手套上袋子，然后拿起松鼠，再将袋子朝外翻，把松鼠裹住。我们把它埋在公寓后面，用冰棒棍搭了个十字架，我全程号啕大哭。

那天夜晚，我躺在床上又开始放声哭泣。最后我起床跪倒在地，学着人家做祷告。然后模仿别人得到上帝的安慰和启示。我不再哭了。我对自己微笑，心里勉勉强强涌起一股暖流。然后我爬回床上，满脸幸福地望着天花板，慢慢就睡着了。

接下来的几天，每当我知道回家后只有自己一人时，我就会避免回去独自待在公寓。我又开始在城市里闲逛，或者和我的摩门教朋友们混在一起。其中有个男孩在开学第一天就引人注目，当老师念到“布恩”这个名字的时候，他大声喊道：“嘿！——与丹尼尔·布恩[1]有什么亲戚关系吗？”很快就念到他自己的名字了，原来他叫克洛科特[2]。顿时引发哄堂大笑，这令他很困惑。他没有生气，只是感到迷惑不解。他父亲幽默风趣，挺喜欢小孩的，过去常常带我们一群人去游泳，还带我们去听摩门大教堂合唱团[3]的青年音乐会。克洛科特先生后来成了犹他州最高法院的大法官，也正是他批准通过了加里·吉尔摩[4]的死刑请求。

虽然我刻意不待在公寓，但我觉得自己迟早会把步枪再拿出来。我想象中的自己总是全副武装的。因为我不了解自己，所以总是沉迷于各种自我想象，无论这些形象有多怪诞，都会让我欲罢不能。我现在才看清这一点。但现在的我无法给当时的自己提供任何帮助，不管是在这件事上，还是在后来发生的

1 丹尼尔·布恩（Daniel Boone, 1734—1820），肯塔基州著名的拓荒先驱。

2 大卫·克洛科特（David Crockett, 1786—1836），美国开发西部时代的传奇人物，曾当选代表田纳西州西部的众议员，因参与得克萨斯独立运动而战死。

3 摩门大教堂合唱团（tabernacle choir）创立于1847年，在博览会、美国总统就职典礼、著名音乐厅等多处演出，被称为“美国合唱团”。

4 加里·吉尔摩（Gary Gilmore）是犹他州一名罪行累累的杀人犯，他拒绝终身囚禁，公开要求执行枪决，是美国恢复死刑后处死的第一人。这桩发生在1977年的案子引起了广泛关注，作家诺曼·梅勒据此创作了小说《刽子手之歌》。

其他事情上。当时的自己是触不可及的。

有天下午，我陪一位朋友走回他家。他进门后，我在台阶上坐了一会儿，然后就站起来开始往家走，脚步飞快。公寓里没人。我把步枪拿出来擦了擦，又把它放回去。吃了个三明治，然后再次拿出步枪。我没有往里面装子弹，但我关掉了灯，拉下窗帘，又回到了沙发上的据点。

接下来几天，我都在外面晃荡。然后又回到公寓里。我瞄准路过的人，就这样持续了一个小时左右。我又开始挑逗自己，没给步枪装子弹，但却扳上了扳机，慢慢耗尽自己的耐心，就像等待一颗松动的牙齿自然脱落。我眼看着一辆车开远，又看到另一辆车从山脚下拐出来。我瞄准这辆车，把步枪放低。我不记得自己以前是否见过这类特殊的汽车，但根据车型和颜色来看——车很大，是素净的蓝色——这里面坐着的应该是政府工作人员或者修女。你可以通过车窗上映出的头饰和开车的方式来做出判断，修女通常会开得很慢，紧张兮兮的。满载修女的车会散发出一种紧张的气息，隔着很远就能感觉到。

汽车慢慢爬上了山坡。靠近我们这幢公寓时，车移动得越来越慢，最后停住了。副驾驶侧的车门打开了，走出来的竟是詹姆斯修女。我把头缩了回来。等我再次向外看时，发现汽车还在那儿，詹姆斯修女却不见了。我知道公寓的门是锁着的——我把步枪拿出来的时候，总会把门锁上——但我还是走到门边，再次确认了一下。我听到她走上台阶的声音。她在吹口哨。她在门外停下，敲了敲门。听上去像在发出命令似的。她一边等着，一边继续吹着口哨。她又敲了敲门。

我待在原地，一动不动，不敢出声，手里握着步枪，害怕詹姆斯修女会以某种方式通过这扇门，把我抓个现形。她会怎么想呢？她会怎么看待步枪、皮帽、制服和这个暗乎乎的房间呢？她会怎么看我呢？我担心她会对我不满，但我更担心的是，她可能根本没法理解这一切，甚至可能把这当成笑话来看。我自己也搞不明白。如此靠近这样强健的一个形象，让我意识到自己的贫乏，意识到服装和道具的荒唐可笑。我不想让她进门。但与此同时，我又希望她能进门，真是矛盾。

片刻之后，一个信封从门下滑了进来，接着我听见詹姆斯修女从台阶上走了下去。我走到窗前，看着她弯下腰坐进汽车，一只手提起长袍，另一只手扶着座椅。她拾掇好、坐稳，再关上门，汽车缓缓地驶上了山坡。后来我再也没见过她。

这封信是给沃尔夫太太（我母亲）的。我把信封撕开，看便条上写了什么。原来詹姆斯修女要我母亲给她打电话。我在水槽里把信封和便条烧掉了，又把灰烬冲进了下水道。

罗伊正在餐桌上绑制飞蝇饵。我一边喝百事可乐，一边看着他。他弯腰凑近，专心致志地念叨着什么。他未加思索便问道：“你想要有个小弟弟吗？”

“小弟弟？”

他点了点头：“我和你母亲一直在考虑组建一个家庭。”

我一点都不喜欢这个主意，说真的，听到这话我都僵住了。

他抬起头，不再看着老虎钳。“其实仔细想想，我们早就像一家人了。”他说。

我说：“我想是的。”

“我们过得很开心。”他再次低头望着老虎钳，“很开心。我们正在考虑，”他说，“这房子里再添个小家伙多好呀。你可以教他学东西，可以教他射击。”

我点点头。

“我们也是这么想的，”他说，“不过，我还没想好给他取什么名字。你觉得叫比尔怎么样？”

我说：“我喜欢这个名字。”

“比尔，”罗伊说道，“比尔。比尔。”他又不说话了，盯着台钳上的飞蝇，双手放在桌子上。我喝完百事可乐，就走出了厨房。

翌日，我和母亲一起吃早餐时，罗伊把渔具和露营装备搬到了吉普上。当我准备去上学时，他正在车后捆着什么东西。我朝他大喊：“祝你好运！”他向我挥了挥手，没想到这也是我见他的最后一面。等我放学回到家，发现手提箱摊开放在床上，母亲正在叠衣服，并把它们塞进箱子。另外两个手提箱已经装满了。她在自哼自唱。她脸色泛红，动作轻快而笃定，全身上下散发出欢乐的气息。一听到她的声音，我就知道我们又要出远门了，我甚至都不需要通过手提箱来判断。

她问我怎么没去射箭，丝毫没有起疑心。

“老师取消课程了。”我告诉她。

“太好了，”她说，“我本来还打算去找你的。你去看看房间里有没有落下什么东西。”

“我们要去别的地方？”

“是的。”她抻了抻一条裙子，“我们当然要去别的地方了。”

“要去哪里？”

她笑了笑：“我不知道。有什么建议吗？”

“凤凰城。”我立即说道。

她没有问为什么。她把裙子放入挂衣袋里，然后说：“真是太巧了，我也想着去凤凰城。我还拿了份凤凰城的报纸，那里有很多工作机会。西雅图也是。你觉得去西雅图怎么样？”

我坐在床上，仿佛感受到了坐飞机的眩晕感。我双腿发颤，感觉自己咧嘴笑了起来，一切都在加速。我问道：“那罗伊怎么办？”

她继续整理行李。“什么叫‘他怎么办’？”

“我不知道。他也要一起走吗？”

“不到万不得已，我是不会告诉他的，他不会一起去的。”她说希望我可以接受这一现实。

我没回答。我怕说了不该说的话，万一他们又和好了，她会耿耿于怀。其实我很高兴能再次上路，也很高兴我们俩又相依为命了。

“我知道你们俩很亲密。”她说。

“没那么亲密。”

她说现在没有时间跟我解释事情的来龙去脉，等以后有空再说。她努力装得一本正经，但其实都快笑出来了，我也跟她一样。

“最好检查下你的房间。”母亲又对我说。

“我们什么时候出发呢？”

“马上，越快越好。”

母亲打包好行李，我也喝完了一碗汤。她提着手提箱走进前厅，到拐角处去叫出租车。这时候我记起来步枪还没拿。我跑到橱柜那边，看到了罗伊的东西，他的靴子、夹克和弹药盒都还在那边。我拿着步枪走回客厅，等母亲回来。

“不准带走这个。”她看到步枪，冲我说道。

“这是我的枪。”我说。

“别闹，”她对我说，“我受够这些东西了，我讨厌它们。给我放回去。”

“这是我的枪，”我重复道，“是他给我的。”

“不行，我讨厌枪支。”

“妈妈，这是我的枪。”

她望向窗外：“不行，装不下了。”

她犯了个错误。既然她将问题具体化了，就再也无法拿原则来反驳我。“看，”我说，“装得下的。瞧，我可以把枪拆开。”她还没来得及阻止，我就拧开了固定螺栓，把步枪拆成两半。我把一个手提箱拖回到客厅，拉开拉链，将两半儿步枪塞在衣服中间。“看到了吧？”我说，“完全装得下。”

她叉着手，闭口不言，看着我完成整套流程。她再次望向窗户。“那就带着吧，”她说，“对你来说很重要的话。”

外面在下雨，我们叫的出租车停住了。司机鸣着喇叭，母亲便从台阶上把其中一个手提箱抛了下去。司机看见了她，就出来帮忙，这个大块头穿着花哨的西部衬衫，身上都被雨淋湿了。我们在车上等着，他则回去把另外两件行李也拿过来。母亲开玩笑说他全身都湿透了，他也开她的玩笑，总望着后视镜，好像担心母亲突然消失似的。我们靠近灰狗站台时，他不再嬉皮笑脸了，而是低沉而急促地问了她一连串问题。我下车时，他把门给关上了，只留他们俩在车里。透过窗上的雨帘，我看到他在不停地说话，而母亲则微笑着摇摇头。然后他们俩都下了车，他从后备厢里取出我们的行李。“你打定主意了，是吗？”他对她说。她点点头。她要付钱给他，他却说不要这个钱了，对他来说这不是钱的问题，但她又把钱塞给他，他就拿走了。

他开车离开后，母亲突然大笑起来。“偏偏整这么一出。”她说。我们把行李拖到大厅，母亲兀自笑着，她让我在长椅上坐会儿，由她去窗口购票。车站里只有我们和一户印第安家庭。他们所有人，就连那些小孩，都直视前方，一言不发。几分钟后，母亲买好票回来了。去凤凰城的巴士已经开走了，而下一班车要到那天深夜才发出，不过我们还算幸运——几小时后有一辆前往波特兰的巴士，到了波特兰，再转去西雅图就很容易了。我装得若无其事，但母亲看出我很失望，就用一把零钱“收买”了我。我玩了一会儿弹球机，又为旅途备了些糖果，包括奶味糖豆、糖宝和爱达荷土豆片。不过，等到傍晚我们登上巴士的时候，大部分奶制品都已经进了我的肚子。别的乘客困惑而关切地望着我们。我们犹豫了一下，思考着要不要下车。但母亲拉起我的手，沿着过道走向座位，朝那些看着我们的人点点头，友善地微笑着。

一点也不酷

我们住在西雅图西部的一间公寓里。晚上的时候，如果母亲不太累，我们就会去附近散散步，在不同的房屋前驻足，考虑将来要不要将其买下来。我们总是奔着最大、最浮夸的房子去，瞧不起农场和联式房屋，瞧不起任何低廉的房子。我们喜欢半木构造建筑，屋里有柱子，屋前有修剪整齐的灌木丛。看完后我们就回到自己的公寓，我开始阅读有关英勇的柯利牧羊犬的小说，母亲则练习打字和速记，以胜任新工作。

我们的房间是由阁楼改造而来的，里面放着两张行军床，中间摆着一套桌椅，桌椅上方是一扇窗户。屋内有股霉味。黄色墙纸很新，但贴得不好，边缘已经翘起来了。我们经常会在某些电影里看到，被下药迷晕的侦探在这种房间里醒来，发现自己被五花大绑，嘴巴也被堵住了。

公寓里到处都是老人，不过有些可能只是看上去老而已。

把我母亲算在内的话，总共才三个女人住在这儿。其中一位叫凯茜，是个秘书。凯茜很年轻，相貌平平，十分羞涩。她大部分时候都待在自己的房间里。人们跟她说话时，她总像溺水者一般看着他们，轻声请求他们再说一次。日子一天天过去，她穿的衣服越来越宽松，能看出她是怀孕了。但这个故事里的男人始终没有现身。

另外一个女人是管家玛丽安。玛丽安身材高大，声音洪亮。她的胳膊和男人一样粗壮，当她捶打“汉堡肉饼”时，整个厨房都在震动。玛丽安和布雷默顿海军基地的中士在一起了，后者体形比她大，说话却更加温文尔雅。打仗的时候，他就在太平洋战区。我缠着他给我讲战场上的事，他拗不过，只好给我看了他的摄影集。大多数照片拍的都是他的战友们。多克，一个眼镜男。科里，一个秃顶男。杰克，一个蓄胡男。他还拍了一些尸体。他原本想用这些照片把我吓跑，却没想到这激起了我对战争更多的兴趣。最后，玛丽安警告我不许再骚扰他了。

玛丽安和我合不来。后来我们俩都为此找了些理由，但其实这种反感是与生俱来的，是说不清道不明的。我总是虚情假意地对她说“是的，女士”“不是的，女士”，主动提供帮助，想要掩饰对她的厌恶之感。但玛丽安并没有上当。她知道我不喜欢她，也知道我这种绅士范儿是装出来的。她经常出门，有时候会在街上遇到我和朋友们——一群狐朋狗友，她一看就知道。她知道我一出门就会换掉发型，重整衣装。有一次，她开车从我们旁边经过，大声命令我把裤子穿好。

我的朋友是特里·泰勒和特里·西尔弗。我们仨都跟自己的母亲住在一起。特里·泰勒的父亲驻扎在韩国。战争已经结束两年了，但他依然没有回家。泰勒太太在房子里贴满了他的照片，包括毕业照、穿制服和穿便装的快照——在这些照片里，他总是一个人，靠着屋前的树。客厅看上去就像一座神殿，如果你不了解情况，可能会以为他是在韩国牺牲的战争英雄，或许泰勒太太也曾这么认为吧。

这种阴森森的气氛主要是泰勒太太所营造出来的。她个子很高，驼着背，眼神深邃。她终日坐在客厅里，一支接一支地抽着雪茄，透过落地窗凝望着外面，目光中有着无法言喻的悲伤，似乎悟透了生命中不可承受之重。有时候她会把泰勒叫过来，用长长的胳膊搂着他，再闭上眼睛，低沉而嘶哑地喊道："特伦斯！特伦斯！"然后她会转过头去，眼睛睁都不睁，就决绝地将他推开。

西尔弗和我马上察觉到这一幕极具威力，常常拿来重演，只要一说："特伦斯！特伦斯！"泰勒的眼眶就会溢满泪水。他是个爱幻想、脸皮薄的男孩，容易哭鼻子，但总企图通过暴力破坏行为来掩盖这个弱点。他曾因为砸破窗子，而被送上少年法庭。

泰勒太太还育有两个女儿，都比特里大，这两位姐姐十分瞧不起我们，对我们的所作所为嗤之以鼻。“噢，上帝，”只要一看到我们，她们就会这么说，“看看小猫都拖了什么玩意儿进来。”我和西尔弗对她们的羞辱逆来顺受，但泰勒总要回个嘴。“你的脸疼不疼？”他会问。“我只是纳闷，看着你的脸我都快疼死了。”“你们那毛衣是骆驼毛制成的吗？我只是好奇，我还以为那是两个驼峰呢。”

但往往还是她们占了上风。虽然她们只是普普通通的女孩子，可重点在于，她们是女孩子呀，本来就有权利对我们指指点点。她们白眼一翻，我们就吓得直后退。我和西尔弗都很怕她们，泰勒太太和房子里的阴森气氛也令我们晕头转向。我们去那儿，完全只是为了偷泰勒太太的香烟。

我们没法去我住的公寓。房东菲尔不喜欢孩子。他答应把房间租给我母亲，前提是母亲保证我会安安静静的，永远不带其他小孩回家玩。菲尔总是待在公寓里嚼着烟草，味道难闻极了，嚼完后还将残渣吐到随身携带的杯子里，杯上的搪瓷已有些脱落。菲尔曾在一场仓库大火中重度烧伤，皮肤上都是光滑的水疱，闪着愤怒之光，仿佛大火仍在他体内某处燃烧着。他有只手的指头都粘一起了。

他不让我靠近他是对的。如果我们在门厅或楼梯上相遇，我就会一直盯着他，他在我的眼神中看不到同情或友善，只看到厌恶。他便总对我动手动脚。他知道这样不好，但就是控制不住自己。他触碰我的肩膀、头部、脖子，就像父亲在抚摩自己的孩子，但他的眼神冷酷而苦涩，细细掂量着我有多么惊恐，而他自己好像也在被迫承受这份新的痛苦。

我的地盘是块禁地，特里·泰勒的住处老有人阴魂不散，所以我们通常在西尔弗的公寓聚会。西尔弗是家中独子，古灵精怪，骨瘦如柴，不怀好意，每当他那大嘴巴给我们带来了麻烦，他总是不要脸地躲到最后面。他的父亲是坎昆人，与再婚妻子住在塔科马。西尔弗的亲生母亲则整天在波音公司里工作。这意味着我们可以连着好几个小时独享公寓。

我们先把周围逛了个遍。下课后，我们会跟在女孩后面走，保持安全距离，发表些俏皮的评论。我们在商店里进进出出，除了玻璃橱窗里的商品，别的东西我们都偷过。我们骑着偷来的三轮车，松开脚踏板，沿着阿尔基角灯塔周围的山坡滑行，朝停放的汽车撞过去，我们就站在座位上，最后一刻再跳下车。有时候，如果我们手里有点小钱，就会乘公交车去市区，在先锋广场附近那群无家可归的酒鬼中穿来绕去，来到当铺门外，盯着橱窗里的枪支。我们仨看中的是鲁格尔手枪，这是我们唯一承认自己热烈地爱过的手枪。一碰到这把手枪，我们就不再像往常一样推推搡搡，而是睁大了眼睛痴痴地看着。

那时候电视上热衷于放映德国战败的相关内容。每周荧幕上都会播出新的恐怖画面，沉郁严肃的旁白一直提醒着我们，这不是虚构出来的，这是真实的历史，我们所看到的这些都曾发生过，如果不保持警惕，很有可能重蹈覆辙。这些节目总是以同样的方式结束，勾勒一番沦为废墟的柏林：咧嘴笑的美国大兵赶走了战败的德国士兵，不让他们藏身于谷仓、山洞和下水道里。希姆莱[1]死在牢房里，眼窝深陷的赫斯[2]也死在斯潘道[3]监狱里。每当播放到这些画面时，旁白的语气就醉醺醺地欢呼道：“看哪，高高在上的普鲁士鹰被击落了！”还有，“看哪，小领袖和他的走狗们夹起尾巴逃跑了，再也不敢提‘千年德意志帝国’了！”

但这些场面只播了短短几分钟。节目里增加这些片段，是为了假惺惺地庆祝正义终将战胜邪恶。当然，我们早就看穿了这种把戏。我们知道，真正的目的是赞美时髦的制服、飞驰的梅赛德斯高级军官专车以及盛大的行军场面，成千上万只靴子在鹅卵石铺就的街道上齐步踢踏，横幅在头顶飘扬，歌声十分嘹亮，我们一个字都听不懂，却感到热血沸腾；我们知道，真正

1 海因里希·希姆莱（Heinrich Himmler, 1900—1945），德国纳粹警察局长和军事指挥官。
2 鲁道夫·赫斯（Rudolf Hess, 1894—1987），德国纳粹党副元首。
3 斯潘道监狱位于柏林。

的目的是看斯图卡轰炸机[1]脱离编队，朝熊熊燃烧的城市俯冲而下，看坦克把大楼炸出洞，看握着鲁格尔手枪、牵着狗的人发号施令。这些节目强化了我们早先形成的信念：无论大家怎么装模作样，内心深处依然瞧不起受害者，当个局内人总是比当局外人好，高高在上比仁慈友善强，抱团取暖也胜过单枪匹马。

特里·西尔弗发誓他那个纳粹臂章货真价实，但大家都知道这是他自己伪造的。一进他家公寓，西尔弗就把藏着的臂章拿出来套上。然后他会大摇大摆地走来走去，把我和泰勒当成仆人。我们之所以能忍受他这种行为，是因为西尔弗太太会把糖果装在水晶玻璃碗里拿给我们吃，是因为他家有电视可以看，还因为如果不这样，我们俩就只能在人行道上瞎逛，无精打采地朝标志牌扔石子。

一开始，我们打了几个电话。我和泰勒在西尔弗太太的卧室里用分机听着，而西尔弗在主机那边讲话。他会找出那些听上去像是犹太人的名字，拨他们电话，用德语里的侮辱性词语冲他们大喊大叫。他还会为父亲和继母预订一整桌中国菜。有时候，他会打电话给一些父母，这些人的孩子在学校里跟我们合不来，西尔弗就装成关心孩子的成年人——老师、教练、辅

1 “斯图卡”（Stuka）是德语“俯冲轰炸机”（Sturzkampfflugzeug）的缩写，纳粹德国空军的俯冲轰炸机联队十分著名，尤以Ju87俯冲轰炸机为代表。

导员——声音和语气都模仿得很像，与家长取得联系，询问家里是否出了什么问题，才导致保罗前几天在学校里表现异常。西尔弗从未笑场，也从未露馅。当他格外巧言令色、世故圆滑时，我和泰勒就不得不将西尔弗太太的床罩塞到嘴里，用拳头猛捶床垫，努力憋住笑。

然后，我们仨臀部靠臀部，在西尔弗太太的全身镜前挤作一团，打理头发，练习扮酷。我们把两侧的头发留得长长的，梳到后脑勺，形成鸭尾发型。把顶上的头发往中间梳梳，再往前部理理，留一绺鬈发垂在额头上。母亲讨厌这种发型，不许我这么梳，也就是说，我在家里得换个发型。多亏了那一团团布奇发蜡，我才能在两种迥然不同的风格间来回切换，头发亮泽硬挺，但也导致额头上长出了一些粉刺。

我们嘴里叼着熄灭的烟头，眼皮半耷拉着，研究着镜子里的自己。一绺鬈发垂在额头。裤子低垂到臀部，侧边系着白色细皮带。我们穿着衬衫，袖子卷到手臂的四分之三处。脖子后面的衣领高高立起。我们应该看起来很酷才对，但事实并非如此。西尔弗很瘦。他双眼凸出，喉结突起，袖子里的两只胳膊就像铅笔一样细，双手都戴着手套。泰勒长得像奶牛一样，眼睛水汪汪的，睫毛很长，宽宽的脸庞上的表情十分茫然。我长得也不算好看。但并不是因为我们外表太逊，才显得不酷。酷可不是这么显而易见的。就像国际象棋或音乐一样，酷源于某种渴望被认可的神秘冲动。不酷也是如此。我们的身上就贴着“不酷”的标签。

到了五点钟，我们就打开电视，看《米老鼠俱乐部》[1]。我们很有默契，一看到安妮特就兴奋。这是我们为观看这个节目找的借口，但对我而言，这只说对了一部分。我想象着安妮特所处的大世界，也想在那里占有一席之地。我就像渴求着初恋一样，这种渴求令人极度兴奋、无法动弹。

节目最后，当地电视台会给出俱乐部成员的邮箱。我开始写信给安妮特。起初，我在信里的形象和以前向旧笔友爱丽丝描绘的差不多，只是有些小改动，我的父亲不再是牧场主，而是拥有一支渔船队的“沃尔夫船长”，我则变成了大副，收线钓大鱼的技巧十分娴熟。我向安妮特详细讲述了我与一群花花公子之间的比赛。我还邀请她来西雅图，向她保证她会玩得很开心。我告诉她我家有很多房间。我没有告诉她我才十一岁。

我收到了一些官方回应，他们兴奋地鼓励我组建安妮特粉丝俱乐部。这不就是让我跟情敌竞争嘛。没门儿。随着我在信中提出越来越多的要求，慢慢地他们就不再回信了。迪士尼工作室肯定在密切监控着俱乐部成员收到的邮件里一些有失分寸的柔情和表白。当我的名字不再出现在邮件往来列表时，说明

1《米老鼠俱乐部》（*The Mickey Club*）是美国20世纪50年代创立的一档儿童表演节目，培养出了众多明星。下文提到的安妮特·弗奈斯洛便是首批走红的童星之一。

我可能被列入了其他名单。不过爱丽丝早就让我懂得什么叫故作矜持。我继续给安妮特写信，想象自己在她家门前发生了一次可怕的事故，那事故差点把我害死，我幸存下来后，她对我深表同情、关怀备至，渐渐地，她越来越崇拜我，甚至开始爱上我……

她在节目里一出现——嗨，我是安妮特！——泰勒就开始呻吟，西尔弗则用舌头舔着屏幕。“来我这儿，宝贝。”他说。

我们都说过这样的话——这是一种仪式——然后就闭上嘴，安静地看着节目。我们完全被吸引住了。我们全身酥软了。我们投降了。我们好像身处俱乐部之中。泰勒完全不能自已，吮吸着大拇指，我和西尔弗决定不管他。电视里，面对高尚的计划，这些俱乐部成员很激动，冒险的过程中她们胆小怕事，不停地谈论自己的感受，但我们没有嘲笑她们。当她们说父母的好话，或者对彼此客客气气，或者当她们说“嘿，伙计……”时，我们也没有嘲笑她们。我们舍不得错过每一分钟，眼里闪着蓝光。她们唱完国歌，节目也结束了，取而代之的是推销牙膏和糖果的商业广告，我们却还盯着电视不放。随后，我们会尴尬地眨眨眼，清醒过来。

有时候，等《米老鼠俱乐部》结束后，我们会上到顶楼去。在这幢公寓大楼的最高层，可以俯瞰整条加利福尼亚大道。虽然街上人很多，但我们也不是逮谁就朝他扔鸡蛋。大多数时候，我们什么也不扔。不过，偶尔会有一两个人没能顺利通过，就像那个坐在雷鸟汽车里的男子。

雷鸟汽车于1954年问世，距今才一年多，由于看上去很新奇，不大常见，大家都认为它们比科尔维特汽车还要酷一些。那天傍晚，一辆雷鸟汽车挂了空挡，在十字路口等着红灯转绿，我们站在栏杆后，可以听到车载广播中的歌曲——《越过千山万水》——还能听到发动机轰隆作响，只比音乐声小一点儿。黑色的车体就像黑曜石一样闪闪发光。蓝烟从双排气管中突突地冒出来。车的敞篷往后打开。我们看到汽车的红色皮革内饰，一个穿着无尾礼服的金发男子正坐在驾驶位上。他很年轻，长相帅气、气质清新。你仿佛可以从他的呼吸中闻到李施德林漱口水的味道，还能从他脸颊上嗅到门论香水的气味。我们正好就盯上他了。他左手放在方向盘上，跟着歌曲，击打着节拍；右手则搭在旁边空座椅的后背上，这个位置不会一直空着的。他就要去接人了。

我们是不约而同的。只需一眼就能看出他是我们的“反义词”，在我们认真规划的未来里，我们完全不可能过上这种圆满的生活。

第一个鸡蛋砸到了旁边的街道上，第二个鸡蛋击中了车前保险杠，第三个鸡蛋撞到了后备厢，蛋液溅到了他的肩膀、脖子和头发上。我们往下张望，一看清我们造成的损害，就赶紧把头缩回去了。片刻之后传来冲破天际的吼声。没有言语——只是一个孤独的人在难以置信地大叫。我们依然能听到他收音机里传来的音乐声。红灯肯定变绿了，因为我们听到有人按了一下喇叭，接着又按了一次，有一个人大喊大叫，另一个人粗鲁地回应，发动机突然轰隆作响，盖过了歌声。

我们在楼顶来来回回地走了一会儿，正准备返回西尔弗的公寓房间，突然听到雷鸟汽车在街区拐角处发出尖锐的声音。我们听见司机在骂人。汽车朝着红绿灯缓缓地移动，发动机的轰鸣声很大。它经过我们这幢公寓时，我们再次越过栏杆望着它。司机来回扫视着人行道，猛然转头，动作僵硬，怒气腾腾。他似乎不知道鸡蛋是从哪里飞来的。我们又一次往下砸鸡蛋。第一个“砰”地撞上引擎盖，第二个掉在副驾驶位上，最后一个在仪表盘上炸开了。他全身都是蛋液和蛋壳，站起来大吼大叫。

红绿灯处很多人在鸣喇叭。他猛地停住车，又开动，不停地怒吼着。纸盒里还剩下六个鸡蛋，我们一人拿了两个。西尔弗跪在栏杆边上，冒着被发现的风险，匆匆朝街道瞥了几眼，同时将手臂伸到身后，示意我们按兵不动，静候时机。等他开始使劲招手，我们就从后边站起来，把鸡蛋甩出去，还没来得及看到它们掉在哪里，我们就赶紧缩回来。司机正抬头望着街道对面的大楼，他从来没有朝我们这边看过。我们听到鸡蛋

“啪”地掉在人行道上，“砰”地砸到汽车上。这次我们没听到抗议的声音。太安静了，我感觉很不舒服，就冲着西尔弗咧嘴笑，但他并没有笑。他脸色发紫，愤怒地抽搐着，仿佛他才是那个因被人捉弄而抓狂的人。他就要发疯了。他喘着大气，捏住自己的下巴又松开，身子探到栏杆外，双手托在嘴前，大声喊出一个词，这是我第二次听到这个词，第一次还是好几年前听到的。当时我父亲正对着一个堵着他路的人嚷嚷着。

“犹太佬！”西尔弗尖叫道，又吼了一遍，“犹太佬！”

有一天，我和母亲去阿尔基角灯塔观看“畸人”和“狮团”之间的模拟海战。那是在海洋节期间，水上飞机比赛也正在举行。在公园那边可以俯瞰港口，而我们只能隐约看到两条帆船上的人影，他们互扔水球，拼命阻挠对方那边试图登船的人。公园里人山人海，只要这些登船者里有一个落水了，大家就会哈哈大笑。

母亲和其他人一起笑着。她喜欢看人们——海滩救生员、公交车站的士兵，以及洗车的兄弟会成员——不务正业。

那是个大晴天。小贩在人群中穿行，兜售太阳镜、帽子和海洋节纪念品。女孩们躺在毯子上晒太阳。空气中有椰子油的味道。

两个拿着啤酒瓶的男人站在不远处。他们总转过身来看我们。然后其中一个走了过来，手里抓着双筒望远镜的带子摇来晃去。他晒得很黑，穿着白色网球衫，蓄着小胡子，留着平头。“嘿，兄弟，”他跟我打招呼，“想试试这个吗？”他把望远镜挂在我脖子上，整了整带子，还教我如何调焦距，这时另一个男人走过来对母亲说了些什么。她回答了他，但用手挡着阳光，眯眼望着水面。我把镜头对准“狮团”和“畸人”，看着他们把对手推下船。他们好像变得离我很近，我都能看到他们那苍白的身体和疲惫的面庞。他们吼得很大声，但爬得很艰难，一遇到阻挠就从绳上脱落。每次掉到水里，他们就索性多待一会儿，划划水勉强浮着，抬头厌烦地看着那艘船，并不打算去抓住它。

母亲从身旁的男子手里接过一瓶啤酒。那个递给我双筒望远镜的男人感觉到了我的不安，甚至可能还看出来我很嫉妒他。他在我旁边蹲下，把我当成一个啥也不懂的小孩，向我解说着这场比赛，但我摘下双筒望远镜，还给了他。

“我不知道。”母亲说，“我们可能就快回家了。”

一直在与她聊天的那个男人转向我。他比另一个男的年纪要大些，高高瘦瘦，头发是姜黄色的，走路时总像是要散架了，似乎站不稳的样子。他穿着百慕大短裤和黑色袜子。他那长长的脸十分黝黑，显得牙齿格外闪亮。“让我们来问大小伙子。”他说，“怎么样，大小伙子？你想在我家那边观看比赛吗？”他指着公园边上的一座大砖房。

我没理他。“妈妈，”我说，“我饿了。”

“他还没吃午饭。”母亲说。

“午饭，”那人说，“没问题。你喜欢吃什么？你午饭最爱吃的东西是什么？”

我看着母亲，她兴高采烈，这让我更加沮丧了，因为我知道这份快乐不是我带给她的。“他喜欢吃汉堡。”她告诉他。

“没问题。”他说。他挽起母亲的手，领着她穿过公园，走进房子里。我只好和另一个男人也跟着进去，他似乎觉得我很有趣。他想知道我叫什么、在哪儿上学、住在哪儿、母亲叫什么、父亲又去了哪里。不管哪个大人问我问题，我都毫无招架之力。进屋子时，我已不再闷闷不乐，我把我家的事情都告诉他了。

这屋子像山洞似的，安静而凉爽。窗棂间镶嵌着一片片彩色玻璃。窗户是拱形的，就像那些厚重的门一样。客厅的天花板上架着高高的木梁，木梁也是拱形的。我坐在沙发上。面前的咖啡桌上摆满了空啤酒瓶。母亲走到敞开的窗前，这边靠着港口。“乖乖！”她叫道，“这风景可太美了！”

晒得黝黑的那人喊道：“贾德，好好招待我们的朋友。”

“来吧，兄弟。”一直在和我聊天的那个人说，“我赶紧给你弄些吃的。”

我跟着他去厨房，坐在柜台旁，贾德从冰箱里拿东西出来。他弄了个博洛尼亚红肠三明治，摆在我面前。他好像已经忘记了有汉堡这回事。我本可以提醒他一下，但我心里很清楚，就算我说了，也不可能吃到汉堡的。

等我们再回到客厅时，母亲正透过双筒望远镜望着窗外。晒得黝黑的那人站在她旁边，头都快和她凑到一起了，他一只手搭在她肩上，另一只手拿着啤酒瓶饶有兴致地对着远处指指点点。我们进来时他转过身，冲我们咧嘴一笑。“我们的小伙子来啦，”他说，“怎么样？你吃过午饭了吗？贾德，你带他吃午饭了吗？”

“是的，先生。”

“真棒！这才对呢！请坐，罗斯玛丽。就坐这儿吧。请坐，杰克，我们的乖男孩。你喜欢花生吗？贾德，给他拿一些花生过来。还有，看在上帝的分上，把桌上这些瓶子拿走吧。”他和母亲紧挨着坐在沙发上，一直对我微笑着，贾德则用手指勾住瓶子，叮叮当当地拿走了，然后他带着一盘坚果回来，再拿走剩下的瓶子。

“这边请，杰克。多吃点！多吃点！”他看着我吃了好几把坚果，又自顾自地点点头，好像早就预料到我会这么做。“你是个运动员，”他说，“这太明显啦。看看你的眼睛，看看你的身材。你都参加什么运动，杰克，你都打过什么比赛？”

“棒球。”我说。这不完全算是撒谎。还在佛罗里达州的时候，我几乎每天都打棒球，而且打得不错。但后来我就没怎么玩过了。我不是运动员，看起来也不像，但我很高兴他会这么想。

“棒球！”他大叫一声，“贾德，瞧我之前怎么跟你说的？”

贾德坐在房间另一侧的椅子上，跟我们距离挺远。他抬起眉毛，对那个富有洞察力的男子摇了摇头。

母亲笑着，说了些俏皮话。她管这男的叫吉尔。

“等一下！”他说，“你认为我只是在吹牛吗？贾德，我之前怎么形容杰克的？我说他玩什么运动来着？”

贾德跷起二郎腿，他的腿也晒得很黑。“棒球。”他说。

“好的，”吉尔说，“好的，我想已经说得很清楚了。杰克，再说说你吧。你还喜欢哪些活动？”

“我喜欢骑自行车，”我说，“但我没有自行车。”

就像我预料的那样，母亲的笑容消失了。她冷冷地看着我，我也冷冷地看着她。只要一提到自行车，我们俩就变成敌人了。问题在于，我想要一辆自行车，但她没钱给我买。她一分钱都没有。她向我解释过很多次。我完全理解，但我实在没办法默默忍受这份痛苦。

吉尔一副惊掉下巴的样子，他看看我，又看看母亲，再看看我。“没有自行车？一个男孩居然没有自行车？”

“我们等会儿再讨论这个。”母亲对我说。

“我刚刚说了——”

“我知道你在说什么。”她皱了皱眉，移开了视线。

“等一下！”吉尔说，“等一下，这是怎么回事呀，孩儿他妈？这个男孩居然没有自行车，你不是在开玩笑吧？”

母亲说：“要过一阵子再给他买，就这样。”

“男孩都等不及了，罗斯玛丽。男孩需要自行车！”

母亲耸耸肩，笑容僵硬，她满腹心事的时候总这样。“我没钱买。”她轻轻地说。

“钱”这个字让周围的空气都安静下来。

然后吉尔说道：“贾德，再喝一轮吧。你去看看有没有姜汁汽水给我们这位强击手[1]喝。”

贾德站起来，离开了房间。

吉尔说：“杰克，你想要什么样的自行车？”

“施文牌的吧，我觉得。”

“真的吗？比起英国牌子的山地车，你更喜欢施文牌的吗？”他发现我犹豫了一下，“还是说，你更喜欢英国牌子的山地车？”

1 强击手即能够将球击得很远的棒球手。

我点了点头。

“那就大胆说出来！我可不会读心术。”

“我更想要英国牌子的山地车。”

“对嘛，就是要这样说出来。山地车里你最喜欢哪一款？”

贾德拿来了饮料。我的这杯很苦，感觉像是冰镇果汁酒。

母亲身子往前倾，叫道：“吉尔。”

他举起手：“喜欢哪一款的，杰克？”

“兰令牌的。”我告诉他。吉尔笑了，我也笑了。

“品位不错，”他说，“追求最好的那种，就是要这样做。要什么颜色的？”

“红色。”

“红色。很好。我觉得咱们可以买一辆。贾德，你都听到了吗？要一辆自行车，英国牌子的山地车，兰令牌，红色款。”

“知道了。”贾德说。

我母亲说谢谢，但她不能收下这份礼物。吉尔说这是给我的礼物，不是给她的。她开始和他争论起来，不是做做样子，而是动真格的。吉尔完全听不进去。有那么一会儿他甚至用手捂住了耳朵。

最后她放弃了。她往后靠着椅子，喝起了啤酒。我能看出来，虽然她嘴上那么说，但其实还是挺开心的，因为这样一来，我们就不必总是为此争吵，而且说到底，她也很希望我能拥有一辆自行车。

“花生好吃吗，杰克？”吉尔问。

我说挺好吃的。

“太好了！”他说，“那太好了！”

吉尔和母亲又喝了几瓶啤酒，边喝边聊，贾德和我则看着电视播放的水上飞机预选赛。傍晚的时候，贾德开车送我们回公寓。我们没开灯，就这么躺在床上，感受微风轻拂，听着树梢在外面沙沙作响。她问我是否介意今晚独自一人待在家里。有人邀请她去共进晚餐。“跟谁一起？”我问，“吉尔和贾德吗？”

“吉尔。”她说。

“不介意。”我说。我很高兴。这样一来就能把事情搞定了。

房间里很阴暗。母亲起床洗了个澡，穿上蓝色短裙和露肩的墨西哥女式衬衣，戴上父亲为她买的那些精致的绿松石首饰，那时候战争还没爆发，他们驾车路过亚利桑那州时买了耳环、项链、沉沉的手镯和贝壳腰带[1]。绿松石碧蓝碧蓝的，就像她的眼睛一样。她往耳朵后边、胳膊肘和手腕上都擦了些香水。她揉搓着两只手腕，又将香水涂到脖子和胸部。她从一边转向另一边，仔细端详着自己的侧面。然后又站住不动，冷静

1 贝壳腰带（concha belt）是纳瓦霍人非常珍贵的饰品，通常用纯银打造而成，镶嵌有牡蛎壳、绿松石等。纳瓦霍族是美国第二大印第安族群，散居于新墨西哥州、亚利桑那州及犹他州。

地看看自己的正面。她一边盯着镜子，一边问我她看起来如何。真的很漂亮，我告诉她。

“你总这么说。”

“嗯，我可没骗你。”

“那就好。”她说。她最后又望了眼镜中的自己，我们便下楼了。

母亲为我做饭时，玛丽安和凯茜进来了。她们让母亲转一圈看看，两人都欢呼，玛丽安把母亲从灶台旁推开，自己上阵做饭，免得母亲的衬衣沾上油污。母亲守口如瓶，不回应她们的八卦。她们笑她故作神秘，当外面鸣起喇叭声时，她们跟着她穿过走廊，为她整整衣服、理理头发，不停地叮嘱着。

“他应该来门口接她。”当她们回到厨房时，玛丽安说道。

凯茜耸了耸肩，低头看着桌子。这时候她已经怀孕很久了，可能不太确定自己是否有资格对别人的约会细节评头论足。

“他应该来门口接她的。”玛丽安又说了一次。

那天晚上，我睡得不好。母亲不在家时，我总失眠，而她已经很久没有在夜间外出了。她回来得很迟。我听见她走上楼梯，穿过走廊，在我们的房间门口停住了。门开了，又合上了。她站了一会儿，然后走到卧室里，坐在床上。她在轻声啜泣。“妈妈。”我叫道。她没回答，我就爬起来，走到她那边。“怎么了，妈妈？”她看着我，想要说些什么，又摇了摇头。我在她旁边坐下，搂着她。她喘着粗气，好像被人摁在水里一样。

我轻轻摇着她，在她耳边呢喃。我动作娴熟，很高兴能安慰到她，不是因为幸灾乐祸，而是因为感觉到她需要我，这让我觉得自己很强大。安抚她，也是在安抚我自己。

她哭累了，我就扶着她上床睡觉。她开始变得有些癫狂，哈哈大笑，嘲弄自己，直到睡着了，她才放开我的手。

早上起来的时候，我们俩都很拘束。我想问她一个问题，但还是忍住了。那天晚上，我继续憋着，但这种自控只是装装样子，我知道自己没什么意志力，最后实在是按捺不住了。

母亲正在读书。

“妈妈。”我叫道。

她抬起头。

“我的兰令山地车呢？”

她没有回答，继续看书。我也就没有再问了。

玛丽安、凯茜和母亲决定合租房子。母亲提出由她去找房源，也真的找到了。那是整个西雅图西部地区最丑陋不堪的房子。房屋侧面涂的油漆呈条纹状，原木都褪成了灰色，就像鹿茸一样。院子里的杂草都齐膝高了。屋檐凹陷下垂，仅靠高高的木梁支撑着，门前的台阶已破烂不堪。要进到屋子里，只能从后门走。房屋后面是个半倒塌的谷仓，小孩们喜欢溜到里面去，因为在那里可以捡到碎玻璃和生锈的工具来玩儿。

母亲当场就把房子买下了。价格很合理，简直像白送的，她相信那房子的潜力，这是带她看房子那人常常使用的一个词。他坚持要在晚上会面，像做贼似的带着我们穿过房子，小声地推销，说这栋房子有多么多么好。母亲眯起眼睛听他说话，摆出一副很精明的样子，表示自己没那么容易被糊弄，但她终究还是被这个人蛊惑了，以为只需稍加修整，这里就能变成一个无比温馨的家。那人用手电筒照着，母亲就在他车子的引擎盖上把合同给签了。

这条街上的其他房子都很小，要么是过分整洁的科德角式小屋，要么就是殖民地式建筑，带有修建整齐的草坪。烟囱上爬满了常青藤。每栋殖民地式建筑的门上都雕刻着一只展翅的黑鹰。街坊邻居都走到门外，看着我们搬进这屋子。他们看上去很郁闷。后来，我们才发现这栋房子原来是该地区的原始农舍，按计划是要拆除的，但房东通过损人利己的操作，在最后一小时保住了这座房子。

凯茜和玛丽安见到这栋房子时一言不发。她们佝着肩、板着脸，抬着箱子走过小径，没有左右张望。那天晚上，房间里发出砰砰巨响，她们又是摔又是拍的，大喊大叫，嘟囔抱怨。

但最后，她们都磨不过母亲。在母亲看来，我们的房子和邻居的房子差不多，除了一些小瑕疵，等我们偶尔有空的时候，很容易就能拾掇好。我们给房子修修补补后，她还向我们描绘这座房子。在她的洗脑下，我们竟开始觉得必要的房屋修缮都已完成，我们不费吹灰之力就将破旧老屋整修一新，然后安顿了下来。

我们搬家后不久，凯茜就生了个男孩，叫威利。威利是个小活宝。他一个人待着的时候，也像鹦鹉一样乱叫。屋子里弥漫着甜腻的牛奶味。

凯茜和我母亲在市区工作，玛丽安则留下来看管房子、做做饭菜、照顾威利。照顾我也是她的职责之一，但放学后我总和泰勒还有西尔弗他们跑来跑去，然后赶在母亲回家前一刻到家。当玛丽安问我去了哪儿时，我撒谎了。她知道我在骗她，但她管不住我，甚至无法说服母亲来管教我。母亲很信任我，她不相信纪律那套东西，她的父亲——那个“老爸”——总打骂她，她至今也没觉得这能带来什么好处。

她老爸坚信孩子不打不成才。当我母亲还在摇篮中时，他一看到她吮吸拇指，就会拍她的手。她刚学会走路的时候，她老爸为了纠正她走路稍稍内八的习惯，总逼着她像鸭子一样走路。等到开始上学，她老爸几乎每天晚上都要打她，他的理论是，无论他是否知情，她白天在学校里肯定犯过错误。他告诉她，在全家一起吃晚饭之前，他会先打她屁股，这样她就可以在吃饭时一边听他谈论股市和白宫那群傻瓜，一边反省。吃完甜点，他又要揍她一顿。然后她还不得不亲吻他，对他说："谢谢您，老爸，多亏有您挣钱，我们才能吃上这些美味佳肴。"

我的外祖母很温柔。她试图保护自己的女儿，但她心脏不好，自身难保。每当她卧床不起时，母亲的老爸都会给她读玛丽·贝克·埃迪[1]的作品，引导她认为痛苦都是虚幻的，都是她自己臆想出来的。周日驾车出行时，他不顾停车标志，在铁道口与火车赛跑，吓得外祖母心跳加速。有一次，他将人整个铲到了引擎盖上，还继续飞速穿过好几个街区，大喊着："从我的车上滚下来！"

我母亲独自与她老爸生活在一起。她开始上中学时，他就强迫她穿灯笼裤——那种粉色花边丝绸灯笼裤。在去中国的邮轮上，他买了好几条，这种灯笼裤当时在传教士妻子中很流行。他软磨硬泡让她抽烟，这样她就不会吃太多东西了。他们去餐馆时，他只允许她吃面包充饥。他禁止她和男孩们出去玩。但男孩们不会轻言放弃。一天晚上，有几个男孩把车停在她家门前，唱起了《落基山脉的春天》。他们喊道："晚安，罗斯玛丽！"把她老爸气得够呛。他挥动着11.43毫米口径的海

1 玛丽·贝克·埃迪（Mary Baker Eddy）是美国宗教领袖，创立了基督教科学派教会。

军手枪跑到了街上。他们飞快地开着车离开了，她老爸朝着后座上的男孩开了几枪，男孩及时躲开了，有两发子弹嵌入了他头顶的金属车壳里。我的外祖母昏倒了，他们不得不给她喂洋地黄[1]。

她老爸不肯就此罢休。第二天早上，他全副戎装，在学校停车场走来走去，仔细查看哪辆汽车上有弹孔。

外祖母去世几个月后，我母亲就离开了，当时她还是个小女孩。但她老爸在她身上留下了不可磨灭的印记：其一，她对暴君般的男人总是出奇地顺从，无法反抗，近乎瘫痪。其二，矛盾的是，她对于胁迫他人的行为深恶痛绝。她从不打我。有那么几次，她试图揍我，但还是下不了手，我就嬉皮笑脸地走开了。她甚至无法抬高音量，让自己的话听起来更有说服力一些。她不愿与我这样相处，也不认为我需要教训。

玛丽安则不这样认为。有几个晚上，我听到她俩因为我吵起来了，玛丽安咄咄逼人，母亲则安静温柔。“这个年龄的男孩子都是这样的。”她说。她认为我会长大懂事的，我一直是一个好男孩。

万圣节那天，我、泰勒还有西尔弗在学校食堂里砸破了几扇窗户。翌日，两名警察来到学校，从教室里叫了几个声名狼

1 洋地黄主治心力衰竭。

藉的男孩出去谈话。没人怀疑我们，甚至没有人怀疑是泰勒干的，他可是有破窗前科的人。之所以没人盯上我们，是因为比起那群打架顶嘴的刺儿头，我们显得温和无趣。

那天快放学时，校长在广播里宣布已锁定犯罪团体。但是，在逮捕之前，他还是想给这些人一个自首的机会。坦白从宽，抗拒从严。我们仨都避免看着彼此。我们知道这是引蛇出洞，得亏我们一整天都待在同一间教室里，否则这把戏就奏效了。我们之间毫无信任可言，一旦起了疑心，以为我们中有人先行坦白了，大家就会忙不迭地投降。

我们躲过了一劫。过了一周，我们看完电影后，又回学校打破了几扇窗户，这时候突然听到一辆车驶入了停车场，我们吓得坐下不动，引擎运转了几分钟后，车又开走了。

警察的介入不但没让我们收手，反而令我们更加得意扬扬。我们变得自以为是，甚至狂妄自大起来。我们打破了窗户。我们砸碎了路灯。看到汽车停在斜坡上，我们就把车门打开，松开手刹，让它们撞到下方的汽车。我们把一袋袋屎丢在门阶上燃烧，屋主们本该将火扑灭，但他们并没有这样做；相反，当袋子燃烧时，他们面带疲倦地等待着，只是偶尔抬头查看窗户，可能感觉到我们在那儿偷窥。

我们在夜里干尽坏事，白天也不肯收手，我们所到之处，总会传来玻璃破碎、小猫哀嚎和金属摩擦的声音。

我们还偷东西。刚开始，这只不过是我们每天必做的坏事之一，对于泰勒和西尔弗来说，这并没有什么特殊的意义。但对我而言，偷窃可不是闹着玩儿的，为了不让泰勒和西尔弗看出来我一本正经，我装出一副轻描淡写的样子——我是一个小偷，而且我自认为我是个技艺高超的小偷。我在折扣商店的过道内慢慢寻觅目标，在折叠刀和模型车旁徘徊，装得若无其事，比无辜的人看起来还要更无辜，我猜呀，这位偶尔瞥我一眼的女售货员，肯定觉得我是个诚实的年轻人，绝对没看出来我是个小毛贼。后来我终于动手偷了一次，没被抓住，我认为这是因为我太机灵了，而不是因为这些女人站了一天，懒得和一个扒手纠缠，不想惹来一串麻烦：先是他那假惺惺的愤怒，然后是他的恐惧、他的哭泣、从天而降抓个正着的商场经理、随之而至的警察和书面材料，还有这一切结束时空落落的感觉。

我把偷的东西都藏了起来。偶尔我会把它们拿出来放在手里翻来转去，呆呆地望着。出了商店，这些东西对我就没什么吸引力了，除了那些折叠刀，我把小刀向树抛去，刀片就折断了。

我们搬进新房子后，过了几个月，玛丽安与她的海军男友订婚了。接着凯茜也与同事订婚了。玛丽安觉得我母亲也该订婚了，想替她安排安排。她张罗了一小队追求者。他们挨个儿从那条小径走来，盯着破烂不堪的前门台阶，又绕到后门去；他们走进厨房，做好准备，刻意表现得很开心，仿佛戴派对帽时那么开心。就连我都能看出他们是在强颜欢笑，他们坚信这个女人看不上他们，事实也的确如此。

有位海军在手指上套上几条线，给我变戏法，他似乎不愿意和母亲一起出门约会。有个男人来的时候就已经喝醉了，导致我们不得不用出租车把他送走。母亲后来告诉我，还有个老头想跟她借钱。然后就是德怀特了。

德怀特长得不高，有一头棕色鬈发，棕色眼睛里透着忧伤和焦虑。他身上总是有一股汽油味。他有大块的胸肌，相比之下他的两条腿就显得太短了，不过弹跳力很强，他总能猛地跳起来，令人大吃一惊。我从未见过有人像他那样穿搭的——穿着双色鞋，系着手绘领带，夹克上绣着花押字图案[1]，胸口口袋里还装着条花押字手帕。德怀特常常来我们家，是追求者里边最殷勤的了。母亲说他舞跳得很好——他跳舞的时候节奏踩得很准。他人也非常好，十分体贴。

我没把他放在心上。他太矮了。他是个技工。他衣服穿得不对。我也不知道为什么觉得他穿得不对，反正就是不对。我和母亲大老远地跑来西雅图，才不是为了跟他组建家庭的。他甚至都不住在西雅图，他家在一个叫奇努克的小村庄里，那个村庄位于西雅图北边的喀斯喀特山脉，开车过去得花上三个

1 花押字（monogram）是指将某人姓名的首字母构成图案用于衣服或其他物品上。

小时。再说了，他可是结过婚的人。他有三个孩子，都与他同住，都未成年。我知道母亲肯定不会让自己卷入这种麻烦里的。

德怀特总是从山上驱车来见母亲，起初两周来一次，后来变成一周来一次，但他似乎也觉得自己在做无用功。他就像小狗一样，总在讨好母亲，好像知道自己能触碰到她的概率小得可怜，就连出现在她面前都是运气使然，为了能够继续走运，他必须时时刻刻都表现得毕恭毕敬、活力十足、积极向上、整天乐呵呵的。

他太努力了。他要来与我争夺母亲，这令我虎视眈眈，况且作为小孩我本来就眼尖，没有谁能比我更敏锐地察觉到他所做的努力。德怀特总是低声下气的，我能捕捉到他每一个细微举动并暗暗记在心里——他总是习惯性地舔嘴唇，他来回扫视着每个人的脸庞，看看她们是否表现出嫌弃或者厌烦之类的征兆，他的笑让人捉摸不透，别人开玩笑时，他会不懂装懂，配合地发出虚伪的笑声。大家都不愿去厨房做饮料了，都是德怀特一个人跑上跑下地在弄。大家打开门或者穿外套的时候，都要德怀特搭把手。她们甚至都不会自己点烟了，必须得德怀特给她们一支烟，再替她们点火，整个过程就像一出漫长的戏剧：他从绒布盒里取出带有花押字的芝宝牌打火机，用裤腿一蹭，把打火机盖子“啪”地打开，就这样，高高的火焰点着了香烟，香烟顶部冒出油状烟雾——然后再倒着重复整套仪式，把打火机收回去。

我善于模仿，而且我懂得怎样在模仿的时候挖苦别人，而德怀特自然就中招了。他一离开我们的房子，我就开始了表演。母亲和凯茜努力憋着，但最终还是笑出声了，玛丽安也是如此，但她始终有些克制。“德怀特不像他演得那么糟糕。”她会对母亲说。母亲也会点点头。“他人很好。”玛丽安补充道。母亲会再次点头，对我说：“杰克，够了。”

我们与德怀特还有他的孩子们在奇努克度过了感恩节。好几天前的晚上就开始下雪了，山谷里的雪都融化了，而高山顶部的树木还被雪覆盖着，我们到达奇努克时，树被余晖染成了紫色，在地上投下了影子。当时还是傍晚时分，太阳却已经落山了。

我们到家时，德怀特的孩子们出来迎接我们了。年龄较大的男孩和女孩在台阶下面等着，而与我年纪相仿的另一个小女孩则跑向我母亲，搂住了她的腰。这令我非常反感。这小女孩骨瘦如柴，头后面还有一块银圆大的秃斑。她紧紧地抓着我母亲，低声说着什么，母亲并没有推开她，反而笑着抱了抱她。

“这是珀尔。”德怀特一边说着，一边设法让她不再缠着母亲。珀尔看着我。她没有对我笑，我也没有对她笑。

我们走到屋前，与另外两个孩子会面。他们俩都比德怀特高。斯基珀的头部是楔形的，后边平，前边立体，双眼靠得很近，鼻子长长的。他剪着平头。斯基珀瞧了我一眼，彬彬有礼，不过意兴阑珊。他又将目光投向了我母亲，表情严肃，但极有风度地向她致以问候。诺玛只是说了声："嗨！"然后摸摸我的头发。我抬头看着她，待在奇努克的这两天里，我一直盯着她看，除非我睡着了，或者有人从中间走过挡住了我的视线。

诺玛十七岁，成熟可爱。她的嘴唇饱满而红润，总是有点浮肿，好像刚睡醒一样，她走路的时候也是跟梦游似的，懒洋洋的，经常伸展四肢。这种时候，她的上衣就会绷紧，纽扣被稍稍撑开，露出乳白色的肚皮。她有着全天下最白皙的皮肤。她慵懒地往后梳着浓密的红头发。她的绿眼睛里有棕色的斑点。她身上抹了薰衣草花水，淡淡的香气与她自身散发出来的温暖气息交融。有时候，她会和我玩闹，大大咧咧地用手搂住我的肩膀，用臀部撞我，或者将我拉向她。

如果诺玛注意到我目不转睛地凝视着她，她也觉得这是理所当然的。她似乎从未对此感到惊讶或尴尬。当我们眼神对上时，她就朝我微笑。

我们把行李拿进屋内，开始四处参观。这里本来是关押着德国战俘的营房，战后才被改造成联式房屋。房屋一分为二，米勒一家住在一侧，而德怀特他们住在另一侧，德怀特家中有三间卧室，隔着一条狭窄的走廊，对面是厨房、餐厅和客厅。房间又小又暗。母亲双手交叉在胸前，仔细地往房间里看，装模作样地夸赞着。德怀特感觉到她保留了一些想法。他往四周比画着，宣布未来的装修计划。母亲忍不住提了些建议，德怀特大为赞赏，当场就全盘采纳。

晚餐后，母亲和德怀特出去见了一些朋友。我帮诺玛和珀尔洗完碗，斯基珀拿出了大富翁棋盘，我们玩了两局。珀尔两局都赢了，因为她对这个游戏很上心。她一边不放心地看着我们，重复规则给我们听，一边幸灾乐祸地看着她越堆越高的房契和金钱。她赢了之后，就开始说我们哪里哪里决策失误了。

母亲进房时把我吵醒了。我们睡在客厅的一张沙发床上，她一直把枕头翻来翻去，把它拍松。她无法入睡。我问她出了什么问题，她说："没事，去睡觉。"然后她用一只手撑着脑袋，低声问我，"你觉得怎么样？"

"他们还可以，"我说，"诺玛很好。"

"他们都很好。"她说。她又躺下了。她仍在喃喃低语，说她喜欢这里的每一个人，但感觉现在结婚有些太着急了。她不想太赶了。

有道理，我说。

她说她在工作上得心应手。她觉得自己终于开始走上正轨了，不想停下来，至少不是现在。她问我能否理解她的意思。

我说我非常理解。

这是不是太自私了？她问。玛丽安认为她应该结婚。玛丽安觉得我极其需要一个父亲。但她不想结婚，不太想。反正现在不行。也许过一阵子，等她准备好了，就可以结婚，但现在不行。

我无所谓呀，我说。等以后呗，挺好的。

第二天是感恩节。吃过早餐后，德怀特载我们在奇努克环游了一圈。奇努克是“西雅图城市之光”[1]这家公司所建设的村庄。数百人居住在一排排整齐的房屋中，住在改建后的营房里，房子外面都涂成白色，镶着绿边。房屋之间的小径上长满了杜鹃花树篱，德怀特说这些花能开上一整个夏天。村庄看上去就像一个雅致又好看的旧军事营地，大家也都是这么叫的——营地。大多数人在斯卡吉特河沿岸的发电厂或三个水坝里工作。幽深急劲的河流穿过村庄，两岸都是陡峭的山脉。山峦之间隔着800米宽的峡谷，奇努克就位于其中。斜坡上森林茂密，有些树木甚至扎根在露出地表的花岗岩和碎石谷中。迷雾笼罩着树梢。

德怀特带我们慢慢逛着。望见村庄之后，他开车沿着一条狭窄的小路往上行驶，车的一侧是直通河流的陡坡，另一侧则是悬空的巨石。开车时，他向我们细数在奇努克生活的好处：空气好、水好，没有犯罪，没有青少年犯罪。前门永远不必锁

1 “西雅图城市之光”是美国一家公用事业公司，运营大坝，负责西雅图街道的照明网络。

上，只要走出房屋，就能看到绝美的风景。可以狩猎，可以钓鱼。事实上，斯卡吉特河是很好的捕捞鳟鱼的河流之一。泰德·威廉姆斯——很多人也许不知道，他不仅是棒球界的佼佼者，还是世界顶级的垂钓者，更是一名经历过战争的英雄——他就曾在这里钓了好多年的鱼。

珀尔坐在前排，夹在德怀特和我母亲之间。她头靠着我母亲的肩膀，都快坐到她大腿上了。我坐在后排，夹在斯基珀和诺玛之间。他们很安静。有一次，母亲转身问："你们呢？你们感觉这里怎么样？"

他们看了看彼此。斯基珀说："挺好。"

"挺好，"诺玛说，"就是有点偏僻。"

"也没有那么偏僻。"德怀特说。

"好吧，"诺玛说，"也许没有那么偏僻，只是有点偏僻。"

"如果你们这些小孩能够主动一些，这里还是有很多可以玩的，"德怀特说，"在我还小的时候，可没有你们手里的这些东西，没有留声机，没有电视机，通通都没有，但我们从不觉得无聊。我们会运用自己的想象力。我们阅读经典。我们演奏乐器。小孩子是不可能无聊的，在我看来就是这样。没有无聊的小孩，只有懒小孩。"

母亲瞥了一眼德怀特，然后又看着诺玛和斯基珀。"你今年就毕业了，对吧？"她对斯基珀说。

他点了点头。

“而你还有一年才毕业。”她对诺玛说。

“再过一年，”诺玛说，“再过一年吧。”

“这里的学校怎么样？”

“这里没有中学，只有一所初等学校。我们去康克立读中学。”

“混凝土[1]？”

“康克立中学。”诺玛说。

“那是小镇的名字吗？”

“我们刚才有经过这地方，”德怀特说，“康克立。”

“康克立。”母亲重复道。

“就在下游几千米的地方。”德怀特说。

“六万五千米。”诺玛说。

“别胡扯了，”德怀特说，“没有那么远。”

“六万三千米，”斯基珀说，“这是确切的距离。我用里程表测量过。”

“这有什么区别！”德怀特说，“就算那该死的学校就在咱们家旁边，你们也照样会无病呻吟。如果你们只会一味抱怨，那就闭上嘴，谢谢。请闭上嘴。”德怀特说话时不停地回头看。他噘着下唇，下牙床都露出来了。车子在路上瞎转。

1 谐音，母亲没听过“康克立”（Concrete）这个地名，以为是“混凝土”（concrete）。

“我读五年级。”珀尔说。

没人回应她。

车继续开着。然后我母亲请德怀特靠路边停一下，她想拍些照片。她让德怀特、诺玛、斯基珀和珀尔站在路边，身后是皑皑的雪山。然后，诺玛抓起相机，开始对大家“发号施令”。她拍摄的最后一张照片是我和珀尔的合照。“站近点！”她大喊，“快点！好的，现在牵手。牵手！懂吗？手！就是你们胳膊底部那个！”她向我们跑来，把珀尔的左手放在我的右手上，让我握紧，然后她跑回拍照的最佳位置，将相机对准我们。

珀尔的手瘫软无力，我也是这样。我们俩都盯着诺玛看。“天哪，”她说。“根本就没法儿拍。”

在回奇努克的路上，母亲说：“德怀特，我都不知道你还会弹奏乐器。你都玩什么乐器？”

德怀特正嚼着一支熄灭的雪茄，他把雪茄从嘴里拿出来。“一架小钢琴，”他说，“主要是吹萨克斯，中音萨克斯。”

斯基珀和诺玛快速看了对方一眼，然后又移开视线，望向窗外。

当德怀特第一次邀请我们来奇努克时，他提到步枪俱乐部会举办一场火鸡射击比赛，这才让我上了钩。他说，如果我想去，我可以带上自己的温彻斯特步枪参加比赛。自从离开盐湖城以来，我还没有开过枪，甚至连握都没握过。每隔几周，我就会把房子翻个底朝天，到处搜寻这支步枪，但母亲把它藏在了其他地方，或许就在她市区的办公室里。

我想着等到了奇努克，我就能与步枪团聚啦。以前爱画画的时候，我画过这支步枪，还展示给泰勒和西尔弗看，但他们不相信这支枪是真实存在的。我还画过这样一个场景，我将枪管瞄准一只硕大的雄火鸡，这只火鸡有着长长的红色肉垂，眼睛滴溜溜地转着。

火鸡射击定于中午开赛。德怀特、珀尔、母亲和我开车到了射击场，斯基珀继续组装他自己改制的汽车，诺玛则留在家里做饭。等我们到了射击场，德怀特才终于告诉我其实这次火鸡射击比赛里不会出现真的火鸡，取而代之的是纸板——法定比赛用靶。就连奖品也不是火鸡，是弗吉尼亚熏制火腿。所谓的火鸡射击只不过是象征性的，德怀特说。他以为大家都知道这一点。

他继续轻描淡写地说——好像这些信息无关紧要——反正我也不能参与射击。比赛只面向成人，不准小孩参加。一群孩子只能拿着枪跑来跑去。

“但你说过我可以参加的。”

德怀特正在组装我的温彻斯特步枪，显然他打算拿这把枪来射击。“几天前他们才告诉我不行。”他说。

我能看出他在撒谎——他早就知道我无法参加这种比赛。但我束手无策，只能站在那里看着他。珀尔则微微一笑，看着我。

“德怀特，”我母亲说，“你确实跟他承诺过的。”

他说：“规则不是由我制定的呀，罗斯玛丽。”

我想跟他争论一番，但母亲狠狠地捏了下我的肩膀。我瞥了她一眼，看到她摇了摇头。

德怀特搞不懂这支步枪是如何组装的，所以我就帮他弄了，他在一旁看着。“这是，”他说，“我见过的构造最傻的枪支，没有之一。”

一个拿着写字板的男人朝我们走来，他是来收入场费的。德怀特付了钱，那人就准备走了，但我母亲拦住了他，掏出一些钱来。他看着钱，然后低头望着写字板。

“沃尔夫，”她说，“罗斯玛丽·沃尔夫。”

他一边仔细查看写字板，一边问她是否要参加射击比赛。

她说是的。

他看了看德怀特，后者正忙着摆弄步枪。然后这人又垂下了眼睛，嘴里嘟囔着规则什么的。

“你们是步枪协会的分会[1]，不是吗？”我母亲问。

他点了点头。

1 美国步枪协会（National Rifle Association of America），总部设于美国弗吉尼亚州的费尔法克斯，成立于1871年，是美国最大的枪械拥有者组织。

“嗯，我就是步枪协会会员，缴了会费的，所以我有权利参加我家所在分区以外的地区分会所举办的活动。”她十分高兴地说道。

最后他拿了钱。“你将是唯一一个参加射击比赛的女人。”他说。

她笑了。

他写下了她的名字。“为什么不呢？”他突然说道，有些迟疑，“不行才怪呢。”他给了她一个序号牌，然后走到另一组射击选手那边。

德怀特的序号比较靠前。他接连射了十发子弹，几乎没有停下来喘口气，但得分很低，有几发甚至连纸板都没打到。分数公布后，他把步枪交给了我母亲。“话说，你是从哪儿拿到这支大口径步枪的？”他问我。

母亲替我回答了：“我的一个朋友给他的。”

“某个朋友，”他说，“那东西是个祸害，你应该丢掉的。这把枪的子弹不长眼。”他补充说，“枪管里可能已经生锈了。”

我说：“枪管是完美无瑕的。”

母亲本应排在德怀特下一个的，但始终没有叫到她的序号。男人一个接一个地走到场上，而她在旁边看着。我又冷又烦躁。等了好久，我走向河边，想要跳到礁石上。薄雾笼罩着水面。我的手指都冻麻了，但我还是一直跳着，突然听到枪声停了，周围一片寂静，我感觉很孤单。等到我回来时，母亲已经射击完毕。她和一些男人站在一起。其他人则将步枪放到车上，把酒传着喝，他们驶入黄昏中，大声呼唤彼此。

“你错过了我的射击。”我走过来的时候她说道。我问她射得如何。

“德怀特带来的这位真是深藏不露啊。”其中一个男子说。

“你赢了吗？”

她点点头。

“你赢了？不是在开玩笑吧？”

她拿着步枪摆了个姿势。

我在一旁等着，母亲和这些男人闹着玩，放声大笑，互相调笑。由于天气很冷，也由于这些人的称赞，母亲的脸上不禁泛起了红晕。随后，母亲和他们道别，我们朝汽车走去。我说：“我都不知道你是步枪协会会员。”

“我会费还差着一点儿呢。”她说。

德怀特和珀尔坐在前排，熏火腿就放在他们中间。我和母亲坐上车的时候，他们俩都没有说话。德怀特把车开得很快，一路没停，径直回到家里，他脚步沉重地穿过大厅，回到自己的卧室，关上了门。

我们走到厨房，与诺玛和斯基珀一起忙活起来。诺玛从烤箱中取出火鸡，香味顿时溢满整个房间。当她得知我母亲赢了比赛时，就叫道：“噢，天哪，这下我们要倒霉了。他可一直觉得自己是个大猎人呢。”

“他曾经杀死过一头鹿。”珀尔说。

“那是开车撞到的。”诺玛说。

斯基珀站起来，沿着过道走到德怀特的房间。几分钟后，他们俩都回来了，德怀特身子僵直，面露尴尬。斯基珀腼腆而亲昵地开着他的玩笑，德怀特并不恼火，我母亲也表现得仿佛什么都没发生过。德怀特又活跃起来，为他们俩调了酒，很快大家又都开开心心的了。我们坐在诺玛精心摆放的漂亮餐桌旁，吃了火鸡和它肚子里塞着的调料、蜜汁山药、杂碎肉汁和蔓越莓酱。吃完饭，我们开始唱歌。我们唱了《收获月[1]》《肩并肩》《月光水岸》《伯明翰监狱》和《远在卡尤加湖之上》[2]。所有的歌词我都会唱，大家夸我很厉害。我们为诺玛举杯，谢谢她为我们做了火鸡，我们为母亲举杯，祝贺她赢得了火鸡射击比赛。

母亲依然面色泛红，侃侃而谈。关于火鸡的谈论让她想起了战争过后，她带着我和哥哥在康涅狄格州火鸡场度过的那个感恩节。当时很难租到房子，我们又破产了，所以父亲去秘鲁

1 收获月（Harvest moon）指最靠近秋分的满月。

2《远在卡尤加湖之上》（“*Far above Cayuga's Water*”）是康奈尔大学的校歌，动听的旋律被全球多所学校用作校歌。

工作时，就把我们送去和这些火鸡养殖户同住。火鸡场里的养殖户都是新手。感恩节前，他们在没有暖气的棚子里宰杀火鸡，火鸡体内的血都凝固了，变成了紫色。当地的屠夫过来看了看。他建议将火鸡放在温水里泡几天——这样也许会软化血块，让火鸡变成粉红色。他们把火鸡放在我们泡澡的浴缸里。在将近两周的时间里，这些凸起的蓝色尸体就漂浮在浴缸中。

母亲讲完她的故事后，德怀特变得很安静。然后他讲起了自己在菲律宾度过的那个感恩节，当时饥饿的日本士兵奔出丛林，从打菜的队伍里抢走食物，但没有人拿枪攻击他们。

那个故事让珀尔想起了中国跳棋。德怀特和斯基珀不愿参加，但我们其他人都很乐意玩这个游戏。我们先玩个人赛，再玩团体赛。最后一局，我和珀尔是一队的。我们和对手比分拉得很近——非常近。当珀尔落下绝杀子时，我们上蹿下跳，欢呼雀跃，激动地拍着对方的后背。

翌日清晨，德怀特把我们载回了西雅图。在出营的那座桥上，他停了下来，让我们看看水里的鲑鱼。他指给我们看，岩石间的黑影就是鲑鱼。德怀特说，它们从大海一直游到这里来产卵，然后就死掉了。它们已经快死了。从咸水游到淡水里来，它们的肉都腐烂了。鱼丝从身上垂下来，在激流中漂舞着。

有时候，在午餐时间，我、泰勒和西尔弗会在卫生间里晃荡。我们抽抽烟、梳梳头，谈论一些少为人知的妇女秘事。

那时候刚过感恩节不久。我对着泰勒、西尔弗以及一些常驻卫生间的“大麻狂魔”，讲述了自己如何在奇努克杀死火鸡的故事。“我是说我打掉了它的头，哥儿们——我一下子就把它那该死的头打掉了！”

起初没有人回应我。西尔弗学法国人吸了一口烟，然后慢慢地将烟雾吐向天花板。“是用的0.22口径的步枪。”他说。

“真给你说对了，”我说，“是温彻斯特0.22口径的泵动式步枪。”

“沃尔夫，”他说，“你真是满嘴屁话。”

“西尔弗，我才不管你怎么想。”

“0.22英寸的子弹顶多只能在它头上打个小洞。”

我吸了口烟，边说话边吐烟圈：“那可能是因为只用了一颗子弹。”

“哦。哦，我知道了——你射了好几发子弹。在它飞的时候，正好打在它头上。”

我点了点头。

西尔弗放声大笑。其他人也露出难以置信的表情。我一边咒骂西尔弗，一边走到刚刚重新粉刷过的墙边，拿出梳子。那是把女式梳子。我们都随身带着梳子，梳子尾端从屁股后兜里露出来。我用梳尾在未干的软漆里写上“×你妈”，又冲西尔弗骂了声。

那两位“大麻狂魔”丢掉烟，走出卫生间。西尔弗和泰勒照做。我扔掉梳子，也跟着撤了。

下午第一节课，副校长来各个教室巡察，要求找出那些在男厕所里写脏话的人。他说他已经受够了这几个害群之马，他们都是有名有姓的。是的，他要找出这些人的名字，即使把我们每个人都留着过夜也在所不惜。

副校长是新来的，很不讲情面，他说到做到。我知道他不会善罢甘休的，他会不屈不挠，直到把我揪出来。我吓坏了。比起他的怒火，更令我害怕的是他那义正词严的模样，我的胃开始痉挛。下午的时候，胃痉挛越来越严重，我不得不去医务室看病。就是在这里，副校长找上门了。

他踢了踢我躺着的那张折叠床，我疼得直不起腰，满头大汗。“起来。”他说。我困惑地看着他，问道：“您说什么？”

“给我起来。马上！”

我半坐起来，仍装出一副迷惑不解的样子。学校护士来到门口，问出了什么事。副校长告诉她我在装病。

“我才不是呢。”我气冲冲地说。

“他真的很疼。”她对他说。

“这是装出来的。”副校长说，他解释道，我干了些令人作呕的事情，为了避免受到惩罚才使出这种花招。护士诧异地转向我。她一直都很温柔体贴，我不忍心让她以为我会故意利用他人的好心，或者在卫生间墙壁上写污秽之语。那一刻我的确不是这种人。

我开始为自己辩解，但副校长并不理会我。“走吧。”他说。他抓住我一只耳朵，把我揪了起来：“我不是来这儿跟你扯皮的。”

护士盯着他。“等一下。”她说。

他把我拉到走廊上，朝他的办公室走去，他一直紧紧抓着我的耳朵，这样我就不得不侧着走，面朝天花板，一路跌跌撞撞，歇斯底里地挥舞着手臂。

“我要给他母亲打电话，”护士说，“现在就打！”

“我已经打过了。”副校长说。

等我母亲到的时候，我已经与副校长僵持了近一个小时，我坚称自己是无辜的。我越坚持，他就越愤怒，我也就越觉得自己罪不至此。我知道，他就快动手打我了，这让我瞧不起他，他能看出来，于是就更想对我施暴，而这又进一步令我觉得自己是受伤害的无辜者。他越生气，我就越鄙视他，因为我知道他之所以还没动手打我，并不是因为自控力强，而是因为某种制度约束着他。

但我还是很怕他，他就像一只狗快要挣脱链子，朝我扑来。

母亲走进来时，看到的就是这幅光景。她与学校的护士交谈过了，一进来就质问副校长凭什么拽着我的耳朵走。他说这不是重点，沃尔夫太太，我们不要在这里搅浑水，但她说，不，对她而言，这就是重点。她与他之间就隔着一张书桌。她站得笔直，面色苍白，充满敌意。

重点是，他告诉她，我毁坏了学校财产，违反了法律，更别提一些基本的行为准则了。

母亲看着我。我看到她疲惫的样子，她一定也知道我很难受。我摇了摇头。

“你搞错了。”她告诉他。

他笑了，这笑声令人不快。接着，他开始罗列事实，其中包括两个男孩的证词，当这些淫秽的字眼被写在卫生间里时，他们就在现场。

“哪些淫秽的字眼？”她问。

他犹豫了一下，然后，庄重地说：“×你妈。”

“这里面只有一个淫秽的词。”母亲说。

他思忖了一下。他说，鉴于语境特殊，他认为“你妈”也算是一个淫秽的词。

我说不是我干的。

“如果他说不是他干的，那就不是他干的，”母亲说，“他从不说谎。”

“哟，我也从不说谎！”副校长往前一倾站了起来。他打开门，招呼那些在办公室外边等着的“大麻狂魔”进来。他们一齐走进来，面带愧色地瞅了瞅我，一个接一个垂头丧气地嘟嘟囔囔，而我则难以置信地看着他们。

讲完后，副校长放过了他们，并送他们出了门。他现在显得很有把握，整个局势都在他的掌控之中。

“他们在撒谎。”我说。

他没法再装得心平气和了。“他们为什么要这么做？”他问，“给我个理由。”

“我不知道，”我说，“但他们就是在撒谎。”

“这样僵持下去不是办法，”母亲说，“我想我最好能和校长谈谈。”

副校长说由他全权负责本案，这事儿归他管，我们最好明白现在可是他说了算。

但母亲不会让步。最后，我们还是见到了校长。

校长是个神神秘秘、脸色苍白的男人，他害怕小孩，于是整日待在办公室里，躲着我们。他这么做是对的。如果看到他这么软弱，我们就会变得更爱挑事儿，更加残忍。当我和母亲来到他的办公室时，他坚持要先闲聊一会儿，就好像她只是刚好路过，来看看孩子在学校里过得怎么样。

他一度俯身，盯着我的手指。“那是尼古丁吗？”他问。

“不是的，先生。”

“我希望不是。”他向后靠了回去。他的夹克是敞开的，里边穿着绿色的背带裤。“我来和你讲一个故事，”他说，

“听不听完全由你。我不是在指控你，不过如果这个故事对你有帮助，那就再好不过了。”他笑了笑，摆出尖塔形手势，“我以前会抽烟。迫于同辈压力，我开始在大学里吸烟，不知不觉我一天竟要抽掉好几包烟。那些才是真正的香烟，没有现在这种过滤嘴。早上醒来后，我要做的第一件事是伸手拿烟，晚上睡觉前我也总要来一根。

“就这样，有一天晚上我又伸手去拿烟，嗐，真想不到，那包烟居然已经空了。我身上一根烟也没有。那时已经很晚了，太晚了，我不可能去把谁叫醒讨根烟。通常我会从烟灰缸里捡出几个烟头，但那天碰巧我读完书后，把烟灰缸给清理了一下，烟头都倒进废纸篓里，进了垃圾焚化炉了。所以那天睡前，我实在是找不到烟来抽。”

他停下来，回忆了一下年轻时自己那不像话的行为。“你知道我接下来做了什么吗？我来告诉你。我开始原地转圈，心跳得厉害。‘我该怎么办？我该怎么办？’我不停地问自己。然后我跑到楼下的休息室里去了。那里的烟灰缸是空的。后来我开始翻拣走廊上的垃圾桶，终于发现了一个烟头。但是，当我把手伸进去的时候——伸到一个垃圾桶里——我突然想到‘哇。住手，小子’。而我也真的做到了。我走回自己的房间，从此再也没有抽过烟。”

他抬头看着我：“你知道我后来做了什么吗？每天我都会

把那些本来花在香烟上的钱一分不差地存起来。就当作试验。去年我把所有的钱攒到一起，你知道我用来买什么了吗？”

我摇了摇头。

“我用那笔钱买了纳什漫步者[1]。”

母亲大笑起来。

校长放松地靠在椅背上，笑容令人捉摸不透。母亲抽着鼻子，在包里翻找着。她找到一张面巾纸，用来擤了擤鼻涕，好像感冒了似的发出很大的声音。

“想一想，”校长说，“这就是我要说的——想一想就行。”

母亲任由校长唠叨了一会儿，然后提醒他正事还没干呢。他开始变得焦躁不安。他说，他觉得这事还是由副校长定夺比较好。

母亲不愿意。她告诉他，副校长在我生病时对我动粗，学校的护士都看到了。如果实在没办法，母亲说，她准备请个律师。她不想闹那么大，但有必要的话她会这么做的。

校长认为没必要，没必要因为淫秽的字眼大动干戈。

“那不是他干的。”母亲说。

尽管有些不情愿，校长还是试着提了下“大麻狂魔”的证词。母亲转向我，问我他们是否在说真话。

“不是的，女士。”

1 纳什漫步者（Nash Rambler）：1950年，美国纳什汽车公司（Nash Motors）发布的一款紧凑型家用轿车。

“他从不骗我。”母亲说。

校长很烦躁，他似乎就要落荒而逃了。“好吧，”他说，“显然这里有些情况还需要核实一下。”

母亲等着他说话。

他望向她，又望向我，再望向她。“我应该怎么做呢？就不管这事儿了吗？”她没回答，他说，“好吧。那两周怎么样？”

“两周什么？”

“停学。”

“停学两周？”

“那就停学一周，各让一步。这样够公平了吧？”

她皱着眉头，盯着桌子，什么也没说。

他恳求地看着她。“很快就过去了，才五天。”接着他又突然说道，“好吧，这次我就不追究了。对你来说当然没关系了。”他补充说，“反正你又不用在这里工作。”

我们离开校长办公室时，已经放学了。我们穿过空荡荡的走廊，脚步声在两排长长的储物柜之间回荡。我的胃还在痉挛。刚才坐着不动还好，现在站起来走路胃疼得更厉害了，准备出校门的时候，我躲进了卫生间里。门卫已经去过那里了。他把我之前写的改成了“灌醉你”[1]。

1 此处是指门卫将墙上写的“fuck you”改涂成“bock you”，“bock”指烈性啤酒，且译成“把你灌醉”。

现在太迟了，母亲再回公司也来不及，索性就和我一起早点回家。玛丽安嗅出有什么事发生了，就缠着母亲告诉她。我们坐在餐桌旁，玛丽安一边听母亲说话，一边来回看我们俩，重重地摇着头，但幅度不大，好像在甩干头发。后来她干脆直勾勾地盯着我，不再挪开眼神。故事快讲完时，母亲再次因为我受到粗暴对待而义愤填膺，这时玛丽安让我出去一下。

我在客厅里听着。起初母亲据理力争，但玛丽安渐渐占了上风。这一次，老天做证，她要让我母亲看清真相。玛丽安没有抓住我的所有把柄，但她知道我干过不少坏事，足够说上好一会儿，她尽心竭力地数落我的罪行，如果说我的胡作非为是一首曲子，那她就是把自己知道的音符都敲了一遍。

她不停地说啊说。我回到楼上的卧室，等着母亲回来，练习如何回应玛丽安对我的指控。但是当母亲走进房间时，她什么也没说。她在床边坐了一会儿，揉了揉眼睛；然后，她慢慢地脱衣服，脱到只剩下衬裙，走进浴室，洗起了澡，她在浴缸里躺了很久，有时候晚上下雨，她回家后也会这样洗很久。

我已经准备好怎么回应了，但母亲什么都没问我。她洗完澡后，躺下来看了会儿书，然后为我们准备晚餐，吃完后又继续看书。她很早就上床歇息了。黑暗中，我仍在编着答案，想着如何证明自己是无辜的，虽然我知道这是自欺欺人，但就是没法停下来。

那个周末，德怀特来我家了。他们在一起待了很久，之后母亲告诉我，德怀特敦促她考虑一项提议，她得好好想一想。他建议圣诞节后我搬去奇努克与他同住，在那里上学。如果一切顺利，如果我真的做出一些努力，与德怀特和他的孩子们相处愉快，她就会辞职，接受他的求婚。

听她讲的时候，仿佛这并不是什么好消息。她说得好像这是一项不得不履行的义务，如果不这样去做，她就太过自私了。但首先她需要征得我的同意。我想反正也没别的选择了，就同意呗。

全新的交易

德怀特开车的时候，总是闷闷不乐地想着什么。我说话的时候，他要么草草回应，要么直接忽略。他的表情偶尔会有些变化，嘴里嘟哝着，像在提出一些论点。他叼着根“骆驼”牌香烟。开到康克立对侧的时候，他突然往左急转弯，撞到了一只过路的海狸。德怀特说他转弯是为了避开海狸，但事实并非如此。他是故意驶离路线碾死这只海狸的。他把车开到路肩上，再倒回海狸躺着的地方。

我们走出去，看着这只海狸。我没看到血迹。海狸四脚朝天，眼睛睁着，露出弯弯的黄色牙齿。德怀特用脚踢了它一下。“死了。”他说。

它真的死了。

“把它捡起来。”德怀特对我说。他打开汽车后备厢，又说了一遍：“把它捡起来。到家时，我们把这玩意儿的皮给剥了。”

我想照着德怀特的指示去做，但我做不到。我站在原地，凝视着海狸。

德怀特走到我旁边。“那张兽皮至少值五十美元，”他补充说，“可别跟我说你不敢碰这死东西。”

“不是的，先生。”

“那就捡起来。”他看着我，“它已经死了，看在上帝的分上，只是一堆肉而已。你会怕一个汉堡吗？瞧。”他弯下腰，单手握着尾巴，把海狸抬离地面。他装得毫不费力的样子，但我能看出海狸的重量叫他吃了一惊，他花了好大劲儿才提起来。一股血从海狸的鼻子里流出来，又止住了。德怀特赶紧跳开，但鞋子还是沾上了几滴血。德怀特用双手把海狸抓在身前，拿到敞开的后备厢前，丢了进去。它重重地摔在上面。“待在那儿。”说完之后，他把手往裤腿上擦了擦。

我们往山脉更深处驶去。已经是傍晚了，光线清冷暗淡。河流在路旁的树木之间涌动，闪着绿光，等到太阳下山后，河流又变成了锡灰色。山里变暗了，夜幕降临了。

德怀特在一家小酒馆前停了下来，这里是马布尔芒特村庄，到奇努克之前经过的最后一个村落。他买了汉堡和薯条，拿到车里给我，让我待着别动，他又进酒馆去了。吃完后，我穿上外套，等着德怀特出来。时间一点一滴地过去。我不时地溜下车，来来回回地走上一小段路。我曾壮着胆从小酒馆的窗户往里瞅了一眼，但玻璃上都是雾气。我回到车里，听起了收音机，小心留意着酒馆的门。德怀特让我不要使用收音机，因为电池可能会耗尽。一想到自己居然害怕那只海狸，我就心情低落，我不想再惹什么麻烦了，我希望一切都顺利。

我之所以同意来奇努克，部分原因在于我认为自己别无选择。但其实还有别的原因。我骨子里非常传统，这一点和母亲天差地别。我憧憬着自己能生活在一个传统的家庭里，有房子住，有一个大哥哥和几个姐妹——如果其中一个姐姐是诺玛，那就最好了。在内心深处，我瞧不起自己在西雅图的生活。我感到厌倦，却不知道如何做出改变。我觉得，来到奇努克，远离泰勒和西尔弗，远离玛丽安，远离那些对我形成刻板印象的人，我就能重新做人。我可以说自己文体兼修，是个自尊自爱、颇有能耐的男孩，这里的人们没有任何理由怀疑我，他们肯定会相信我就是这样的男孩，我也会自然而然地变成这种男孩。我以为，正是由于他人的质疑，我才迟迟无法改头换面。这种想法实在是很难摆脱。

我把收音机开得很小声，寻思这样可以少耗些电。德怀特在小酒馆里待了好久，至少与我们从西雅图开到这里的时间一样长，他从酒馆出来后，就迅速地开出了停车场。他开得很快，我没太在意，可是到了连续弯道处，车开始摆尾，我就有点害怕了。这段路旁边就是深不见底的峡谷，在我们右侧，山坡几乎与河面垂直。轮胎在地上来回摩擦，但德怀特似乎听不到这刺耳的声音。我往前倾，看了看仪表盘，他瞥了我一眼，问我在担心什么。

我说我有点反胃。

“反胃？像你这样的棒小伙也会反胃？”

大灯扫到黑暗的峡谷里，又照回路面。“我不是什么棒小伙。”我说。

“我听别人这么说的，说你是个真正的棒小伙。想去哪儿就去哪儿，想来就来，想走就走，是不是？”

我摇了摇头。

“我听别人这么说的，”他说，“说你是个社交达人，还是个演员。对不对？你是个演员吧？”

“不是的，先生。”

“你这是在骗人。”德怀特一会儿看看我，一会儿瞅瞅道路。

“德怀特，请开慢一点。”我说。

“如果说有什么是我最无法忍受的，”德怀特说，“那就是骗子。”

我往后靠在座位上：“我不是骗子。”

“你就是个骗子。要么玛丽安是个骗子。玛丽安是骗子吗？”

我没回答。

“她说你是个挺厉害的小演员。这是在说谎吗？只要你向我保证那是骗人的，我们就马上开回西雅图，跟她这个骗子当面对质。你想要我这样做吗？”

我说不，我不想。

“那么你才是骗子。对吧？”

我点点头。

“玛丽安说你是个挺厉害的小演员。是真的吗？”

“我猜是的。”我说。

“你还猜，猜个头。来，直接演一演吧。继续啊。给我演一演。”看我一动不动，他就说道，“我可是等着呢。”

“我做不到。”

“你当然可以做到。”

“我做不到，先生。”

“你当然可以做到，模仿我。我听说你模仿我来着。”

我摇了摇头。

“模仿我，我听说你很擅长模仿我。模仿我拿打火机的样子。来，打火机在这儿，模仿我拿打火机的样子。”他将芝宝牌打火机从绒布盒里拿出来，“继续啊。”

我坐着不动，双手放在仪表盘上。车子都快飞起来了。

“拿着！”

我没动。

他把打火机放回了口袋。“棒小伙，”他说，“你再在我面前耍花样，我就敲掉你的头，明白了吗？”

“明白了，先生。”

“你需要改变。懂了吗？你的生活就要发生翻天覆地的变化了。”

我做好了准备，迎接下一个急转弯。

家庭公民义务

德怀特仔细地把我研究了一遍。白天他抱怨卡车和发电机引擎的时候，晚上他观察我吃饭的时候，深夜他心事重重地坐在餐桌旁喝着“老鸦”酒、抽着“骆驼”烟的时候，他都在研究我。只要一有想法，他就跟我们分享。他认为，我的问题在于，自以为什么事儿都不用做，就可以安稳度日；我的问题在于，自以为比其他人都要聪明；我的问题在于，自以为别人都猜不透我在想什么；我的问题在于，我从不思考。

还有一个问题在于，我实在是太闲了。德怀特解决了这个问题。他安排我当本地报童。他让我加入童子军。他让我干很多杂活，还怂恿珀尔监督我，一发现我拖拖拉拉或者马马虎虎，就要告诉他。有些杂活是可以接受的，有些则是不可理喻的，有些甚至是稀奇古怪的，就像心血来潮给寻宝者设定的那种最刁钻的任务。

感恩节过后，德怀特一知道我要过来与他同住，就从屋子前那些树上摘了很多栗子，装了好几箱，让我剥壳。我和珀尔吃完晚餐后，德怀特会在杂物间地板上倒一堆栗子，让我用一把小刀和一对钳子去壳，直到他认为我晚上的工作量够了，才肯让我歇息。栗壳坚硬，上面还布满尖尖的刺。一开始我戴着手套，但德怀特觉得戴手套太娇气了。他说徒手才能很好地握住栗壳，这倒是没错，但他居然骗我尖刺不会戳破皮肤。我的手指不是被割伤，就是被划破，疼得令人发狂。更糟糕的是，破碎的果壳渗出了汁液，我的手因此而发臭，皮肤都变成了橙色。硼砂也没办法给伤口彻底消毒。

我几乎每天晚上都在剥栗子，除非德怀特给我安排别的工作，冬季我的大部分时间花在给栗子去壳上。我本来可以早点把它们弄完的，但我总在做白日梦，想象自己是魔法城堡里的厨房男孩，坐着都快冻僵了，一只手握着栗子，另一只手握着工具，直到突然临近的脚步声将我从梦中唤醒，把双眼蒙眬、迷惑不解的我抛回现实中。

杂物间就在前门后边。“杂物间”是德怀特自己取的名字，在别人家这其实就是泥土室[1]。大家在门口进进出出，或者要去洗手间时，都不得不从我和栗子旁边经过。斯基珀每次

1 泥土室（mudroom）相当于玄关。以前在美国，尤其是泥泞的郊区或农村，人们进门前就把沾满泥土的鞋子和外套脱放在这个小房间里，有的还会配备花洒，方便清洗泥巴。

路过，都会严肃地点点头。诺玛会同情地看着我，有时候停下来一会儿，装模作样地问有什么能帮得上我的。他们俩都告诉德怀特这样做太过分了。德怀特让他们别多管闲事。我一直都希望他们能真的替我求求情，可他们都忙着做自己的事情。斯基珀还在改制自己的汽车。诺玛则爱上了来自马布尔芒特的印第安男孩鲍比·克罗，这男孩几乎每天晚上都开车来见她。德怀特不喜欢鲍比，但诺玛还是会偷偷溜出门，当德怀特质问她时，她就撒弥天大谎，德怀特却丝毫不起疑心。我知道她和鲍比去了哪里，他们去了村里一个又脏又乱的地方，据说是某个独臂杀手经常光顾的爱畜动物园[1]，这个杀手从位于塞德罗伍利市的州立精神病院里逃了出来。诺玛告诉我，有一天晚上，她听到车外传来声响，就让鲍比赶紧开车离开。回到家后，他们发现车门把手上挂着一个血淋淋的钩子。这是真事儿，但诺玛让我保证永远不会告诉其他人。动物园里还有熊，它们混迹于垃圾之中，时不时用后腿站立起来，鼻子上套着瓶瓶罐罐。

我处理完那些栗子，就把它们放到阁楼上。那里很潮湿，珀尔的旧玩偶乱丢乱放，在手电筒照射下，它们的眼睛还会发光，阁楼上还有一堆报废的家用电器、一摞《科利尔》杂志和一个洗衣盆，盆里面用盐水浸泡着海狸。

1 爱畜动物园（petting zoo）指动物园里有块专门区域允许儿童触摸动物。

斯基珀和诺玛都习惯了看我剥栗子的样子，因为几乎每次碰面我都是这副形象，在我早上醒来之前，他们已经坐着公交车去了康克立，等到他们回家时，已经是晚饭时间了。他们也就渐渐看惯了。珀尔却没有习以为常。每晚她都要找各种借口来到泥土室，在我附近徘徊差不多二十次，直到我忍不住抬起头，发现她低着头，使劲盯着我看，双眸明亮，脸上露出一丝微笑。有时候德怀特会过来检查进度如何。他给我打气，说再过一两年，大家就会坐在一起吃我亲手剥的栗子了。

因此，我晚上的时间就都耗在这一箱箱的栗子上了，油光锃亮的棒球手套戴久了，双手也染上了同样的颜色，气味难闻得要命。和我一块上学的那些男孩开始嘴里乱放炮，最后——我选择了看起来最弱的那个男孩——和他打了一架。不过那时，栗壳早就已经剥完了。

放学后，我去送报纸。德怀特从前任报童手中买下了这条卖报路线，几乎分文未花，因为那男孩早就厌倦了这份工作，巴不得赶紧脱手。我把《西雅图时报》和《西雅图邮讯报》送到了奇努克的大多数住宅里，也送到了单身汉居住的营房里。走这条路线每个月可以拿到五十至六十美元的工资，我一领到钱，德怀特就收走了。他说，未来我真的需要这笔钱的时候，一定会感谢他的。

我沿着卖报路线慢悠悠地走着，尽可能地晚回家。我坐在单身公寓里，阅读他们的杂志（绅士在瓦萨学院当起了卧底！我被囚禁长达十年！）。我与同学厮混，和狗一起玩耍，把两份报纸从头读到尾。有时候我只是随便坐在栏杆上，抬头望着群山。但我只能看到它们笼罩在阴影里的样子。早上上课前，太阳还没有升到山顶，而放学的时候，太阳已经落到了西边。我生活在永恒的暮色中。

光线的缺失让我感到压抑。它承载了我独自来到新地方生活的缺失感，即便我不愿承认，甚至无法定义它，但这种缺失感依然很强烈。父亲和哥哥都不在我身边。朋友们也不在。最重要的是，母亲的到来似乎也遥遥无期。过完圣诞节好几周了，她还是没给德怀特一个准话。她想再确认一下，她跟我说。与德怀特结婚意味着她要辞去工作，要卖掉房子，把后路都断了。她不想太仓促地做出决定。

我理解母亲，但我对她的思念却未因此而减少半分。由于她的存在，整个世界都显得很友好。而且不知何故，和她在一起时，世界真的变得友好了。她随时随地能跟别人聊起来，不论是在杂货店、购票长队还是餐馆，她总能让人们敞开心扉讲自己的故事，她则全神贯注地聆听着，与他们产生情感上的共鸣。母亲从不先入为主地认为别人无聊或者刻薄，她预设他们都是可爱有趣的，他们也感受到了她的信任，大多数时候不会令她失望。从盐湖城到波特兰的巴士上，她与每个人谈笑风生，整辆车看起来像在开派对一样。有位女乘客在波特兰开了家商店，居然提出要聘她当员工，还让我们先暂住她家，直到找着住的地方为止，但母亲谢绝了她的好意，因为她觉得西雅图才是她的幸运之地。

现在，只有当德怀特同意载我去西雅图时，我才能见上母亲一面。他总找借口不带我去，说我要去送报纸，要去做作业，或者说我那周又干了什么错事。如果有时候不得不带我去，他就会留意我的一举一动。我走到哪儿，他就跟到哪儿，还装得乐呵呵的。他对我微笑着，把手搭在我肩上，总是提及我们一起做过的趣事儿。我只能配合他的表演。我厌恶地看着自己，对自己如此虚伪大感吃惊，但却无能为力。我也冲他傻笑着，他让我大笑我就大笑，他故意暗示我们是好哥们儿，我们在一起过得很开心，我也一一附和。德怀特为达目的不择手段，而我从不拆台。探亲结束，母亲设法和我二人独处，我却因为入戏太深而无法自拔。“怎么样？”她会问。我就回答：“挺好的。”

“当真？”

“当真。”

我们会慢慢地走向汽车，德怀特看着我们走近。“如果发生了什么事，千万别瞒着我。好吗？”

“好的，女士。”

“向我保证。”

我会向她保证。然后德怀特就开车载我回山里，在路上，他抽着烟，若有所思，总转过头来看我，想要从我的表情中找到母亲迟疑未决的缘由。经过马布尔芒特时，他会在小酒馆停下来，喝上几个小时，再重新上路，在河上的道路左弯右绕，说我哪里哪里又做错了。

德怀特的诉状并非完全捏造，但实在是没完没了。他不停地给我列罪状，很快我就破罐破摔了。在我看来，这就像是还要忍受的坏天气，伤不着我，但是离我很近，昏暗而沉重。

我送报纸的时候总是慢吞吞的，胸前和背后的报童包随意晃荡。我坐在雇主家门前的台阶上，眼睛不知望向何处。我脑子里想着乘法表。我常常想象自己是个军人，做了些勇敢无畏的事情，我的想象十分繁复详尽，就连战友的履历都规划得一清二楚，我能看到他们的面孔，听到他们的声音，当我奋勇向前却没能把战友救下来时，我还会感到悲伤。快入夜时，德怀特让珀尔给我传信：老爸让你抓紧时间，要不然有你好受的。老爸让你动作快点，要不然你吃不了兜着走。

我每周有一个晚上会去参加童子军会议。德怀特为了确保我在会议上不胡闹，确保我真的像他小时候一样认真学点东西，他主动申请要当童子军团长助理。他给了我一件斯基珀穿过的特大号制服，自己却买了新的制服和整套装备。童子军团长总是穿着牛仔裤、运动鞋和童子军规定衬衫，而德怀特则完全不同，每次都全副武装，佩戴着徽章，饰着穗带，戴着围巾，脚上穿的鞋子还是我给擦亮的，我擦鞋油的时候他还在旁边指指点点，向我指出哪里没擦到或者哪里擦得还不够亮。团长开会时，德怀特就靠着墙，与大一些的男孩聊天抽烟，被他们的笑话逗乐。散会后，我俩就像父子一般，微笑着和别人挥手告别，然后默默地一起回家。

一回到家，德怀特就坐在餐桌旁喝“老鸦”酒，开始细数我的表现。在团长宣布事情时，我没有注意听。我总和那些坏男孩一起吊儿郎当的。我忘了在人工呼吸的时候要检查舌头。为什么我总漏掉这一步？要检查那该死的舌头！我可以为某个可怜的溺水的人做人工呼吸，让他平安回家，但如果他把舌头咬住了，就是童子军也回天乏术。这很难记住吗？

我会说不难，下次我会记得的，但其实我并没有忘记这一步骤，我只是不想把手指伸进那个小孩嘴里，他刚吃了花生酱和饼干。如果遇到一个真正的溺水者，我会竭尽所能地帮助他，包括检查他的舌头——我只是无法郑重而高效地给面前这个男孩进行人工呼吸。

但我还挺喜欢当童子军的。高贵的辞令让我激动不已，我们发誓要效忠那忠贞不渝的骑士精神。虽然我的制服宽松又破烂，但我仍觉得自己像个士兵。我认真学习，一心想着晋升军衔，雄心勃勃地追求荣誉，还做了日程表，定好期限，要从初级童子军变成老鹰级童子军。我的眼睛变得像餐厅领班一样敏锐，当我们与其他部队见面切磋技艺时，只需瞥一眼他们的制服，我就能准确判断出他们的等级。在我看来，参加童子军的主要目的是搜集符号，共享这些符号的人互相尊重，至少客客气气的，被排斥在符号之外的人则艳羡不已。完成轰动的爱国事迹和虔敬之举，学习绳索知识、急救技能和森林、高山和溪流的相关知识，在我看来都只是获得徽章的手段。

德怀特把斯基珀那本老旧的童子军手册给了我，这种男孩专属的《手册》在斯基珀那个年代就已经过时了。1942年的版本里满是图片，拍摄战争期间童子军如何小心留意纳粹潜艇和日本轰炸机。我几乎每天晚上都阅读这本《手册》，慢慢寻找容易获得的一些“勋章”，比如熟悉印第安传说、学会装订书、研究爬行动物和个人健康（“向他人演示正确的刷牙方法并讨论护牙的重要性”），等等。荣誉徽章的索引后面是宣传童子军官方装备的广告，接着列出一些生产必需品的公司，包括可口可乐、伊士曼柯达、喜运来和雀巢（生产“童子军压缩食品”），最后一节是“去哪里上学”。这些学校大多是军校，校名读起来就像双管枪一样洪亮。卡森龙、摩根公园、科克伦—布莱恩、福吉谷、城堡高地。

这些广告我都爱看。它们是《手册》的一部分，在广告页面中，“童子军精神”和“商业精神”往往随意糅合、密不可分。“有了童子军精神，在任何商业领域都能取得成功——童子军理想就意味着生意蒸蒸日上。”童子军的“日行一善”被分门别类地列出来，完成任务——如帮助一个外国男孩学习英语语法、帮助扑灭田野大火、帮助跛腿的狗喝水——就可以打钩。在这里，即便是定性的自我评定也可以化作定量问题。“如果满分100，我给自己打多少分才算是合理的？”

我喜欢所有这些数字和表格，因为它们为我指明了努力的方向。但我最喜欢的还是《手册》的口吻，既浮夸又亲切，设法让读者认为要成为一个好男孩是很冒险的，甚至可以说是浪漫的。童子军精神可以追溯到亚瑟王的圆桌会议、探险家、先驱和战士身上，他们崇尚公平竞争，洁身自好，以此实现征服。“寻欢作乐的男人是受不住磨难的，他很快就会感到疲惫，是那种在关键时刻缺乏勇气的人。他经不起惩罚，无法东山再起。”

我很容易被这种战友般亲切的口吻洗脑，忘了自己其实并不够格。

童子军的官方杂志《男孩的生活》也对我产生了同样的影响。我读得出神，几乎被“蛊惑”了，以为自己真的和杂志所表彰的那种敢闯荡、够胆量的男孩没啥区别。这些男孩从西班牙帆船上收集宝藏，在空谷仓里建造作战飞机；这些男孩到北极滑雪，独自绕着好望角航行；这些男孩救死扶伤，被野蛮部落接纳，靠荒野狩猎谋生，最终进入大学。这些男孩的事迹令我跃跃欲试，热切地规划着未来。

母亲允许我把温彻斯特步枪带到奇努克。当我独自一人在家时，偶尔会穿上童子军制服，背着步枪，在镜子前练习印第安手语。

饥饿。

哥哥。

食物。

想要。

伟大的奥秘。

母亲终于跟德怀特说了个日期，日期定在3月。一知道她要过来，他就开始谈论房屋要怎么翻新，但是他晚上都在喝酒，并没有付诸行动。母亲辞职前几周，他把五加仑罐装的油漆带回了家，全都是白油漆。德怀特摊开防水布，连着好几天，我们都熬夜粉刷天花板和墙壁。涂完之后，德怀特环顾四周，觉得挺好的，又继续给别的东西涂漆。他把咖啡桌漆成白色，把所有的床都漆成白色，还把抽屉柜子和餐桌也漆成白色。他把家具上涂的这种颜色称为“浅色”，但事实上既不是浅色，也不是米白色，而是鲜明、强烈又刺眼的白色。房子里散发着难闻的油漆味。

就在德怀特打算开车去接母亲的几天前，她打来了电话。她与他聊了一会儿，然后说要跟我谈谈。她想知道我过得怎么样。

挺好的，我告诉她。

她说自己总感觉情绪低落，只是想确认我对一切是否满意。这可是件大事儿。问我和德怀特相处得融洽吗？

我说是的。他当时也在客厅里，正在给一些椅子涂漆，不过，就算只有我一个人在，我可能也会给出同样的答案。

母亲告诉我现在改变主意还不晚。她可以继续工作，找一找别的住处。难道我不知道吗，不知道现在还不算太晚？

我说我知道，但其实我觉得已经太晚了。我开始感到这一切都是命中注定，我注定要把这个毫无温情的地方当成自己的家，把一个看到我就生气、随意践踏我的男人当成父亲。母亲告诉我还为时不晚，但我不信。我知道她说的是心里话，可在我看来她这是在欺骗她自己。事情已经搞得不可收拾了。奇怪的是，正是在她告诉我一切都还来得及的时候，我才确信一切都已经太迟了。这些话听上去并非希冀之语，而更像是悼文，像是我们坠入深渊前撒的最后一个谎。

母亲挂了电话之后，我和德怀特把餐厅里的椅子都粉刷了一遍。然后他点了根香烟，环顾四周，手里还拿着刷子。他若有所思地盯着钢琴，开口道：“有点不和谐啊，是不是？”

我也望向了钢琴。那是正宗的老鲍德温牌，用黑胡桃木做的，是他花了二十美元买来的，卖主要搬家，懒得把琴运来运去。德怀特把钢琴带回家后，开心得手舞足蹈，庆祝自己捡了个大便宜。他说这些愚蠢的乡巴佬不知道这架钢琴起码值售价的两倍。有天晚上，德怀特坐在钢琴前，想要施展一下才华，可弹了几组糟糕的和弦之后，他猛然盖上了琴板，宣布这架钢琴音调不准。自那以后，他再也没有碰过这架钢琴。有时候，珀尔会笨拙地弹弹《筷子》，除此之外，没人再用过这架钢琴，它变成了一件普普通通的家具。在满室白漆中，黑色的钢琴显得格外亮眼。它占据了人的整个视线。

我也认为这钢琴看起来不太和谐。

我们开始给它涂白漆。我们用的是细刷子，这样就不会刷得太粗糙。我们给钢琴的椅子、底座以及底座与琴键座之间饰有凹槽纹的柱子上刷了白漆。我们给雕刻的涡卷形装饰涂了白漆。我们给琴键座上方的精美镶嵌画刷了白漆，画里本来是一个扎着辫子的金发女孩，她从山墙上的窗户里探出身子，听树枝上的红雀歌唱。我们给乌黑发亮的柜子刷了白漆。我们甚至给脚踏板也刷了白漆。最后，德怀特觉得古典的象牙黄和崭新的白漆很不搭，因此我们特别仔细地给琴键也刷了白漆，当然了，黑色的琴键就不必刷了。

我和另外两个男孩站在路上，报童包沉甸甸的，还有好多报纸没送，这时候，我看到他带着小狗佩珀走过来了。我们仨开始嘲弄他。他叫亚瑟·盖尔，是六年级的男孩里最不酷的一个，或许还是整个营地中最逊的。亚瑟是个“娘娘腔”。据说在他很小的时候，母亲就给他穿女孩儿的衣服，才害他变得这么娘娘腔。他像女孩儿一样走路，像女孩儿一样奔跑，像女孩儿一样扔东西。我父亲也叫亚瑟，所以我觉得这名字还好，但盖尔[1]这个姓氏听上去就娘里娘气的。他很聪明。他把自己那俏皮而机智的声音运用得恰到好处，显得自己很聪明。每次和他交流之后，我也会变得更聪明一些。

亚瑟开始对我不耐烦了。他似乎想要一些东西。有时候我注意到他满怀期待地看着我，好像在等我跟他坦白。我的确对他有所隐瞒。从小到大，我几乎一眼就能认出那些想和我做朋友的人，他们也能认出我。亚瑟就是其中之一。我喜欢他。我喜欢他尖酸刻薄又不失风趣、鬼话连篇，我根本不在乎别人怎么看他。但我不敢轻易和他建立友谊，因为我担心自己会为此付出代价。

亚瑟朝我们走过来，淡然一笑。他肯定知道我们在议论他。他停下了脚步，对我说：“你妈妈没教你小便后要洗手吗？”

我的手不怎么发黄了，事实上，几乎看不出有什么异样。

1 盖尔（Gayle）与同性恋（gay）形近。

我已经好几周没碰过栗子了，早就剥完了。

正值春季。地上都是蓬松的积雪，天气最暖和的时候，如果你仔细聆听，就会听到微弱的水蒸发的声音，不停地嗞嗞作响，几乎和下小雨的声音一样。树木在蒙蒙薄雾中发出新芽。熊开始出现在上边的山坡处，待在闪闪发亮的花岗岩面上，晒着太阳，借石头的热气取暖；午餐时间，人们走到台阶上，仰起脸，慈爱地望着它们。我又和母亲团聚了。栗子也全都剥完皮，放在阁楼上风干了。这种时候，我何必没事找事呢？

我本来不打算跟他一般见识的。但我不喜欢被嘲笑，也不喜欢别人对我的手说三道四。亚瑟还说了其他类似的风凉话。他体形比我大，尤其是肚子，但我觉得那不过就是一堆脂肪。我肯定能够击倒他，绝对没问题。是他先挑衅我的，旁边还有目击者，可以把这事儿传开来。是时候让他尝尝我的厉害了。

我开始反攻，叫了他一声死胖子。

亚瑟还是对我微笑着。“不好意思，”他说，“不知道有没有人说过你看上去就像一堆呕吐物？”

我们就这样斗起嘴来，然后我叫他娘娘腔。

他脸上的笑容消失了。那一刻，我突然想到，尽管大家私底下都叫亚瑟娘娘腔，但我还从未听过有人当他面这么说。一听到这个词，他整个人都不对劲了，面红耳赤，我意识到其中必有缘由。过去一定发生过什么大事，但是我不知情。

他一挥拳，就重重地打在我的耳朵上。我的脑袋一下子炸开了，沙沙地响个不停，仿佛有人在我耳边揉纸团一样。这种状况后来持续了好几天。他再次挥拳时，我转过身，结果后脑勺中了一击。他挥拳时就像棒球手从体侧投球，虽然用的是手腕，但不知怎的他把全身力气都使上了。这次他把我打得跪倒在地。他往后退了几步，又踢我的肚子。我包里的报纸帮我挡了这一脚，令我惊愕的是，他居然会真的踢我。看来他是不打赢不罢休了。

他的小狗冲着我的脸汪汪大叫。

我爬起来时，亚瑟又朝我猛冲过来，挥舞着手臂，拳头像雨点般落在我肩上。他差点又把我击倒了，但我往他眼睛上打了一拳，这把我们俩都吓了一跳。他停下来，大吼一声。他那只眼睁不开了，满脸通红，涕泗横流。我看他眼睛都成这样了，不免担心起来。我想要到此为止，但他不想。他又朝我冲过来。我用手箍住他，抱着他，让他的手臂无法动弹。我们像喝醉的舞者一样，在马路上跌跌撞撞，他突然勾住了我的腿，把我绊倒，我们就从山上滚了下去，沿着长长的泥堤，用膝盖乱踢乱蹬，高声尖叫，胡言乱语。他已经疯了，我能看出来，但我别无他法，只能跟着一起疯。

我们滚着滚着，滚到了堤岸底端的泥潭里。我们互相摁着对方，一会儿他在上，一会儿我在上。之前我站着时，还可以拿报童包当铠甲，可现在包上全是泥巴，勒着我的肩膀。我没办法好好给他一拳。我只能紧紧地抓住他，不让他打到我。他拼命挣扎着，突然倒在我身上。他气喘吁吁的。他太重了，压得我无法动弹。我积蓄力量，使劲把他摔开。这一下我真的筋疲力尽了。我们紧挨着躺在一起，大口大口地喘着粗气。佩珀咬着我的裤腿往外拽，低声吼叫着。

亚瑟动弹了一下。他站了起来，从堤岸往上走。我跟在他后面，以为这事儿就到此结束了，没想到走到坡顶时，他突然转身说："收回你的话。"

另外两个男孩都看着我呢。我摇了摇头。

亚瑟推了我一把，我又开始往下滑。

"收回你的话。"他大吼道。

佩珀跟着我往下滑，汪汪乱叫，扑过来咬我。从我和亚瑟打架开始，佩珀就一直攻击我，哪怕只是叫着和在我周围蹦来跳去，这成了压垮我的最后一根稻草。连只小狗都跟我作对，真是令人沮丧。我喜欢小狗。比起人来，我更喜欢小狗，我希望它们也能喜欢我。

我重新往上走，佩珀紧随其后。

"收回你的话。"亚瑟说。

"好吧。"我说。

"说出来。"

“好的。我收回之前的话。”

“不。你得说，‘你不是娘娘腔’。”

我抬头看着他和另外两个男孩。他们幸灾乐祸又一脸鄙夷地看着我，但亚瑟的表情却不是这样。相反，他十分认真诚恳，我实在无法拒绝他的要求。于是我说道：“你不是娘娘腔。”

他叫上佩珀，转身离开了。当我走回坡顶时，看到他正往家的方向走。另外两个男孩躁动不已，兴奋地比画着想象中的打架招式。他们想谈论这场打斗，但我对此意兴阑珊。我的衣服上沾满了泥。我背着脏兮兮的报童包，里面的报纸全毁了。我的耳朵很疼。

我步履沉重地走回家。

珀尔正坐在台阶上吃东西。我走过来时，她上上下下地打量着我。“你完蛋了。”她说。

母亲让我在杂物间脱掉衣服，洗个澡。随后，她又带我到厨房坐下，在我身上的划痕处涂了碘酒，可能是我滚下山路的时候擦伤的。她努力表现得很严肃。我知道她没有生气，但也晓得如果我不装出一副忏悔的样子，她就会真的生气，因此我垂下头，向她保证，下次打架之前，我一定会三思而后行，不轻易动手。“你最好告诉爸爸。”珀尔对我母亲说。

母亲疲惫地点了点头。“你可以告诉他。”她说。

她和德怀特处得不好。两天前他们刚从温哥华度完蜜月回来，从那个夜晚起，他俩关系就一直很僵，沉默不语，表情严肃；他们把行李箱拿进房子，穿过大厅，再走进德怀特的房间，整个过程中，他们连看都不看对方一眼。那天，德怀特喝酒喝到很晚，后来在沙发上睡着了。他经常这样，有时候连续三四个晚上彻夜喝酒，周六和周日喝得特别猛。周末两天，我一般都是全家起得最早的，因为那两天报纸到得特别早。我起来的时候，总能看见德怀特在沙发上睡觉，电视刺刺作响，闪着信号测试图[1]。

在最初的几周里，母亲非常沮丧。她睡得很晚，以前她从不那样熬夜，当我回家吃午饭时，有时候还会看到她穿着浴袍，坐在餐桌旁，恍惚地盯着屋内那条纯白明亮的过道。我从未见过母亲认输，我也从不觉得她可能会认输，可现在看她有点要放弃的意思，我陷入了沉思。有那么一会儿，我意识到自己生命中所有美好的事物都有可能消逝，就这样从另一个人的希望和意志中一天天被抽离出来。不过后来母亲又振作了起来，我也就不再想这个问题了。

她没有认输。相反，她相信自己依然可以在奇努克创造新生活。她申请了购枪许可证，并说服步枪俱乐部的负责人接纳她为会员。她在单身汉营地餐厅里兼职做服务员。她在房子里

1 早期显像管电视的屏幕图像很容易受外部因素影响，用户便可以根据信号测试图（Test Pattern），转动按钮校准图像。

种满了植物，把珀尔当成自己的女儿，还执意要我们像真正的家人一样共度美好时光。

我们也照做了。但这注定要失败，因为我们所要模仿的家庭并不存在；现实中，像我们这种麻烦多多的家庭永远不可能共度美好时光。

德怀特认为大部分麻烦都是我造成的。我的确惹了不少麻烦。我总让家人操心，甚至好心办坏事。每次我把事情搞砸，都会让家人争吵不断，这次我跟亚瑟·盖尔打架，家里免不了又要大闹一场。

五点钟，门外响起了汽笛声，珀尔走出去等着德怀特。

他直奔我的房间。当我身后的门打开时，我正盯着书桌上的作业，准备表现得若无其事。我转过身，就这样看着他。他咧嘴一笑。他走进房间，坐在斯基珀的床上。他仍龇牙笑着问："谁赢了？"

他让我一遍遍地复述整个故事。每听一次，他都会大笑着拍打自己的大腿。一开始，我不情不愿地承认可能是因为我管亚瑟叫娘娘腔才引发了这场搏斗；后来，看到德怀特津津有味的样子，我就仔细回忆了一下，当时自己说的其实是"又肥又胖的娘娘腔"。我告诉他我把亚瑟打倒了，还形容了他那青肿的眼眶。我让德怀特以为那天我把亚瑟狠狠地教训了一顿。

"你真的把他眼眶打青了？"德怀特问。

“好吧，还没到瘀青的地步。”

“那有没有打肿呢？”

我点了点头。

“那就是给他揍成乌眼青了，”他说，“妥妥的。”

我避开最关键的那个问题，绝口不提谁是最后的赢家。我只是透露，我的小胜利并没有终结这场打斗，因为亚瑟又趁我不注意，打了我耳朵。

“那就是你不对了，”德怀特告诉我，“你肯定是放松警惕了。要不然不可能被偷袭的。”他开始在房间里踱起步来。“我可以教你一些招数，保证把小盖尔勋爵揍得眼冒金星。”

那天吃晚饭的时候，德怀特让我向斯基珀和诺玛复述这个故事，接着他又讲了他自己的故事。“当我像你这么大的时候，”他说，“坐我后边的那个小孩天天聒噪得很。我管这叫‘话痨’。是这样，有一次他话实在太多了，我就让他闭嘴。哦，是吗？他说。谁让我这么做的？我让你这么做的，我告诉他。哦，是吗？他说。你们这伙人一共有几个？就三个，我说。在下、鄙人和我。”

“就这样，那天放学后，他和他朋友在马路对面等着，我一走出大楼，他就朝我喊了些什么。我猜他以为我会直接回家，就当这事儿过去了。但你听我说。对付这种人，必须给他们点颜色瞧瞧，必须让他们吃点苦头。只有这样，他们才能学乖。否则，他们就会骑到你头上去。相信我，我是过来人。

“那天外面真的很冷，冷得不得了。到处都是冻成块的马粪——我们管这叫马粪蛋。我就捡起一个马粪蛋，去找这家伙，但我没有表现得凶悍。知道吗？不要表现得凶悍。要装出一副‘噢天哪，我好害怕，请不要伤害我’差不多的样子。”德怀特低垂肩膀，缩着下巴，挑眉假笑着。

“我就这么走到他身边，像胆小鬼一样低声说：‘不好意思，请问有什么事吗？’当然，他又开始那一套了，唠唠叨叨的，他张嘴的时候，我就把这个马粪蛋塞了进去！你真应该看看当时他脸上的表情。然后我击中这家伙的肚子，他就倒下了。我骑在他身上，捂住他的嘴，直到马粪蛋开始融化，我才站起来，让他自己在那儿待着。后来我为此被大骂一顿，但那又如何呢？”

晚饭后，德怀特带我去了杂物间，给我秀了一些动作。他教我站着的时候如何来回倒换脚，进行自我防御。他向我展示如何用肩膀撞对方，不放松警惕，避免让别人乘虚而入。他还告诉我如何偷袭别人。“正常情况下我不该做这种事，”德怀特说，“不过如果我有充分的理由认为对手可能会暗袭，我就得抢占先机。”招式还有很多，但德怀特只教了我两个最有用的技巧，以免搞混。

“这不难，真的不难。你只需走到对手旁边，装出很友善甚至有点恐惧的样子，再突然踢他的下体。这是第一种技巧。第二种技巧与第一种区别不大，就只是把踢他的下体换成击中他的气管。”在德怀特看来，第二种技巧能很好地对付高个子。我们把两套动作都练了练。德怀特让我若无其事地靠近他，先说“嗨”，再踢腿或者挥拳。一开始，我担心他是故意要借此机会把我揍一顿——他肯定会说这是为了让训练更逼真些。但他没有。他只是轻轻地握住我的拳头或抓住我的脚，再把我放开，指出哪里需要更正，让我再试一次。他速度很快，力气又很大，喜欢看着我慢慢领悟打架的窍门。

我们把地板踩得嘎吱作响，脸上汗津津的，一直练到我把动作记得滚瓜烂熟。然后我们就回到了厨房。德怀特喝了酒，教我对付亚瑟的小窍门，比如要如何等待时机成熟，确保只有我们两人在场，不要事先给他警告，等等。我能看出他把这些都当作我的权利和义务了。“要等待时机。”他告诉我。

那天晚上，有些客户打电话来抱怨说他们没收到报纸。德怀特接起电话，解释说这些报纸在一场搏斗中毁掉了，还补充道，他儿子杰克让这个叫盖尔的小鬼挂了彩。

我的确让他挂彩了。亚瑟的瘀青一开始并不明显，但慢慢变得严重起来，由黄色转成了紫色，最后变成乌青。他有时候死死地盯着我，仿佛知道我和别人谈论上次打架的事时没说实话。但他没有重启战火。我们都躲着对方。放暑假的时候，我们几乎都没碰过面，只有在棒球比赛和童子军会议上，才会在一堆男孩中看见对方。

然而，有一天下午，我正在送报纸，看见亚瑟在大路上朝我这个方向走来。这里离上次打架的地方不远。周围一个人也没有。我继续往前走，他也往前走，佩珀在他后面迈着小碎步。我们靠得越来越近，我太紧张了，脑子没法正常思考，只是突然想到说不定亚瑟也受到他人指点，在等待时机，准备偷袭我呢。不管怎样，我按捺得也太久了，如果德怀特在场，肯定要不耐烦。

当我们近到触手可及时，亚瑟停下来说道："嗨。"

"嗨。"我说。

我们就站在那儿，看着对方。然后他低头望着佩珀。"你想摸摸我的狗吗？"他问。

"当然。"我单膝跪下，伸出了手。佩珀嗅了一下。

"它会说话。"亚瑟说。

"是哦，"我说，"我差点就信了你的鬼话。"

"嘿，佩珀，"他说，"树上有什么？"

它叫了两声。

"树皮[1]！"亚瑟说，"对的，佩珀。很好，佩珀，这个世

1 狗的叫声"bark"也有"树皮"的意思。

界待你怎么样呀？”

它抬头看着他。

“这个世界待你怎么样呀，佩珀？”

它再次叫起来。

“粗暴[1]！宝贝真棒！”

这笑话很蠢，但我还是没憋住笑。我抚摩着毛茸茸的佩珀，它轻声哼哼着，热切地望着我，完全不记得自己之前咬过我。

斯基珀那辆车是1949年产的福特，是德怀特从马布尔芒特的一个乡巴佬那里买来的。这是为了方便斯基珀带女孩出去打猎钓鱼，不必借用德怀特的汽车，但没想到斯基珀将这辆福特放到营地边缘的铁皮波纹棚子里，开始将其肢解。我搬到奇努克住时，车已经支离破碎一年多了，六个月后，当斯基珀从康克立中学毕业时，那里还是一堆零件。

斯基珀毕业后并没有马上离开奇努克，而是在电力公司找了份兼职，并且继续住在家里，这样他就可以把所有钱都投在这辆车上了。有些晚上，我去客户那边收取订报费时，会顺路去看看这车。在家里，斯基珀几乎把我当透明人，但在棚子里，他会变得热情好客起来。他会关掉当时正在用的电动工具，将护目镜推到额头上。他拿可乐给我喝，向我介绍汽车的

1 狗的叫声“bark”音近似于“rough”，有“粗暴”的意思。

各种零件，还展示了他的组装计划。我点点头，仿佛真的听懂了，仿佛真的相信有一天这堆玩意儿他能靠自己组装好。

斯基珀本该在9月就到华盛顿大学上课，但他没有表现出任何要走的意思。德怀特开始数落他。他想知道斯基珀准备住在哪里，去哪里找钱来付学费。他想知道斯基珀都做了什么计划。斯基珀说他已经搞定了一切。

德怀特还是不肯罢休，斯基珀就礼节性地笑了笑，很无所谓的样子，继续干他自己想干的事。后来，夏天快过去的时候，汽车开始像斯基珀说的那样变得完整起来。那天晚上，他和朋友们在安装改造后的发动机，我也在棚子里看着。斯基珀新装了个赛车化油器[1]，加大了气缸，提升车子动力，还给它镀上铬。这辆车挺漂亮。斯基珀让他的朋友们用滑轮组把发动机放进去，不到一小时，车就隆隆启动了。

车身看起来完全无法修复。外壳凹陷，毫无光泽，由于斯基珀摘掉了一些装饰件，车上变得坑坑洼洼的。他把洞补上，用玻璃纤维填充凹处，涂上一层底漆，涂抹平整后，再涂上十六层太妃糖苹果色红漆。每涂完一层，他都要细细打磨，再开始涂下一层。他花了一个多月的时间，等到完工之日，车身已经变成了深红色，油光发亮，就像色泽浓厚的红冰。车身线条

1 化油器（carburetor）又称汽化器，是将一定比例的汽油与空气混合的机械装置，为车子提供动力。

流畅，干干净净，事实证明，他把那些装饰件摘下来是对的。

上完漆后，斯基珀给车装上了崭新的白壁轮胎，套着如镜面般闪光的铬合金轮毂盖，不是当时流行的那种带把手的轮毂盖。在两侧车门底下，他挂上了雷克铬合金排气管，排气管的末端略微弯曲，好像是为了排烟时不那么显眼。他在车前装了个重新镀铬的保险杠，在车后装了大陆式箱体——后保险杠特别长，附带内存备胎的后备厢。

车整洁得跟从没开过似的。唯一还需要整修的就是内部了。斯基珀告诉我，他手头剩的钱只够把汽车开到蒂华纳[1]，在那儿给座椅装上软垫。他要装白色的皮垫，严丝合缝，光滑平整，印制花纹。

我问他是否可以带我一起去，他说考虑考虑。

我以为他是认真的。我以为他真的会考虑带我一起去，我想不出有什么不带我去的理由，所以我认为他不会拒绝我，可以说是十拿九稳了。我仿佛真的看见自己坐在斯基珀旁边的副驾驶位上，我们俩开着这辆漂漂亮亮的红色汽车，风驰电掣，一路探险，拯救他人于水深火热之中。他们会希望我们留下来，但我们永不止步，他们望着我们在高速公路上渐渐远去，车后扬起了尘土。在我看来，墨西哥是个贫瘠的地方，默默无

1 蒂华纳（Tijuana），墨西哥西北边境城市，位于下加利福尼亚州西北端。

闻的小号手在不显眼的街头游走[1]，那里很遥远，开过去得花很长时间。

我告诉亚瑟我要走了。我还把这消息告诉了其他几个孩子，以及一些订报客户。有一天，我们正吃着晚饭，德怀特说："嘿，先生，听说你要去墨西哥了，这是怎么回事呀？"他看着我。

珀尔说："如果他去了，我也要去。"

母亲笑了："墨西哥！谁说要去墨西哥？"

"他说的。"德怀特答道。

"杰克，是真的吗？"母亲问，"你跟别人说你要去墨西哥了？"

"斯基珀说我可以去。"我告诉她。

"哈？"斯基珀叫道，"我说过吗？"

我看着他，这么多天来，我第一次意识到他并没有明确同意要带我去墨西哥。"你说你会考虑考虑的。"我对他说。

"没开玩笑吧？我真的说过吗？"

我点点头。

"对不住，兄弟，"他说，"实在没办法带你去。"他肯定发现了这些话对我冲击很大，便赶紧解释，说他的朋友雷打

1 此处应指游走于墨西哥街头的马里亚奇音乐演奏者，又称"流浪者乐队"，通常由小号手、小提琴手、墨西哥吉他手、歌手等组成。马里亚奇音乐（Mariachi）是墨西哥的传统民歌。

算跟他一起出门。为了省钱，他们得在车上睡觉，这意味着车上容不下第三个人了。

“这是具有争议性的。”德怀特说。这是他喜欢重述的话之一，掷地有声，类似的还有“这是具有学术性的”。

“下次再带你去吧。”斯基珀说。

珀尔让他带顶草帽回来送给她。

“我想要响板[1]。”诺玛说。她扭动肩膀，唱起了《蟑螂》[2]，直到德怀特叫她安静下来。

斯基珀和我一起住在这栋房子里最小的房间。我们俩用同一张书桌、同一个梳妆台、同一个橱柜。我们的床只相距30厘米。不过，直到斯基珀出发去墨西哥了，我才意识到这地方有多逼仄。他之前占的大地盘现在空荡荡的，总在提醒着我他已经离开了，这又不免让我想到，他和他的朋友雷正在路上奔驰，像鸟儿一样自由。这么想的时候，我就感觉自己上当受骗了，被困在这小地方了。我认为斯基珀应该带我去，而不是带雷去。先来后到嘛，是我先问他的，而且说到底，我还是他弟弟呢。这对我而言挺重要的，但我发现这对他来说毫无意义。我和这个哥哥并不总是相处融洽，四年来我们甚至都很少见面，但我

1 响板（Castanets）是流传于西班牙民间的打击乐器，用于歌舞伴奏。响板由一对手掌大小的壳状物构成，多用红木或乌木等坚硬木材制成。

2《蟑螂》（*La Cucaracha*）是西班牙民歌，在1910—1920年墨西哥独立战争期间流传甚广。

仍然很想念他，并开始想象他会对我多么多么好。

我也想念我的父亲。母亲从来没有向我抱怨过他，但德怀特有时候会讽刺这位沃巴克斯老爸，这位高高在上的勋爵。他想要诋毁我父亲，说他富得流油，却住得那么远，跟我毫无往来。但是，所有这些特质，就连最后一种——或者说尤其是最后一种——却让父亲变得更加有魅力了。他总是缺席，我也就永远无法发现他的缺点。我可以把他塑造成我想看到的那种形象。我可以赋予他各种优秀的品质，并想出很好的理由——甚至是浪漫的理由——来解释为什么他一点都不关心我，为什么他从未写信给我，为什么他似乎忘记了我的存在。在我还懵懵懂懂时，我替他找了各种借口。后来，当我变得更加成熟时，我决定不再去想是他将我遗弃了。我去越南的时候，顺道拜访了他，返程时又跟他见了一次面，就这样跟他成了朋友。他不是什么大坏蛋——他也有自己的苦衷。说到底，只有爱哭鬼才会整天抱怨父母。

这种思维方式相当奏效，直到我的第一个孩子出生。他比预产期早了三周出生，当时我不在家。我刚到医院婴儿室时，一位护士正要从他身上采血样。她找不到静脉在哪里。她不停地刺他，每一针都好像扎在我自己身上。我越来越不耐烦，她也就更加手忙脚乱，另一位护士不得不过来接手。等我终于能抱着他时，我感觉自己好像刚从狼群中把他救出来一样，我的内心开始变得柔软，比以往更强烈地体会到活着的感觉。但与此同时，我感觉到了一层阴影，略微心寒。我有点不安，我假装什么也没发生。直到那天晚上，我又体会到了这种尖锐的感觉，差点哭出声，我才反应过来这与我父亲有关，他已经过世十年了。好几天来我都处于分裂的状态，一边是被这种悲愤交加的情绪左右着，主要是感到愤怒，另一边则为儿子的出生和自我的重生感到高兴。

但该来的还是会来。小时候，我总觉得父亲是完美的。他只存在于我的梦里和回忆中。记得有一次，我去康涅狄格州拜访父亲和继母，坐在那座漂亮老房子的厨房里，看着他把一整盒武器都摆到桌上。那些都是致命的非法重武器。继母正在训他。她想知道他打算拿这些东西来干什么。他把一堆樱桃炸弹[1]推给我，说道："炸了它们，亲爱的，炸了它们。"

自从见证斯基珀成功地对福特进行了改装，我就开始对汽车产生强烈的探索欲。我送报纸时，会想着怎么拆解我看到的那些汽车，把它以更有趣的方式重新进行组装，比如降低整个车身、加装百叶窗、降低车身前部、降低车顶和底板[2]。我阅读报纸上的二手车广告，比较了我现在赚的工资与这些车的价格之间的差距。我想象着自己拥有汽车，直接开了就走。

1 樱桃炸弹（cherry bomb）是一种圆形的炮仗，外表是红色的，每个直径大约30厘米，威力极大，1966年联邦政府出台樱桃炸弹禁令。

2 在改装车的过程中，"chop"指将车顶横向切开，截短四周的支撑柱，来降低车顶高度。"channel"指切割掉车的底板，缩短大梁。

有一天，送完报纸后，我将报童包折起来收好，走过通往营地外边的桥，竖起拇指求搭便车，我就这么等啊等，终于有辆车停住了。我不认识这个人——他是大坝上游的建筑工人。我坐上车，他问我要去哪儿。他补充说："最远只能到西雅图。剩下的路你得自己走着去。"

西雅图。如果我愿意，我可以一直坐到西雅图。我说我要去康克立，这在当时看来已经够远了，可刚到马布尔芒特的时候，我就害怕起来，请求司机让我下车。过了一会儿，我又搭上另一辆便车回到了奇努克。这是我第一次搭便车。暑假的时候，我沿着山谷越走越远，搭别人的车到过康克立、伯德斯埃、范霍恩和塞德罗伍利，有一次，就在开学之前，我一直坐到了弗农山。我会在这些城镇的街道上闲逛几分钟，期待能发生点什么事，没有的话，我就会回到马路上去搭便车。等到德怀特和母亲下班的时候，我就已经到家了。从没有人发现我溜这么远。我偶尔会和亚瑟一起去，但大多数时候我都是一个人。独自一人的话，我可以更肆无忌惮地撒谎，能遇到更多的机会。我想着有一天，某个人会停下来对我说："最远可以载你到康涅狄格州的惠尔通……"

斯基珀只离开了短短几周。他回到家里，打点行囊，第二天早上又不见人影了。在那之后，我很少见到他，只有在他回家过感恩节和圣诞节或者我们去西雅图看他的时候，才会偶尔碰上一面。他跟几个男的在小公寓里同住了几年，然后就结了婚，在电力公司新找了份工作。婚礼前的那个晚上，我和他围坐在一起。他哽咽了，我这辈子只见他哭过两次。这一次，他悲情难抑，不是因为想到自己从此失去了自由，而是因为新买的高保真音响所播放的那首歌曲——金斯敦三重奏乐队的《大沼泽地》。故事中，为争夺一个女人，那个男人在搏斗中把情敌杀死了。看到自己的所作所为，他便走到林间空地。

哪里可供人藏身，永远不被发现，
也不必惧怕狂吠的猎犬，
但他最好一路向前，不要停下，
因为如果蚊子没有围攻他，鳄鱼也会吃掉他。

那个男人不知道的是——当然他永远也不会知道了——陪审团裁定他自卫无罪。这个意外结局其实在上一小节中就有所暗示，每次唱到这里时，斯基珀都会垂下眼睛，悲伤地摇着头。

我看到他另一次哽咽，是他从墨西哥回来的时候，我们当时正在吃晚饭。外面响起了引擎声，毫无疑问是斯基珀回来了，珀尔、诺玛和我都跳了起来，跑到门外去。德怀特和母亲很快跟了出来。房子另一侧的那户家庭走到外面，其他一些邻居也走了出来，他们看到汽车，都惊得说不出话来。

这辆车看上去好像经过了喷砂处理。油漆表面坑坑洼洼，失去了光泽。轮毂盖、保险杠以及雷克排气管上的油漆也都脱落了，甚至开始生锈。看上去很惨的样子。

斯基珀告诉我们发生了什么事。装潢完汽车后，他与雷一起奔赴恩塞纳达[1]，返程途中，他们遇到了沙尘暴。风沙太大了，能见范围不超过0.6米。他们不得不在路边停下，等着沙尘暴停止，一天中最好的时光就这样过去了。沙子把发动机搞得又脏又破——回家的路上，斯基珀就一直在修修补补。他开玩笑似的讲着整个过程，但其实他就快哭出来了。他一直克制着自己的情绪，可能是为了在雷面前装得若无其事，但一回到家看到家人，他就卸下了盔甲。他没有哭出声，但已经有些哽咽了。

在斯基珀复述故事的时候，我绕着汽车转圈，看看整辆车损坏得有多严重。我打开了驾驶室的车门，把头伸进里面看。车里铺了白色地毯。座椅、侧面板、车顶和仪表盘上都包着白色皮革。光照到车里，它们看起来就像奶油一样甜腻。我坐到驾驶位，关上了门。我嗅着皮革散发出的气味。我用手指抚摩着座椅，接着把一只手放到了方向盘上，另一只手则靠着变速杆。轻轻地，这样就没人能听到我的动静，我模仿发动机的声音，手动换挡，透过覆满沙尘的挡风玻璃望着路旁树木的模糊

1 恩塞纳达（Ensenada）是墨西哥西北端太平洋沿岸港口。

轮廓。如果不是因为装得太夸张，我差点就相信自己是真的在开车了。

我不断长高，鞋子很快就穿不下了，仅在七年级我就换了两双鞋子。德怀特大为光火。他觉得我是故意长这么快的。他迟迟不肯给我买第三双鞋，直到我实在没法走路了，他才同意带我去买，还强调这次不会再给我买运动鞋了。要等到我不再长高了，脚的大小固定了，他才愿意和我商量买运动鞋的事儿。我想用自己送报纸存下的工资来买运动鞋，但德怀特拒绝去银行把这些钱取出来。

要不是因为要打篮球，我也不会对运动鞋这么在意。奇努克初等学校里，男孩数量很少，参赛人数远远不够，这意味着我必须参加绝大多数体育比赛，并穿上时髦的比赛服——红色缎面，带有白色条纹。我猜，如果配上棕色休闲鞋，这套赛服就会逊色不少，事实证明我是对的。

我们都是在晚上打比赛的。没人在家时，母亲通常会开车送我去，但如果她很忙，诺玛就会让鲍比·克罗开车载我去。当然了，诺玛也跟着一起去。这是他们偷偷约会的方式之一。在路上，鲍比跟我说了关于传球、射门、假动作等一些技巧。鲍比说话时，我就坐在副驾驶位上，很懂行似的点点头。鲍比曾在康克立中学打过橄榄球。他是校队的四分卫，也是队里个子最小但最厉害的球员，他比其他球员强太多了，在场上简直无人能敌。这种鹤立鸡群，让他显得既帅气又悲壮，因为你知道，他所使出的任何奇招，队友都接不上。他悄悄地把球传给中卫，可中卫是个“黄油手”，他来了个精准的长传球，结果后卫也没接住。不过，鲍比真正出神入化的是突破散开防守区的带球：急速冲刺，突然停止，从侧面绕过去，用脚跟转个身，像女孩儿似的扭动臀部，甩开穷追不舍的彪形大汉，灵活地穿来穿去，像一条鳟鱼在巨石遍布的溪流中游动。

鲍比骨架小，身材修长。他既不喝酒，也不抽烟。他像他的混血母亲那样脸窄窄的，还遗传了他内兹珀塞族血统的父亲的黑色眼睛和皮肤，据诺玛说，他父亲是约瑟夫酋长的直系后裔。鲍比没在康克立中学打过篮球，但我听取了他的建议，绞尽脑汁记住各种技巧，这样就能更好地打比赛。鲍比说话声音很轻，因而显得隐秘，甚至有点鬼鬼祟祟。

第一场比赛对阵范霍恩球队，当时我穿着休闲鞋。鲍比和诺玛在校门口把我放下，便驾车离开了。来的路上，他们俩就闷闷不乐，都快吵起来了。再过几个月，他们就要毕业了，可两人对未来的规划并不一致。

刚开始进行上篮热身训练，我就知道自己完犊子了。这鞋子是德怀特买来给我搭配学校制服和童子军制服的，鞋身重，鞋头方。我跑起来的时候，鞋子发出重重的踩踏声，光滑的新鞋底踩在清漆地板上，就好像在滑冰一样。比赛还没开始呢，我就摔倒了两次。开场跳球的时候，对方学校那群孩子早就开始嘲笑我了。我都不想上场了，但那天晚上我们队总共才五个人，我绝对不能临阵脱逃。我在球场上来回乱跑，鞋子重重地踏在地板上。有时候球会传到我手里。我运了一两次，又扔给另一个穿红衣服的队友。看到别人都跳起来时，我也跟着跳。我在场上跑来跑去的。如果猛地停下来，我就会摔倒。

馆内人声鼎沸，但我特别清楚地听到一个女人的叫声，可以说是全场最尖锐的。就像那种疯狂的配景笑声[1]。一旦注意到了，这声音就总是萦绕在耳边。我心灰意懒，动作甚至变得更笨拙了。只要我一滑倒或摔跤，她的声音就会变得更尖更响，后来有好长一段时间，她就没停下来过，声音变得沙哑，都快喘不过来气了，丝毫不像在笑。我并不是唯一一个注意到这声音的人。体育馆里慢慢安静下来。最后，馆内只剩下她的声音在回荡着。她还在不停尖叫着。教练喊了暂停，我们就到场边擦擦汗，喝点水。看台上的观众骚动起来，都抬头望着她。她就站在看台最顶排，我以前从未见过这个女人，她膀大腰圆，戴着卷发夹，穿着紧身裤。她用手捂着脸，还在吼叫着，肩膀也跟着一抽一抽的。一个矮矮胖胖的男人脸颊涨得通红，双目低垂，正拉着她的手肘往外走。他们从最后一排走出来，下了

1 “配景笑声”又称“罐头笑声”，是指在“观众应该笑”的片段插入事先录好的笑声，这种笑声在《老友记》等美剧里经常出现。

台阶，穿过体育馆比赛场地，迈向出口，通过那女人的手指，仍然看到她在不由自主地吼叫着。

比赛继续进行，却发生了微妙的变化。现在人群安静了，场上几乎听不到一点声音。当对方球员抢到球时，只有零零星星的几声礼节性的加油；当他们进球时，也几乎没有掌声。整个体育馆的目光都聚焦到了我身上。我歇了歇，找到节奏，慢慢融入比赛。我仍然没法控制自己的脚，但当我摔倒时，再也没人发出嘲笑声了。现在观众都站在我这边，对方球队似乎也意识到了这一点。他们打球时毕恭毕敬，仿佛欠了我们什么似的。我开始想象我在观众台上看自己打比赛，我意识到自己是多么高贵，多么勇敢，感情也受到了触动。我摔了一跤，稍微扭到了膝关节，我顺势装出跛脚的样子，赢得了大家的同情，但又不至于让裁判员叫停比赛。我在场上一瘸一拐的，对方球员也放慢了脚步，表明他们不愿乘人之危。

他们大获全胜。当蜂鸣器响起时，他们的教练冲上球场，带着球员朝我们欢呼三声。

诺玛和鲍比迟到了。他们开车进来接我时，停车场几乎空无一人。

“哪个队赢了？”诺玛问。她为我打开门，往前倾了倾身子，我挤进车里，坐到后座上。

“他们赢了。”

“下次再来。”鲍比说。

诺玛关上车门，又坐回鲍比旁边。他们互相看着对方。他挂挡启动汽车，开始慢慢开出停车场。车内又闷又热。诺玛舒展身体，摆弄着收音机，玩着鲍比脖子上的头发。她叫他鲍鲍，这是她对他的爱称，还说些话逗他笑。她声音很低，动作也慢悠悠的。我看着他们。车开动后，我就一直看着他们。我很警觉，疑神疑鬼，却不知道自己在怀疑什么。然后我突然一下就明白了。并不是思考出来的，而是生理反应提醒了我。我以前从未真正想过，他们单独相处时都做些什么。我知道他们鬼混在一起，但我以为他们就只是普通朋友。她对我是绝不可能这么亲密的。

后座一片黑暗，我身体僵直，安安静静地坐着，想象着自己痛揍诺玛，抽她耳光，辱骂她。我带走了本要送给她的蓝色敞篷车、皮草和时髦衣服。我把她赶出了豪宅。

可是我又让她回来了。我别无选择。后来，每次听到雷·查尔斯唱《我无法停止爱你》时，我都不得不停下来，悲伤一会儿。

母亲加入步枪俱乐部时，还召集了其他几位家庭妇女，日子一天天过去，更多的夫妇加入其中。俱乐部里原本都是些爱喝啤酒的懒汉，只喜欢对着罐子射击，但现在不同了。一些新会员射击起来非常认真，当别的俱乐部开始抹黑这个俱乐部时，老会员们要么变得认真起来，要么就退出俱乐部。

母亲在射击比赛中表现不错。她喜欢当赢家。获胜之后，她兴高采烈的。她的射击服上满是徽章和绶带，但德怀特的外套上却啥也没有，因为他总是败北。他声称自己买的雷明顿狙击步枪平衡性太差。他又买了一把，可那把也不好使，于是他又买了第三把。他依旧打偏，但这并非练得太少的缘故。他每周都会花两三个晚上在俱乐部练习，还把我们家长长的走廊当作空发练习场地。他将靶子固定在一端门上，然后从另一端瞄准，手臂跨进枪背带里，脸颊靠在枪柄旁。吸气，呼气，开枪。吸气，呼气，开枪。当我送完报纸回家时，老是发现德怀特举着新枪管对着我，他这样做违背了武器使用法规，就算枪里头没子弹也不能这样对着人呀，真是令人发指，在我走出射程范围之前，他丝毫没有要把枪放下的意思。

当俱乐部在其他小镇举行比赛时，德怀特还会带上我和珀尔一起去。这些比赛的结果都是一样的：母亲赢了，德怀特输了。他假装不在乎，但开车回家的路上，他就开始生闷气了。他沉着脸，噘着下唇，脑袋耷拉着。珀尔和我在后座上一言不发，如果我俩有谁突然忘乎所以地哼起了歌，或者说了些话，德怀特就会怒吼起来，母亲便不得不说些安慰的话。他开始非难她，说据他了解，他还算是一家之主吧，但不知她是否另有备胎。

“德怀特……”她说。

“德怀特。”他学着母亲说话，但模仿得十分拙劣。

就这样，在我们到达马布尔芒特之前，他不停地抱怨，说她无视他与她这种带着拖油瓶的女人结婚所做出的牺牲，更不用提还得忍受我这个骗子、小偷和娘娘腔了。如果母亲反驳几句，他就指责她不忠；如果她不吭声，他就愤愤自语。只有看到了马布尔芒特小酒馆，他才会安静下来。

他驶入停车场，踩下刹车，滑过松散的砾石。他下了车，又将头伸回车里，给我们下了最终判决，然后“砰”地关上车门。母亲跟我和珀尔在车里坐了一会儿，她面无表情地望着小酒馆。她从来不哭。最后她下了车，也进了酒馆。

我的确是个骗子。就算周围的人都知道我的底细，我还是忍不住会编些自我介绍，有时候是兴之所至，有时候是因为之前的版本失灵了。我也的确是个小偷。德怀特说我是小偷，是因为我未经允许就私自拿了他的猎刀，仅此而已。但其实我偷的东西可不少。最开始，我从住在单身公寓的订报客户家里偷糖果。这些人家里大多都放着糖果。我就养成了坏习惯，常常在这家拿一块，在那家再拿一块。后来我还从他们那里偷钱。我本来只偷些零钱，用来买可乐和冰淇淋，但慢慢地我偷起了五十美分硬币，甚至美元钞票。我把这些钱都藏在某个营房底下的弹药箱里。

我打算等偷到足够的钱就逃离这儿。我准备不择手段地除掉德怀特。我甚至想过杀了他，在他故意刁难我母亲的某个晚上，把他毙了。

有时候，我听到德怀特又开始责骂母亲了，我就把温彻斯特步枪拿下楼，但他只是惹人厌烦，并没有做出什么危险的举动。她不尊重他，她瞧不起他。都是我们毁了他的幸福生活。她以为她是谁啊？……我想毙了他，主要是为了让他安静下来。

德怀特称我为骗子和小偷并没有错，但这些指控伤不了我，因为我从来不这么看自己。不过，他的另一项指控深深刺痛了我——他居然说我是娘娘腔。我最好的朋友是个彻头彻尾的娘娘腔，我担心其他人会因为我们的友谊而认为我也是个娘娘腔。为了证明自己的清白，我总是习惯性地在背后嘲笑亚瑟，模仿他讲话和走路的样子，甚至泄露他的秘密。我还跟别人打架。我没有再和亚瑟搏斗，但别人侮辱我的时候，我也学着像他一样歇斯底里地发疯。我知道被打几次不会死，而打我的人——就连德怀特——也会在打架后的几天内给予我一定的尊重。当然，这也让其他男孩学会了三思而后行，懂得为自己的话负责。

德怀特指控我这样那样，都是为了给我下定义。这些定义起的作用是他万万没想到的。他怎么说，我就怎么反着干。在过去，即使没做错事，我也总觉得自己一定犯了什么罪。现在我真的做了亏心事，反倒无所谓了。

我和珀尔在车上等着时，故意惹得对方心烦意乱。珀尔哼哼唧唧的。这不是在哼曲子。它没有任何旋律或节奏，只是不断重复，我则把指关节掰得咔咔作响，以此来惹她恼火，我们俩都一样幼稚。咔咔。咔咔。

就这样过了好一会儿。如果感到无聊了，我就下车沿着马路散步，走得不远不近，刚好可以看到小酒馆，而珀尔又看不到我，我希望她以为自己被遗弃了，从而惊慌失措。我站在路边，竖起衣领，双手插在口袋里，看着来往车辆的灯光。我想象自己是个流亡的杀人犯，是个等着寂寞女子来热情相拥的浪子……

当我对此也感到厌倦时，就回到汽车上。现在我也感到寂寞了，想要找人聊天，但明面上，我和珀尔是互相厌恶的。我们俩坐在各自的角落里，望向窗外，直到我忍无可忍，然后我会往前倾，打开收音机。珀尔警告我不要这样做，但她只是说说而已。她和我一样也很想听广播。我们俩都是美国音乐台和本地西雅图电台的狂热粉丝。她在家里会看这些节目。我送报的时候，会在沿途的小孩家里和他们一起看这些节目，听完一首歌，我就赶紧冲到下一个客户家，奔跑着把报纸举过头顶甩出去。

我知道这些曲子的歌词。珀尔也知道。车里一片黑暗，音乐流淌着，我们忍不住跟着唱起来，一开始各唱各的，后来就唱到一块儿去了。珀尔歌喉不佳，但我从未因此嘲笑她，否则就好像嘲笑她是个秃头一样无耻下流。再说了，我们心爱的这些歌曲对嗓音要求并不高，重要的是掌握时机，唱得抑扬顿挫。珀尔懂得这些，她会伴唱，会和声。要唱好和声，就得靠得很近，从对方的点头、突然眯起的眼睛和吸气中得到暗示，要顺利唱完，就必须微笑。没有办法不微笑。有些歌我们合唱起来很好听——《理解他就是去爱他》《我的幸福》《布鲁先生》以及埃弗利兄弟的大部分歌曲——我们像唱给彼此听似的，全程面对面微笑着。

直到德怀特从小酒馆里走出来。我们就关掉收音机，缩回各自的角落。德怀特向汽车走来，母亲在后面几步远的地方跟着他，双臂交叉着，眼睛盯着地面。她现在看上去可不像个赢家。德怀特身上有波旁威士忌的味道。母亲站在车外。她说除非德怀特给她钥匙，否则她不会上车的。他就坐在那里不动，过了一会儿她进来了。他把车开出停车场，母亲咬着下唇，看着面前的路。

“拜托了，德怀特。”她说。

“拜托了，德怀特。”他模仿道。

当我们进入第一个弯道时，我感觉珀尔手指都快掐进我小臂的肉里去了。

“拜托了，德怀特。”我说。

“拜托了，德怀特。”他说。

他载着我们急速转弯，悬崖下边就是河流，轮胎呼啸着，大灯一会儿照到悬崖，一会儿照回道路，我们越哀求他开慢点，他就故意开得越快，只有在太靠近悬崖时，他才会稍稍放慢车速，笑一笑，表明他并不害怕。

只有我一个人在家时，我就会去窥探大家的私事。有一天，我在母亲的书桌上发现了一封信，是她那住在巴黎的哥哥斯蒂芬写来的。整封信都在描述巴黎这座城市和住在那里的乐趣。我读了好几遍，抄下薄薄的蓝色信封上的地址，再将其放回抽屉中。

那天晚上，我给舅舅写了一封长信，极力形容我们在奇努克的噩梦般的生活。我感觉自己写得很逼真，但其实有点夸大其词了。在信的结尾，我恳求舅舅把我和母亲带到巴黎去。我写道，如果他肯提供一些帮助，我们很快就会在那里立足。我们会找份工作，偿还欠他的钱。我说我不知道我们还能坚持多久——一切都取决于他。我往信封上贴完邮票，便寄了出去。

我等了几天回信，后来就忘了这回事儿。

有天下午，我刚送完报纸回来，发现母亲在台阶上等着我。她说想要和我一起散散步。离房子不远处有一座横跨河流的人行桥，我们走到那里时，她停下来问我到底给她哥哥写了什么。

我说我不太记得了。

“一定写了很糟糕的事。”她说。我没回答，她继续问道：“你怎么知道他地址的？”

我说我在她书桌上看到了那封信。她摇了摇头，望向水面。“我只是想帮帮忙。”我说。

“读一读这个。”她说道，递给我一个蓝色信封。里面是斯蒂芬舅舅的回信。他对我们的悲惨遭遇表示震惊和同情，但紧接着解释说，他没办法开展我所提议的那种大型救援行动。他们那边没地方给我们俩住，找工作的机会也很渺茫。我和母亲都不会说法语，就算会说法语，也没有哪家公司愿意要我们。何况我还得上学呢。整个提议都很荒谬。

尽管如此，他和妻子仍想尽其所能帮我们一把。经过讨论，他们提出了一个计划，希望我们考虑考虑。他们认为，我应该独自去巴黎，跟他们同住，和我的表亲们一块儿上学，其中一位叫凯茜，正好与我年纪相仿，能帮我结交朋友，融入学校生活。我和他们住一起，母亲就能无后顾之忧地离开德怀特，自己去找份工作。一旦她安顿下来，真正地安顿下来——

比如说一年左右——我就可以重新回到她身边。

舅舅提到他随信附了一张支票，说很抱歉无法再多给了。他希望我母亲好好考虑一下他提的计划，他似乎觉得这计划还不赖。以后他希望她最好能自己给他回信。

“你怎么看？”母亲问。

“我不知道，”我说，“巴黎。”

她说：“就想象一下。你在巴黎的感觉。”

“巴黎。”我说。

她点点头：“感觉怎么样？”

“我不知道。你呢？”

“他有些地方说得还是挺在理的。如果能在巴黎住一段时间，对你来说将是个很棒的经历。我也能缓一缓，看看这里态势如何。”

我想冷静冷静，她也想冷静冷静，可最后我们俩还是对着彼此傻笑了起来。

“千万别说关于支票的事。”母亲说。

德怀特双手赞成我去巴黎。一想到我不久就要离开，他内心变得十分柔软，开始怀念起过去。他说，战争期间的游历刷新了他的人生观。他教我如何更好地与法国人相处，并建议我面对法国人时要胸怀宽广。我听说法国人很爱吃青蛙，这也是其他国家的人都管法国人叫“青蛙佬”的原因。德怀特拿出以前在庭院拍卖会中买的那套“一战”前的英文百科全书，给我读了书里对法国展开的长篇大论——包括法国历史（政局动荡、暴君专制，浓墨重彩地书写了高卢人的阴谋和背叛）、法国文化（洋溢着高卢人的机智风趣和昂扬斗志，但大多都是陈腐肤浅的论调，毫无新意，也不信仰上帝）以及法国的民族性（某种程度上体现了高卢人的热情和魅力，但措辞过于煽情、感性，总体而言并不可靠）。

珀尔气炸了。她无法相信我居然要去巴黎生活。我表现得傲慢自大，这让她更不高兴了。对于亚瑟和其他朋友，我也摆出一副屈尊的派头，仿佛他们已经完成自己的使命，如蒸汽一般消散，成为过去式了。在学校，我获准从常规学习中抽出部分时间，来研修一系列有关法国历史、文化和民族性的“特别项目”。

我对巴黎的印象都来自美国电影，里面每个人都戴着贝雷帽，穿着条纹针织衫，围坐着抽烟，电影的背景音还是用手风琴演奏的。我在母亲的皮雅芙[1]唱片中也听过这种乐器声。但我不知道这是手风琴。我以为是口琴，以为在巴黎人人都会吹口琴。于是我也买了一把口琴，霍纳牌的，在路上边走边吹，心不在焉地模仿着《玫瑰人生》和电影《红磨坊》的主题曲，为

1 歌手艾迪特·皮雅芙（Édith Piaf）出生于法国巴黎，她最著名的歌曲包括《玫瑰人生》（*La Vie en Rose*）、《爱的礼赞》（*Hymne à l'amour*），等等。

自己在巴黎的新生活做准备。

按计划，我读完七年级就要前往巴黎，这样一整个暑假我都可以用来学习法语，在秋季开学之前熟悉熟悉环境。母亲为我预订了从西雅图到纽约，再转机到巴黎的飞机票。当舅舅改变主意时，她正要带我去弗农山申请护照。

他来信写道，他和妻子重新思考了一下之前的计划。如果让我离开家人，来到另一处社区和学校，重新学一门语言，来年还得再来一遍，简直是折腾。而且要熟悉像法国这样复杂的国家，一年的时间是远远不够的。还有服从权威的问题。他们了解到我不太守纪律。我连自己母亲的话都不听，自从知道自己年底要离开家了，就越发无法无天，在这种情形下，他们怎么能指望我在巴黎当个乖小孩呢？

总而言之，他们预见到了很多问题。

但他们仍想伸出援手，并相信在国外的游历、好的学校教育和纪律森严的家庭将会使我受益匪浅。因此他们提议让我跟他们住上五年，直到读完中学为止。为了确保我真正融入新家庭，他们想把我当成亲生的孩子。说白了，他们就是想收养我。他们将收养当作一切计划的前提，认为这是唯一可行的办法。当然了，母亲随时都能来看我，但收养必须具有法律效力，而不是摆摆样子。从此以后，我就是他们的儿子了。

他们知道这封信里的信息量有点大，我们需要好好消化一下。他们无意施压催促，但想必我们清楚，他们也需要些时间做好准备来迎接我，毕竟夏季就快到了。

我问母亲为什么要告诉他们我不守规矩。

“因为这是真的。如果不告知这一事实，就贸然把你送到那儿，这对他们来说是不公平的。”

“谢谢您嘞。那我去巴黎的计划就这样泡汤了吧。”

“不一定。”

“哦，真棒。那就让他们收养我好了。”

她叫我考虑一下。他们很慷慨，她说。他们愿意与我共享他们所拥有的一切——甚至包括他们的姓氏。

“他们的姓氏？也就是说我还得改姓吗？”

“这是个好姓氏。我以前也是这个姓。”

我问母亲她想让我怎么做，但她不告诉我。她说这是我的决定。她很少这样，面无表情的，让别人看不出她的想法。她什么也不说。就算我死死地盯着她，她也镇定自若，我无法对她连哄带骗，无法撕掉她的面具，然后傲慢地假装自己早已知道她没有说出的话。

德怀特倒是有很多要说的。得知可能不只一年内见不到我，甚至可以说永远都不会再见到我了，他便开始疯狂地诱导我，要挟我，给我洗脑。他说，如果放弃这样的机会，我将永远不会原谅自己。那如果他们要我叫他们爸爸妈妈怎么办？如果有机会住在巴黎，叫他们耶稣玛丽他都愿意。我害怕离开母亲吗？好，每年夏天他都会带她飞去巴黎，他向我保证，说话算话。还有什么问题呢？他催我快点想正经事儿，别胡说八道的。

每次别人让我好好想想时，我的大脑就会变得一片空白。但这一次我根本用不着思考，因为我早就知道答案了。我是母亲生的。我不可能变成别人的儿子。在我还小的时候，写字不利索，母亲就连续几个晚上坐在餐桌旁，手把手地教我写二十六个字母，再教我写单词和句子，直到这些书写都有了灵魂，部分来自她，部分来自我。如果没有她的陪伴，我到现在都不可能学会提笔写字。我也不可能学会游泳或者唱歌。我可以想象离开她的感觉。我知道这天终究会到来，但我绝不能称另一个人为母亲。

这些并不是我思考出来的，而是凭直觉。我还相信自己的其他直觉，譬如一听到舅舅形容他家里“纪律森严”，我就警觉起来。我一点都不喜欢这样的口吻。

就算母亲不告诉我她的想法，不给我任何暗示，我也确信她希望我留在她身边。她装得深不可测，肯定是为了掩饰这一点。后来她承认的确如此，但或许那时候她的想法没这么简单。她应该还想着不惜一切代价保住那场婚姻。她无法接受自己的婚姻再次失败。但她可能也梦想过逃离和自由——无拘无束，身无长物，甚至连我也抛下。和别人一样，她一定也想过鱼与熊掌兼得。每个人的内心，都有一座黑暗森林。

过了一周左右，我在吃晚饭的时候宣布我决定不去巴黎了。

“见鬼了才不去。”德怀特说，“你必须去。”

“他可以自己做选择。”珀尔第一次站在我这边，“不是吗，罗斯玛丽？”

母亲点点头。“那就这么定了。”

“事情还没完，”德怀特说，“还没完。”他看着我。“你为什么不去？”

“我不想改掉自己的姓氏。”

“你不想改姓吗？”

“不想，先生。”

他把叉子放下了。他的鼻孔气得都张大了。“为什么不想？”

“不知道。反正我就是不想改。”

“呸，满嘴胡言，你不是已经改过一次名了吗，没错吧？”

“是的，先生。”

“那你最好把姓也改掉，来个彻底的。”

“但这是我的姓氏啊。”

“噢，看在基督的分上。你觉得会有人在乎你姓什么吗？”

我耸了耸肩。

“不要再纠缠不休了，”母亲说，“他都已经下定决心了。”

“我们谈论的可是巴黎啊！”德怀特大喊道。

“这是他自己做的选择。”她说。

德怀特用手指戳了戳我。“你必须去。”

“他自己决定。”母亲说。

“你必须去。”他重复道。

除了亚瑟，别人对我不去巴黎这事儿并不关心。他们可能一直以为那就是我编出来的又一个故事而已。有段时间亚瑟一直叫我法国佬，后来看我提不起兴趣，他也意兴阑珊，但其实私底下我还会想象着鹅卵石铺就的街道和绿色的屋顶，想象着咖啡馆，在那里，长着一副烟嗓的女人快活地唱着歌，唱着她们对过去的选择毫不后悔。

德怀特说他曾经在火车的餐车上见过劳伦斯·韦尔克，他一直走到韦尔克身边，说他是他最喜欢的指挥，这或许是真的，毕竟他对劳伦斯·韦尔克香槟音乐的喜爱程度远超其他音乐。德怀特收集了大量劳伦斯·韦尔克的唱片。当电视上播出《劳伦斯·韦尔克秀》时，他希望我们也一起安安静静地观看，只有在中途播放商业广告期间，他才允许我们站起来。德怀特把椅子拉得离电视很近。他会俯身向前，盯着气泡在香槟乐团中升起，劳伦斯·韦尔克登上舞台向各个方向行额手礼[1]，

1 额手礼（salaam）指伊斯兰教徒在问候别人时，一边深鞠躬，一边把右手举到前额上。

用他那瑞典卡祖笛[1]似的声音讲些谦恭之语，这声音矫揉造作，令人头痛欲裂。

德怀特睁大了眼睛，欣赏小比格泰尼·利特尔那高超的演奏技艺，他能够一边弹奏拉格泰姆钢琴曲，一边转过头来看着相机。德怀特纯情地凝望着可爱的香槟女士爱丽丝·朗，她唱歌的时候，自始至终都怯生生地笑着，后来她被炒鱿鱼了，取而代之的是另一位可爱的香槟女士诺玛·齐默尔。他得意扬扬地看着可爱的小列侬姐妹唱歌，就好像她们是自己的女儿一样。当劳伦斯·韦尔克无情地嘲笑流口水的爱尔兰男高音乔·费尼时，他也跟着哈哈大笑。乔·费尼是香槟乐团的最新成员，如履薄冰，尤其是看到爱丽丝·朗被解雇，而小比格泰尼·利特尔也被另一位拉格泰姆钢琴大师乔·安·卡索取代，乔·安·卡索使劲地敲打着琴键，就像屠夫正试图把肉捶得更加软嫩。乔·费尼唱歌时，用尽了吃奶的力气。他唱得十分投入，几近落泪，唾沫横飞。你能感觉到乔·费尼是在用生命歌唱。

演出进行到约一半时，德怀特会拿出他那把老旧的康塞尔默萨克斯，跟着电视里音乐的节奏及时切换指法。有时候，如果他过于陶醉，就会忘乎所以地狂吹乱奏，发出刺耳的声音。

诺玛从康克立中学毕业后，就搬到了西雅图。她在一间办

1 卡祖笛（Kazoo）属于管乐器中的气鸣乐器，用嗓子哼曲调，声带的振动带动卡祖笛上声膜的振动从而发声。

公室工作，遇到一个叫肯尼思的男人，他开着奥斯丁希利跑车，载她去长途旅行，还想跟她结婚。诺玛老给我母亲打电话，寻求一些建议。她该怎么办呢？她仍然爱着鲍比·克罗，但鲍比一事无成。他甚至连份工作都没找到。肯尼思则野心勃勃的。但从另一个层面来看，没人会喜欢肯尼思的。他十分强势，还是个基督复临安息日会信徒[1]。不过这么说有点过分了。肯尼思只是性格不太讨喜而已。

后来诺玛又打电话过来，说她要嫁给肯尼思了。她不愿解释为何这么做，只说就这么定了。她想邀请肯尼思来奇努克跟家人见见面，时间定在圣诞节期间，届时斯基珀也将回家。

那一年，德怀特意气风发。他在门上挂了个花环，客厅里装饰着松树枝。圣诞节前几周，他开车载我进山里砍了棵树。那天下午我们去得很早，冷雨飘落。在树林里四处搜寻时，德怀特喝了560多毫升酒。我们在空地中央发现了一整棵漂亮的蓝色云杉，德怀特让我把树砍下来，自己则继续喝着瓶子里的最后一点酒，眯眼看着周围云雾缭绕的山峰。把树弄倒后，我们就奋力将它弄出这片密林，回到泊车的消防车道处。我们走了好长一段距离，路很不好走。德怀特跌跌撞撞地往前走时，我能听到他喘着粗气，嘟嘟囔囔。我一直在等着他吼我，但他自

1 基督复临安息日会信徒（seventh-day Adventist）遵守星期六为安息日。

始至终都没骂我。他心情就是这么好，因为诺玛要回家了。

那天晚饭后，德怀特拿着一罐喷漆走进客厅，开始摇晃罐子。他十分细致周到，在使用喷漆之前，严格按照使用指南进行操作，保证将漆液充分摇匀。来回摇动罐子时，能听到里面的搅拌器咯咯作响。我和珀尔在餐桌上做功课。我们假装没有偷看他上漆。母亲不在这儿，要不然她就会质问他这是在干什么，甚至有可能阻止他这么做。

德怀特不再摇动罐子了，他把树移到客厅中央，绕着它走了两三圈。接着，他开始自上而下地给这棵树喷白漆。我以为他只是随意喷几下，当作装饰的雪花，没想到他把整棵树都喷白了——不只是树干，别的地方也都白了。松针把油漆都吸收了，又变回浅蓝色。于是德怀特又往上喷了一层漆。他整整用了三罐油漆，树才彻底变得白苍苍的。

翌日，我们装饰圣诞树时，松针已经开始脱落了。只要触碰到一根，就会掉下一大片，像瀑布一样。大家都默默无言。母亲往树上挂了几个小球，然后坐下来眼睛直勾勾地盯着树。

松针还在不断掉落，轻轻地敲打着树干周围的白绉纸。等诺玛和斯基珀到家时，树已经处于半裸状态了。他们俩是从西雅图一起开车回来的，肯尼思还得工作，不过明天他就会过来了。

诺玛一定跟鲍比·克罗说过她要回来了。那天晚餐后，他出现在我们家，显得忧郁不安，斯基珀想跟他开玩笑，他却沉默寡言。他把诺玛带到某个地方去，几小时后又开车将她送回家。但她没有立马下车。我们都坐在客厅里，看着树上闪烁的灯光，畅所欲言，就是不提诺玛和鲍比·克罗待在外面的事。小灯泡不像星星那样一颗颗交错闪烁，而是全部亮起来，如同路边酒吧的霓虹灯牌一齐明明灭灭。

我去床上躺下，突然听到诺玛进了屋子，跑到她自己的房间，哀号了很长一段时间，对此我十分震惊，预感到场面会很难堪。我听到珀尔在尽力抚慰她，随后母亲也加入其中，我听到母亲在说话，比珀尔还要低声细语，她们俩有时候轮流发言，有时候同时讲话，喃喃的声音交织在一起。斯基珀在床上翻了个身，但没有被吵醒，渐渐地，诺玛不再哭喊，我也进入了梦乡。

翌日下午，肯尼思来了，还没等到吃晚饭的时候，我们就都讨厌起这个人了。他知道我们不喜欢他，他很享受这种感觉，甚至追求这种效果。他一走出奥斯丁希利跑车，便开始抱怨这个营地太偏远了，行车不便，诺玛给他指的路线也不准确。他的语气透着挑剔和委屈，薄嘴唇上透着失望。他戴着高尔夫球帽，戴着从手腕处扣上的微孔皮手套。他一边发牢骚，一边优雅地拽松一根根指套，再摘下整个手套。他以同样的方式慢吞吞地脱下另一只手的手套，全程小心翼翼，然后转向了诺玛。“不吻我一下吗？”

她往前倾啄了啄他的脸颊，但他用手捧住她的脸，覆上双唇，吻了很久很久。显然他在跟她法式热吻。我们就站着看他们亲嘴，就像刚才到外面来欢迎他时那样傻笑着。

肯尼思狼吞虎咽地吃完了三明治，德怀特请他喝上一杯，这可犯了大忌。“哦，天哪，”肯尼思说，“我想你对我不太了解。”他说觉得自己有必要声明一下，还真的就这么做了。

“我不了解，”德怀特说，“偶尔喝杯酒，我觉得没啥坏处。”

“我敢肯定你不了解，”肯尼思说，“我敢肯定，瘾君子也会说，偶尔来一针，没啥坏处。”

他们就这样争辩起来了。我母亲介入其中，强颜欢笑，让我们别待在厨房了，到客厅去看看，她一定想着那里的圣诞树和礼物会提醒我们为何团聚在一起，唤回我们心中的温情。但肯尼思还在直抒己见，真是没完没了。最后斯基珀说：“嘿，肯尼思……你为什么不闭嘴呢？”

“你在害怕什么呀，斯基珀？”

“害怕？”斯基珀的睫毛扑动着，好像在确认这难以置信的画面。

“我跟你说这些都是因为我爱你，”肯尼思说，“但你太容易惊慌失措了，一点儿也不淡定。嘿，没必要这么害怕——我说这些都是为你好！”

“你以为自己是谁呢？”德怀特说。

肯尼思笑了。“继续，这吓不倒我。”

诺玛想要引开话题，但肯尼思能够从每句评语里找到破绽。只要他一说话，就难免和人论辩起来。如果你不认输，他就会自鸣得意地笑着，并向你表示怜悯，因为你是如此无知，误入歧途。他毫不犹豫地对我们展开了人身攻击。很快德怀特和斯基珀开始了反击，我和珀尔跟着推波助澜。侮辱肯尼思能带来极大的乐趣，想必他自己也这么觉得，言语越刻薄，越难反驳，他那苍白的脸就越兴奋泛红。听着他不停地说“如果你以为这会困扰到我，那可真是大错特错了”“不好意思，再试一次呗”以及“比这更难听的我都遇到过”，我们气得都想揍他了。

就这样争吵了好一会儿。当我们故意激怒肯尼思时，他只是诡秘地笑着，叼着一只黄木烟斗，里面没放烟草，后来他告诉我，这样做是在通过抵制吸烟诱惑来增强意志力。

诺玛沉默不语。她和肯尼斯紧靠着坐在沙发上，她盯着地板，他则心不在焉地抚摩着她的后背。他每触碰她一次，我就会感到一阵绝望。最后，母亲从厨房走进来，建议诺玛带肯尼思出去逛逛。诺玛点点头，站了起来，但肯尼思说他不想现在就离开，好戏才刚开始呢。

诺玛用恳求的双眼望着他。

他终于跟她一起出门了。他走之后，我们交换了又喜又羞的眼神。我们都沉默不安，一个接一个地溜到其他房间去。

但到吃晚饭的时候，又吵起来了。肯尼思管不住自己的嘴。就算他表面装得很安静，也好像在蓄势待发。只有电视能让他闭嘴。打开电视时，肯尼思就不说话了，静静地盯着电视，仿佛树上的猫头鹰。

在接下来的几天里，母亲说服我们每个人都花些时间和他单独待会儿，增进互相了解。后来证明这是个错误的提议，有些人你最好永远都不要深交。不管是谁，只要跟肯尼思一起外出散步或者开车游玩，都会早早地返回家，以吼叫和摔门告终。多年后，母亲还告诉我肯尼思曾对她图谋不轨。

我们都看得出来诺玛其实并不爱肯尼思。但她还是待在他旁边，忍受他那火暴的脾气，从不说他坏话。最后，她甚至嫁给了他。在此之前，德怀特曾以自杀作为要挟来阻止她结婚。德怀特几乎每周末都开车去西雅图，有时候带上我们一起，但通常独自一人去劝诱她离开肯尼思，每次去都摆出新的理由，但从没奏效过。他会在周日深夜或周一清晨回到奇努克，由于开车时间过长，他眼球充血，疲惫而困惑，甚至都没力气闹腾了。

诺玛与肯尼思结婚后，有了孩子，搬到了博塞尔附近的联式房屋。每次我们去拜访她，她都装得高高兴兴的，从不抱怨。但她看上去脸色苍白，骨瘦如柴，再也不是以前那个懒洋洋的少女了。她的脸太苍白了，映衬得绿眼睛格外闪耀。她开始学会抽烟了——只在小露台上抽，这样肯尼思回家时就不会闻到气味——在我们拜访期间，她总说不好意思她要出去一下，然后走到露台上贪婪地抽着烟，跺跺脚，一会儿抬头望着天空，一会儿透过自动玻璃门回望我们。

大约一年后，我刚到康克立读中学的时候，就碰到了鲍比·克罗。他和其他一些人（大多数是印第安人）站在卡车旁边。鲍比的橄榄球戏法在当时还是很出名的，我觉得如果同行的两个男孩知道我和他熟识，定会对我刮目相看。于是当我们走过卡车时，我喊道："嘿，鲍鲍，最近怎么样？"这些人安静下来，看着我们。鲍比盯着我。"你和谁说话呢？"他说。他的眼里冒着想杀人的怒火。

平安夜的时候，我们几乎都在看电视。等天黑了，德怀特就把屋里的灯关掉，这样我们就能更清楚地看到圣诞树上的灯光。中途我们去吃了个晚饭，然后又回到电视前。当《劳伦斯·韦尔克圣诞节特辑》播出时，我们呆住了，下巴也惊掉了，因为演出实在是太过精彩。香槟乐团演奏了圣诞节热门歌曲串烧，雅俗共赏，气氛活泼欢快，随后有人穿着膝裤，戴着三角帽，扮演起弗朗兹·格鲁伯，而劳伦斯·韦尔克自己则当起了吟诵者："奥伯恩多夫小镇迎来了平安夜，雪簌簌落着，手风琴家弗朗兹·格鲁伯正拖着疲惫的步伐走向小教堂，这座小教堂不久后将名扬四海……”饰演格鲁伯的那人在教堂台阶处停下了脚步，他突然抬头，眼里闪着灵感之光，旋即冲进教堂，弹奏起《平安夜》。他反复推敲一些音符，弄好之后，就转入香槟乐团的管弦改编曲，曲子终了，乔·费尼还泪眼婆娑地来了段无伴奏清唱。

舞台切换了场景。我们发现自己置身于优雅的房间，在微光闪烁的树下，可爱的小列侬姐妹唱起了独家串烧曲。她们的脸上映照着火光。雪花缓缓飘落在她们身后的窗户上，钢琴伴奏也随之响起。她们唱到《篝火上烤着栗子》的时候，德怀特轻轻推了我一下，示意我跟他出去。他一副自鸣得意的样子。“现在是时候吃些栗子了。”他说。

那些栗子。自从我给它们剥壳储藏以来，已经快两年了。这两年来，没有人提起过它们。除了我，别人都忘记了它们的存在，我也什么都不说，因为我不想提醒德怀特再给我派活儿。

我们爬上阁楼，一直走到之前存放箱子的地方。阁楼里十分逼仄，一股霉味。我能听到下面客厅传来的微弱歌声。德怀特带路，拿着手电筒在黑暗中摸索。找到箱子时，他就停了下来，用手电筒照着。硬纸盒四周全是霉菌，盒子顶部也长满了霉菌，就像烤面包盘里的面团开始发酵一样。霉菌表面黑黑的，看上去像固体，就如花菜一般沟沟壑壑、皱皱巴巴，在手电筒的照射下闪闪发光。德怀特用手电筒照了一下箱子，又照了一下浴缸，里面那只被腌制的海狸被遗忘了两年。只剩下一团肉浆了，上面也长满了霉菌，但与栗子上的霉菌不同。这种霉菌是一簇簇白色透明的丝状物，在浴缸上方60厘米左右的高度开出一团花。就像棉花糖一样，但更松散些。当德怀特用手电筒四处照时，我看到了一些奇怪的东西。霉菌当然是没有固定形状的，但其轮廓以某种方式还原了被腐蚀的海狸——一只蹲伏在空中的海狸。

不知道德怀特是否注意到了，反正他什么也没说。我跟着他回到楼下客厅。母亲上床睡觉了，其他人仍在看着电视。德怀特再次拿起萨克斯，与香槟乐团一起无声演奏。树一闪一闪的。我们的脸也跟着忽明忽暗。

我刚到康克立中学读书时，就已经在弹药箱里藏了八十多美元。有些是订报客户给我的小费，其余则是我从别的客户那里偷来的。八十美元好像还蛮多的，够我逃到阿拉斯加了。

我打算用假名字独自闯荡。等我安顿下来之后，就把母亲接过去。不难想象我们在小屋里会面的场景：她会感动得落泪，啧啧称赞起挂满毛皮的墙壁、满架的枪支和趴在火炉前打盹的那群家狼。

每年11月，我们的童子军部队都会前往西雅图参加“部落聚会”。早上，我们会与其他部队比赛。下午，所有童子军都去格兰维尔游乐园玩，当天包场。德怀特总是先跟一些童子军团长去喝酒，再过来格兰维尔接我回家。今年他得等很久了。他得等很长时间，得一个人开很久的车回家，得在进屋时好好向母亲解释为何我没跟他一起回来。

我只把这个计划告诉了亚瑟一个人，就算我曾经出卖过他，他也还是会帮我保守秘密的。他喜欢这个计划。他对此推崇备至，甚至要求跟我一起去。一开始我拒绝了。计划的精髓就在于我要独自一人出逃，何况亚瑟身无分文。但是在“部落聚会”前几天，我告诉他我改变主意了，就勉强让他一起去吧。我告诉亚瑟这一消息时，装作很不情愿的样子，好像是在帮他大忙，但其实只是因为我不敢一个人出发。

亚瑟的父亲考尔在发电厂负责操作涡轮机。他觉得我非常风趣，因为我总能跟他开新的玩笑。我的笑话都是从报纸头版中缝的《今日笑声》中学来的。每次我去他家，考尔都会说：“嘿，杰克鲁尼，今天又带什么笑话来啦？”

“一个女人买了三百磅重的钢丝球，说要去编一个炉子。”

“编一个炉子！你是说她要去编一个炉子！噢，这太幽默了，太好笑了……”考尔笑得不能自已、来回晃动，而亚瑟和盖尔太太厌恶地望着他。

他是一个简单又阳光的人，在营地中很受欢迎，甚至连小孩子都直呼他考尔。我从未听过有人叫他盖尔先生。有一次，我在他们朋友的海滨别墅里，说服考尔同意我带亚瑟去坐帆船兜风，声称以前在佛罗里达州的时候，我就经常驾驶小船。我们的帆船差点就被海浪掀翻，最后在离房子1600米处搁浅了。亚瑟走上海滩，找考尔帮忙，但考尔也不知道怎么办，只好硬生生地把船从拍岸激浪中拖回来。他费了好大一番力气——狂风肆虐，海浪汹涌——但他还是全程笑个不停。

亚瑟和盖尔太太的性格则要复杂得多。他们俩本身就很复杂，在一起就异常复杂，仿佛一对拟声吟唱[1]的爵士歌手，在隐晦的爵士重复乐段你唱我和了好久，又突然停下，故意一言不发。他们善于将沉默变成伤人的利器。这让考尔百思不得其解。他们死死盯着他，而他只是微笑着眨了眨眼。这似乎加剧了他们对他的无声指控。

盖尔太太自以为高人一等。她和考尔属于最早进入该营地的那批人，完全不想和跟进者有所往来。盖尔太太觉得自己是被骗上贼船了，才降低了生活质量。她没有明说自己是如何被骗的，但据了解，应该归咎于考尔，在某种程度上，也得归咎于亚瑟。盖尔太太过得很失意。为了缓解愁绪，每隔两周，她都会与同为营地先行者的朋友利兹·登普西去弗农山购物。她们打扮得漂漂亮亮，享用了丰盛的午餐，还买了东西。多数情况下，她们买的是盖尔太太所说的“针头线脑”这类无用之

1 “拟声吟唱”（scat singing）又称“衬词唱法”，是爵士乐中一种不唱歌词，用拟声或无意义音节来即兴演唱旋律的演唱形式。

物，但有时候，她们也会买些重要的东西。有天晚上，我待在亚瑟家，看到盖尔太太带着一盏昂贵的灯回来了，灯的底座是一辆人力车，由一个咧嘴笑的苦力拉着，一按下他的帽子，他的腿就会跟着疯狂摆动起来。

这两个女人带着我和亚瑟去疯狂购物了好几次。我很喜欢听盖尔太太谈论营地里的其他人，她总能一针见血，后来我再见到这些人，免不了回想起她那诡异的评价。她知道我很欣赏她的口才。出于这个原因，再加上我哥哥杰弗里是普林斯顿大学的学生，她对我很有好感。她经常用温柔的口气说着“常春藤联盟”这个词。我本人也十分自命不凡，所以我们俩很处得来。

面对人生失意，亚瑟则表现得更加叛逆。他拒绝承认考尔和盖尔太太是他的生身父母。我努力去相信他所说的话，相信他是被收养的，相信他的生身父母是跟随俊美王子查理[1]流亡法国的苏格兰大臣的后裔。我和亚瑟读的小说都是一样的，但我假装没注意到小说情节和他人生故事之间的相似性。同样地，亚瑟也不会质疑我的人生故事的真实性。我告诉他，我的家人是普鲁士贵族的后代——“容克”，我就像老学究一样咬文嚼字——可惜战后他们的地产被没收了。我是从《普鲁士人》这

1 俊美王子查理（Bonnie Prince Charlie）即查理·爱德华·斯图亚特（Charles Edward Stuart），是1688年在“光荣革命”中被推翻、但依旧觊觎王位的斯图亚特王朝继承人。1745年，查理王子联合法国从欧洲大陆起兵打回苏格兰祖地，次年几乎全军覆灭，只率领少数亲信逃回欧洲大陆。

本书中获得灵感的。书里到处都是照片，展现了十字军战士、国王、城堡、英勇的骑兵进攻滑铁卢、冷静的冯·里奇托芬站在他的三翼飞机旁边。

亚瑟的故事讲得极好。讲着讲着，他就陷入幻想，仿佛每个细节都是真的。他会复述古老的谈话录。他会描绘桨柄支在桨架上咯吱作响的情景。他会学小农场主的土腔调，也会像叛徒一样可耻地哀号。在亚瑟的故事里，雾气从湖上升起，风笛开始演奏；被人们传颂的英勇事迹，以身相许的诺言，我通通信以为真。

我们是彼此最忠实的见证者。我们对贵族谋权篡位的故事深信不疑，每次重述，这些故事都变得越发荒谬而复杂。但我们并不觉得自己在说谎，我们都认为，这不堪的现实才是最大的谎言。

我们总是回头看，陷入回忆。我们都喜欢看老电影，我去他家借宿时，盖尔太太允许我们整夜整夜地看老电影，这些电影多是采用贵族题材，满足了我们愚蠢的迷恋。比起新车来，我们更喜欢旧车。我们爱讲古早的俚语。亚瑟弹得一手好钢琴，只有我们俩待在他家时，我们会唱起老歌，颤抖的嗓音中透着失落：

我今日上山去漫步，玛吉，

眺望山下景致……

看呀，小溪流水潺潺，磨坊锈迹斑斑，玛吉，

很久很久以前我们曾坐在那里[1]。

我们俩的关系变得越发亲密，每当我们感觉太过亲密时，就会开始互相找碴儿。很容易就能找到嘲笑亚瑟的理由。他嗓子哑得像鸭子似的。他每天都要洗两次澡，却洗不掉身上的氨性荷尔蒙气味，那是成长和焦虑的气味。他什么运动都不参加，这么大的人了，至今还只是个二等童子军，真是可悲。只要不触及“娘娘腔”这个敏感词，我就可以把他损得体无完肤。

我身上也有很多弱点，亚瑟对此了如指掌。他像猫一样漫不经心，只需用一个词就能让我目瞪口呆，跌跌撞撞地逃掉。有时候他会拿佩珀来对付我。佩珀在街上追着要咬我的脚后跟，而亚瑟就站在他家门口给它鼓劲，因为他知道我太喜欢这个小笨蛋了，不可能进行自卫。

我们经常像这样大吵大闹。我们会连着几天不见面，然后亚瑟会装作什么都没有发生一样，给我打电话，邀请我去他

1 19世纪60年代早期，加拿大教师乔治·华盛顿·约翰逊（G.W. Johnson）爱上了学生玛格丽特·克拉克（Margaret Clark），昵称玛吉（Maggie）。他们于1864年结婚，但玛吉得了肺结核，在她病重期间，乔治作了这首诗《当我们年轻时，玛吉》（*When You And I Were Young, Maggie*）。1865年玛吉去世后，乔治的朋友詹姆斯·奥斯丁·巴特菲尔德（J.A.Butterfield）为此诗谱了曲。

家，我也就答应了。

“部落聚会”在西雅图郊外的一所中学里举行。我要参加的是游泳比赛。我拿了个小旅行包，装上泳裤和毛巾，还把我和亚瑟开溜时要换上的衣服也塞了进去，到时候就不必穿着会暴露身份的制服了：那天晚些时候，我们就离开格兰维尔，搭上便车，一路向北。

在聚会期间，我与亚瑟始终保持距离。我刻意不跟他说话。他的制服松松垮垮，上面一枚徽章都没有，他还装得那么傲慢自大。他只会站在赛场边上，说些风凉话。他看上去并不像一个正儿八经的童子军。但我跟他不一样，我可是星级童子军。我穿了件新制服，上边挂了很多东西，包括军长徽章、童子军国家荣誉协会[1]勋章、饰有多个功绩徽章的腰带。看看我的功绩徽章，你就会觉得无论何时，无论把我丢在何地，我都能立马搭个帐篷，钻木取火，捕只猎物来当晚饭；你就会觉得我能靠观察星座的位置来进行导航，能叫出树的名字，在任何地域，都能一眼找到可食用的植物，将它们做成令人垂涎的沙拉。

事实上，我也的确有能力做一些这样的事情。虽然一得到徽章，我就渐渐忘记了具体的操作细节，但毕竟还是掌握了基本的求生技能，在丛林里活下来不是难事。这可是无价之宝。

1 童子军国家荣誉协会，即“Order of the Arrows”，被选中的童子军都十分优异。

不过我当时没想这么多。我感兴趣的主要是全身挂满徽章，显得自己聪明能干，在我看来，我的确做得不赖。

游泳比赛是在早晨举行的。经过两次预赛，我就被淘汰了。这让我十分诧异，但其实我早该预料到了——我总是被淘汰的那一个。每次刚开始比赛，我都认为自己肯定能赢，结束时坚信自己本该赢的，毕竟自己是这里最厉害的泳将。惨败之后，我去澡堂洗了很长时间，心情低落，洗完后就跑去观看别的比赛了。

在今年的聚会上，最为轰动的是密集队形操练比赛。一支来自巴拉德[1]的部队很吸睛，他们的童子军团长戴着黑色的军便帽，帽上镶有银色绲边，军服上挂着战功绶带。这是我第一次见到这种制服，也是最后一次。童子军的裤脚都塞进油光发亮的黑色靴子里，他们也戴着黑色军便帽。这支部队在学校后面铺设沥青的场地上来回踏步，声音十分响亮。童子军团长粗声粗气地发号施令，凶狠傲慢地看着他的部队。

我们部队里没有一支专门的仪仗队，大多数部队都没有。只有五到六支部队里有仪仗兵，但他们显然都比不上巴拉德部队。这些巴拉德男孩都一本正经——干脆利落，身板挺直，面无表情，只听从童子军团长的指令。他们吸引了大批观众。我

1 巴拉德（Ballard）是西雅图的北欧移民聚集地。

看到德怀特在院子另一头，若有所思地摸着他的下巴。

“真是一群傻瓜。”亚瑟说。

我不理他。

他们输掉了比赛，因为帽子和靴子不合规范。观众们向裁判们发出一阵嘘声，巴拉德部队本可以轻而易举赢得比赛。他们的童子军团长勃然大怒。他责骂裁判，将帽子扔在地上，但裁判们仍不让步，于是他带领部队离开了比赛场地，拒绝列队参加颁奖典礼。

后来，我在自助餐厅里碰见了巴拉德部队的三个男孩。他们穿着制服，看上去很彪悍。我和他们坐在一桌，我说我觉得他们被坑惨了，他们十分赞同我的看法，就这样跟我聊起来了。我已经参加过许多次类似的聚会和会议了，懂得怎么像大会代表一样夸夸其谈，跟其他部队的男孩打好交道，“建立联系”。我会详细打听他们住在哪里，仿佛他们是从格陵兰或萨摩亚远道而来一样。我做完自我介绍，会询问他们的姓名，并记在字条上，塞进钱包里，钱包鼓得就像拳头一样。

我把这些巴拉德男孩迷得五迷三道的，很快就像老友重逢一般畅谈起来。我给他们讲了一些奇闻逸事，比如那个逃脱的疯子在鲍比·克罗的车把手上挂了个钩子，他们也和我分享精彩的故事。

实在没故事可讲了，我们就开始讲笑话。银色马鞍啦，玻璃假眼和木制假腿啦。其中有个人问我会不会抽烟。

“我抽烟吗？”我说，“你这就好像在问，狗熊信天主教吗？教皇会在树林里拉屎吗？”

“那我们走吧。”

我们四人走到外面，坐在橄榄球场边的树下。我注意到亚瑟朝我们走来。他在门柱旁停住了。我简直不敢相信他居然尾随我到了这里。巴拉德男孩也注意到他了。“那是谁？”其中一人问。

“就是个人呗。”我说。

“是你们部队里的吗？”

我点点头。

“他叫什么名字？”

“亚瑟。”

“跟国王亚瑟同名？”

我们都笑了。

巴拉德男孩拿起一沓《流行歌曲排行榜》。“嘿，亚瑟，”他大喊，“来根烟吗？”

亚瑟摇了摇头。他把手插到口袋里，移开了视线。过了一会儿，他又慢悠悠地走回学校了。

我们抽了几根烟，又返回学校，准备坐车去格兰维尔，约定在过山车那儿相见。我一上车，德怀特就开始谈论巴拉德仪仗队有多么厉害，说我们的部队也需要这种精气神，才能够与之抗衡。一路上他都在谈这个。到格兰维尔后，我下了车，他还在喋喋不休，说等会儿来接我。他看着小旅行包。“你拿这东西干啥呢？”他问。

“不干啥。”我搪塞了一句，就赶紧走开了。我以为他会喊我回去，但他没有。

那三个巴拉德男孩已经在排队等着坐过山车了。这一天，所有游乐设施都是免费的。除了吃的东西和赌博游戏，其他都是免费的。在我们排队等候的时候，我们想入非非地比较了巴拉德女人和康克立女人，讨论了我们所知的各种过山车的事故率。亚瑟一直站在远处看着我。他终于走了过来，问我想什么时候走。

“等一会儿。”我说。

“我觉得我们应该现在就走。”

“等一会儿。”

有个巴拉德男孩给亚瑟留了位置，但他摇了摇头，转身走开了。我从过山车上下来时，他还在等着我，当我和巴拉德男孩又开始排另一条长队时，他依然在等着我。他等了我整个下午，跟着我们从一个游乐设施到另一个游乐设施。他看着我请别人吃点心，高兴地从钱包里抽出一张张钞票。我们朝娱乐场走去，他也跟着我们，一个巴拉德男孩正在投掷飞镖时，他再次走到我身边。

“我以为我们要出发去阿拉斯加了。”他说。

“我们是要去呀。”

“好，那什么时候走？”

“嘿，我们就快走了，好吗？真是的。不要那么着急。”

我自己也投了一些飞镖。我还投圆环。我还将排球砸向装满了奶的牛奶瓶。玩这些游戏时我使出了吃奶的力气。然后我在断电亭前停了下来。

我没玩过这个游戏，但看起来好像挺简单的。花上二十五美分，就可以拿到一块分区域标着不同符号的木板，以及三个刻有符号的金属圆盘。如果圆盘上的符号能以某种方式与木板上某区符号相互匹配，就可以将圆盘放到该区域上。根据圆盘在木板上的布局，获得相应的积分，再拿总积分来兑换摊位背后排列的奖品：底层是烟灰缸、镇纸、丘比娃娃、牛头犬陶瓷摆件，再上一层是棒球手套、毛绒动物玩具、看上去像手枪的打火机、时钟收音机、匕首、定制手镯，就这样一直排到顶层的大奖。顶层是便携电视机、双筒望远镜、相机、戴小指上的镶钻金戒指、钻石金链、金表。而且，每件奖品上都系着条“丝带”，那是一张卷起来的百元大钞。

柜台后面那两人发现我们盯着奖品。斯莫克和瑞斯蒂，这是他们的名字。瑞斯蒂很瘦，紧张兮兮的。斯莫克是个笑容满面的胖子，牙缝很大。原来斯莫克也当过童子军，因此，为了友谊能够地久天长，他允许我们每人免费玩一次游戏。瑞斯蒂想说服他不要这样做，但斯莫克非要坚持。这游戏玩起来的确简单。两个巴拉德男孩赢得了镇纸，我赚的积分够兑换一个定制手镯。瑞斯蒂正要把手镯拿给我，这时候斯莫克随口说道，如果我们再玩一局，他愿意让我们把这两局的积分合并到一起，兑换更值钱的奖品，瑞斯蒂听到这儿就不开心了。巴拉德男孩没有钱，所以他们只拿走了烟灰缸，我又掏出二十五美分，告诉斯莫克再来一局。这次的总积分几乎可以换时钟收音机了，就差一点点。“我可以再保留一次积分吗？”我问。

斯莫克和瑞斯蒂互相看着对方。“没门儿，”瑞斯蒂说，“老板会杀了我们的。”

“去他的老板，”斯莫克说，“老板又不在这儿。”斯莫克又把我套进去了。我以为已经赚够了足够的积分，但斯莫克说：“运气太差了，杰克。两边都有星星。”

“两边都有星星？”

“对，两边都有星星。看到这块区域有颗星星了吧？在那块区域也有一颗星星，也就是说两边都有星星。这样要倒扣40积分的。真可惜啊，你差点就赢了，杰克老弟。”

我问他能否让我再试一次。

斯莫克从柜台上往外倾，四处张望着娱乐场。“我没看到他人影。你觉得怎么样？”他问瑞斯蒂。

“好吧，但得快点，”瑞斯蒂说，“如果被他抓个现行，我们就真完了。”

“你最好玩翻四倍的。”斯莫克对我说。

“翻四倍的？”我打开了钱包。斯莫克抽出一美元，说道：“就是这样。你玩一次就能拿到四倍的积分，可以早点拿大奖。”

这次我赚了好多积分，时钟收音机只是小意思。总积分几乎能兑换双筒望远镜了。斯莫克欢呼起来，但瑞斯蒂吸了吸腮帮子。“你这是要把所有东西都送出去的架势吗？”他说。

“我可以再玩一次翻四倍吗？”我问。

斯莫克说可以。他还说，我愿意的话，可以同时玩两块木板，第二块木板的积分跟我现在操作的那块一致，这样我就有机会拿到两个大奖品了。

“去你的，斯莫克。”瑞斯蒂说。

我瞅瞅自己的钱包。斯莫克从里边抽出了几张一美元钞票，数给我六个圆盘。巴拉德男孩凑到我旁边观赛。“我赢了！”我大喊。

斯莫克摇了摇头：“就差一点啊，哥们儿。你这块月亮被没收了。没有月亮本来得扣50积分的，我勉强就扣你30积分吧。你觉得怎么样，瑞斯蒂？”

瑞斯蒂嘟嘟囔囔的。最后他同意了。按照斯莫克的建议，我打开另一块木板，这次筹码不是翻四倍了，而是翻八倍。

“当心老板过来。”斯莫克说。

“快点。”瑞斯蒂说。

“该死。”斯莫克说，“德州沙漏。就差那么一点啊，杰克。”

巴拉德男孩为我鼓劲。我又打开了两块木板，连续五轮都玩的翻八倍。遇到卡罗莱纳雪花和巫师轮的时候，我的积分变多了，但是碰到香蕉皮、孤独之心和黑钻时，我的积分又变少了。我把钱包放在柜台上，斯莫克算着我拿了多少个圆盘，然后从钱包拿钱。我就快赢走顶排所有的奖品了，只差几分了，这时候斯莫克把钱包推还给我。“你有点缺钱了，杰克逊。”

钱包里空空如也。

我知道巴拉德男孩没有钱。亚瑟跟着一小撮人聚在摊位旁看着我，但我知道他也没有钱。我问斯莫克能不能让我再玩最后一局。

“抱歉，杰克。不交钱，就不能玩。”

“就一局可以吗？求求你了！”

他看都不看我一眼。他笑眯眯地望着围观的小孩。“你们都看到了，”他说，“他差一点就赢得盆满钵满了。那边那个，胡萝卜头——对，就是你——不要害羞，快点来玩，第一次玩是免费的。我以前也当过童子军。”

“没有免费玩的游戏！”瑞斯蒂喊道，“老板会杀了我们的。”

“求求你了，斯莫克。”我说。他仍然笑眯眯的，将圆盘打乱。确切来说，他并非不理睬我，他根本就是把我当空气。

“给你，”瑞斯蒂说，推了些东西给我。“随便拿点什么。”

那是个毛绒动物玩具，一只粉红色的肥猪，猪蹄是黑色的，鼻子上挂着一个圆环。我把它带到娱乐场，和巴拉德男孩一起走着，但我的喉咙好像堵住了，说不出话来。声音似乎都是从远处传来的。我神思恍惚，身体轻飘飘的，像是在飘浮。我们到处乱逛。不知道是什么时候，那几个巴拉德男孩一起去坐过山车了，我也就和他们走散了。我甚至都还没问清楚他们住在哪儿。

游乐园关闭后，我和同一部队的其他童子军站在大门口。除了我之外，他们那天早上都是和父母一起来的，三五成群，他们的父母在西雅图这边有亲戚，探望完亲戚再回家。只有我和德怀特是自己驾车来的。

等人来接的时候，我努力说服亚瑟跟我们一起回去。我知道德怀特肯定喝醉了，我不想和他单独待着。但亚瑟不愿与我说话。我说话的时候，他看都不看我。我没脸没皮地求着他，他终于开口说道：“我为什么要这么做？”

我答道：“因为我也会为你这么做呀。”

“哈。”他说。但我说的是真的，他是知道的。过了一会儿，他说："演得不错啊，沃尔夫。真正的演员。"

我们留到了最后。看到汽车驶来时，我将肥猪公仔扔给了亚瑟。我想不出要怎么跟德怀特解释。"给你，"我说，"这是你的了。"

"我要这东西做什么？"

"快点嘛，拿着。求你了。"

他说："嗯，今晚我们都很客气嘛，是不是？"但他还是接过去了。因此，我们迎着车走过去时，德怀特就看到了这幅景象——娘娘腔亚瑟·盖尔拿着被车前灯照得发亮的粉红猪。亚瑟仿佛早就知道德怀特日后会如何形容这番景象，他很鄙视德怀特，冲着他嘲弄地笑了笑，故意一扭一晃地走着。

一天晚上，我从康克立回来，发现有只大狗在杂物间的地板上睡觉。这只狗很丑。它的黄色皮毛上都是秃斑，有一边的耳朵像三角旗的碎布条。它那粉红的尾巴上几乎一点毛都没有。我正要走开时，狗醒过来了。它的眼睛是黄色的。起初它只是看着我，但我一往前迈，它就发出低吼声。我叫嚷着快来人啊。

德怀特把头伸到门外，狗爬起来去舔他的手。德怀特问出了什么事，我告诉他这只狗吼我。

德怀特说："好，这是它应该做的，它还不认识你呢。冠军，这是杰克。让它闻闻你的手。"

“来吧，它不会咬你的。”他对我说。

我伸出手，让冠军闻了闻。

“杰克，”德怀特对他说，“杰克。”

我问德怀特这是谁的狗。他说是我的。

“我的？”

“你说过你想要一只狗的。”

“可不是这种啊。”

“反正它是你的了，你花了钱的。”他补充说。

我问他什么意思，什么叫我花了钱，但德怀特不肯告诉我。几分钟后我就发现真相了。我的房间看上去不对劲。接着我就发现我的温彻斯特步枪不见了。我盯着自己在商店里为它定制的松木架子。我盯着架子，仿佛刚刚看漏了，只要再仔细看看就能发现它。我在床上坐了一会儿，然后站起来走到客厅，德怀特正在那里看电视。

我冲他说道：“我的温彻斯特步枪不见了。”

“那只狗可是纯种的威玛拉娜犬。”德怀特说道，他的眼睛一直盯着电视。

“我不想要它，我要我的温彻斯特。”

“那可就不走运了，因为你的温彻斯特已经在去西雅图的路上了。”

“但那是我的步枪！”

“冠军还是你的狗呢！老天！我用一堆垃圾零件给你换来了一条值钱的猎狗，你看看你是怎么报答我的？一直在无病呻吟，无病呻吟。”

“我不是在无病呻吟。”

“你不是才怪。从现在开始，你自己的东西自己买。”

母亲当时正在外面参加一次政治会议。上次州选举时，她为当地的民主党做了些组织工作，现在他们想让她为阿德莱·史蒂文森工作。第二天她回家时，我在门外面碰到了她，跟她说了步枪的事。

她点点头，一点儿也不惊讶。“我就知道他图谋不轨。”她说。

那天我回房间后，他们就这事儿争论起来。德怀特大吵大闹，但母亲逼他让步了。步枪是我的，她说。他想要别的什么东西尽可大喊大叫，但在这点上没什么可讨论的。她逼德怀特同意，当冠军的主人按约定寄过来美国养犬俱乐部[1]证书时——这证书将证明冠军的血统——德怀特就打电话给他，安排将冠军送回西雅图，再取回我的步枪。目前他还无法做到，因为他不知道那男子的姓氏或地址。

事情以这种方式解决了，我很满意，除了一点——后来，那

1 美国养犬俱乐部（AKC，American Kennel Club）是致力于纯种犬事业的非营利组织。

名男子不知怎的忘记寄证书过来了。

我们第一次带冠军去打猎是在砾石采掘场，秋沙鸭喜欢聚集在那儿。据说这种鸭子的肉不好吃，所以大多数人都不会去射击它们。但德怀特什么动物都不放过。他是个糟糕的猎人，没有定力，眼神儿不好，声响太大，从来没有真正捕到过猎物。这让他极其愤怒；在走回车上的路上，他会杀死目之所及的所有活物。他杀死了花栗鼠、松鼠、蓝鸟和知更鸟。他在3米远的地方，用12英寸口径的枪杀死了一只很大的雪鸮，并射击低掠河面的秃鹰。我从未见他抓到过鹿、松鸡、鹌鹑、野鸡、好吃的鸭子或者大鱼。

他觉得这都怪自己的破装备。他收藏了许多打靶步枪，又买了两支猎用步枪：一支30-30马林和一支M-1加兰德，带有望远镜似的瞄准设备。他有一支专门用于射击水禽的12英寸口径双管猎枪，还有一支16英寸口径半自动猎枪，他称其为“灌木丛步枪”[1]。为了发现那些他从来没能靠近的猎物，他带了高性能蔡司双筒望远镜。为了清洗加工那些他从未杀死过的猎物，他带了把彪马猎刀。

尽管他总说冠军是我的狗，但我知道它其实是德怀特用来助攻狩猎的。

1 “灌木丛步枪”（“Brush gun”）是指便于在灌木丛等狭窄区域使用的大口径杠杆式卡宾枪，枪管较短，枪身较轻。

当我们到达采石场时，德怀特将一根木棍扔进了水中，以激发冠军的搜寻本能，看看它的嘴巴有多柔软。他说威玛拉娜犬最出名的就是它们的嘴了。“等会儿在那根木棍上，你连一点齿痕都看不到。”他告诉我。冠军跑到水里，却停了下来。它回头看着我们，呜呜叫着。它像吉娃娃一样颤抖不已。“加油，乖孩子。”德怀特说。冠军再次呜咽起来。它把一只脚掌伸入水中，又缩回来，开始朝着木棍叫起来。

“这狗还挺机灵，”德怀特说，“知道这不是只鸟。”

黄昏时候，秋沙鸭来了。它们肯定早就看到我们了，但它们仿佛知道自己的肉不好吃，毫不担心会被袭击。秋沙鸭靠得很近，都低低地飞着。德怀特朝它们开了两枪。有只鸭像石头一样坠落下来，其余鸭子急匆匆地飞上高空，嘎嘎地大声叫唤。它们绕着采石场飞着，这一会儿时间里，德怀特又装好了子弹，再次开火。这回他一只也没打中，秋沙鸭全飞走了。

被他击落的那只鸟[1]漂浮在水中，离岸约6米。鸟嘴朝下栽在水里，翅膀往外张开。它一动不动。德怀特拆开猎枪，拿出了弹匣。“去把它叼回来，冠军。”他说。但是冠军没有去抓鸭子。整个岸上都看不到它的踪影，不知道它跑哪里去了。德怀特本来用友善的语气呼唤着它，后来就开始发号施令，威胁恐

1 秋沙鸭是鸭科、秋沙鸭属的一种鸟类。

吓，但冠军还是没有回来。我自告奋勇，要往鸭子后边的水域扔石头，借力把鸭子冲过来。德怀特说没必要大费周章，那不过是只没用的鸟而已。

我们在车下找到了冠军。德怀特不得不用甜言蜜语哄了它几分钟，它才肯壮起胆子爬出来，轻轻地叫唤着，缩成一团。

“它就是有点胆小，”德怀特说，“这问题不难解决。”

德怀特决定带冠军去华盛顿东部猎鹅，以期解决这一问题。他说服我母亲也一起去。他们原本计划出游一周，但三天后，他俩就很不愉快地回来了。母亲告诉我，刚开第一枪，冠军就跑到田野里去了，德怀特花了整个下午才找到他。第二天他们把它留在车上，但它在座位上拉屎撒尿。于是他们决定立刻起程回家。

“他把车座都清理干净了，”她补充道，“每个角落都打扫过了。我才不肯靠近呢。”

我根本没问她这事儿。我猜她只是觉得我会关心这个问题。

我进门时，冠军并不总是朝我咆哮。它往往无视我，慢慢地等我放松了警惕，才会突然朝我吼叫，快把我吓死了。有天晚上，它又这样吓我一跳，我气得抓起海绵拖把就往它头上打。冠军怒吼起来，我就又打了它，不停地打它。它歇斯底里地尖叫着，它想要逃走，用爪子挠着木地板。最后它把头藏在热水器后面，一动不动，而我还继续打着它的身体。有那么一刻我突然累了，意识到了自己都在做些什么，就放下了拖把。

家里只有我一个人。我踱来踱去，想要变得不那么烦躁，不那么内疚。我可以原谅自己做过的大多数事情，但这次我实在太残忍了。

我回到了杂物间。冠军出来躺在它的毯子上了。我轻戳它的骨头，检查它的伤口。它看上去状态还行。海绵减少了它身体受到的冲力。当我检查它的伤口时，它呜咽着舔了舔我的手。我温柔地安抚着他。这下可犯了大错。它误以为我喜欢它，以为我们成了好朋友。从那天晚上开始，它就一直黏着我。每次我经过杂物间，它都会蹲下，一副可怜兮兮的样子，希望我能在那儿陪它，如果我径直出了门，它就会朝我叫，往门上撞。

这给我带来了一些麻烦。自从我上中学以来，将近一年的时间里，我总在午夜后偷偷溜出屋子，开车去兜风。德怀特不愿教我开车——他坚信这会害死我们俩——因此我只能自学成才。自从冠军对我产生了依恋，我就不得不带它一起出去，要不然它的叫声会把整个屋子的人都吵醒。

我在营地空旷的街道上慢慢开着车，冠军就坐在副驾驶位上，像真正的乘客一样凝视着窗外，或者迎风啃着它的肉骨头。我感到无聊时，就会将汽车开到离马尔布芒特还有一半车程的路段，在那里我可以将车速提到每小时160千米，还不必转弯。冠军平静地看着白线在车前灯之间来回晃动，而我像长臂猿一样叫着，流下恐惧的泪水。然后我会在路中间停下来，掉转车头，朝另一个方向飞速行驶。每次我都开得比上次要远一些。我想将来有一天，我会一直往前开，永不止步。

有天早晨，我将车往后倒入沟中，准备掉头回家。车轮转了好一会儿转不过去，我就下车看了看。我又回去打方向盘，这下车彻底陷进去了，陷得很深。于是我放弃了，开始徒步往营地走。那时候已经快三点了，步行回家至少得四个小时。不等我回到家，他们就会发现我失踪了，车也不见了。我开始大骂脏话，但这些脏话似乎是在骂自己，而不是在骂别人，很快我就停了下来。

冠军在我前面跑着，跑进路两边的密林中。周围的群山黑黢黢的，漆黑的夜空中繁星闪闪。大马路上，我的脚步声显得格外响亮。我觉得这好像是别人的脚步声。我开始觉得不是自己在走路，身体的其他部位也变得陌生而不真实，仿佛这身体不是我自己的。我看着这具躯体往前走。我游离在外，不可思议地看着自己的身体，感到荒谬而可怕。我不知道它是什么，也不知道到底是什么在远远地焦急地看着它。

只听一个声音大叫道："噢，美宝莲！"我熟悉这个声音。这是我的声音，十分响亮，我就是发出这个声音的人。我唱完《美宝莲》，又开始唱另一首歌，一首接一首。我不停地引吭高歌。有好几次我停下来，努力为自己找借口开脱罪行——嘿，我知道你们不会相信，但我真的是醒过来发现自己正开着车！——可是我觉得所有这些借口都行不通，于是我继续唱歌。我唱着自己听过的每一首歌，为自己居然知道这么多歌而感到诧异。我也意识到，在真正放松下来之后，我唱得还不赖——算是非常好听了。我唱了歌曲的不同部分。我会说唱，比如《扑克牌》和《三颗星》，我还会学男高音唱假声。我开始自娱自乐起来。

当我听到身后响起引擎声时，距离奇努克只剩一半路了。我迎着灯光，向司机示意停车。他把卡车停在马路上，没关引擎，是个陌生男子。“那辆陷进沟里的车是你的吗？”他问。

我说是的。

“话说，你到底是怎么搞成这样的？”

“说来话长。”我说。

他叫我坐上车。我开始呼唤着冠军。“等等，”他说，“谁是冠军？你刚才可都没提到冠军。”

“那是我的狗。”

我大声喊着冠军过来，那个男人凝望着沉沉夜幕。他害怕外面的东西，也害怕我，这让我感到不安。最后他说：“我要走了。”就在这时，冠军从树林里蹦了出来。那人看着它。“哎呀，万能的主啊。”他说道，为我们打开了门，把我们送回车那边。开车的时候，他静默不语，帮我把车拖到公路时，他也一言不发。我向他表示感谢，他只是微微点了点头，就开车离开了。

我溜上床不久，母亲就过来叫我起床了。“我感觉不太舒服。”我对她说。

她把手放到我的额头上，看她这样担心我，我就想全盘托出，告诉她事情的来龙去脉，不是忏悔、坦白，而是和她分享化险为夷的亢奋心情。她喜欢听绝处逢生的故事，这些使她更加确信运气的重要性。但我知道，一旦告诉了她，我起码得保证自己再也不开车了——这我完全可以办到——但还有种更坏的情况，她可能会向德怀特出卖我。

在暗淡的晨光中，她低头看着我。“你没发烧，”她说，“但我得承认，你脸色看上去真的很差。”她告诉我，如果我答应不看电视，今天我可以待在家里不去上学。

我睡到了吃午饭的点儿。德怀特来到我的房间时，我正坐在床上吃三明治。他双手插在口袋里，靠在门口，就像哑剧演员在表演放松的状态。这让我警觉起来。

“感觉好些了吗？”他问。

我说是的。

“我希望你没啥大碍，”他说，“睡了一觉，对吗？”

“是的，先生。”

“你一定很需要睡眠。”我等着他的下一句。

“哦，顺便说一句，你应该没有碰巧听到引擎发出奇怪的砰砰声，对吧？”

“什么引擎？”

他笑了。

他接着说道，几分钟前他和冠军一起去了小卖部，在那里遇到了一个男人，他认出了冠军，讲述了他和冠军凌晨巧遇的有趣经历。他问我对此有何看法。

我说我不知道他在说什么。

然后他就扑到了我身上。他抓我的时候，我一只手正放在被子里，另一只手还拿着三明治，我没有马上摆出自卫的架势，而是先把三明治拿开，因为我以为他是想拿走我的三明治。他左右开弓，来回扇我的脸。我把三明治丢到一边，用前臂挡住脸，但实在没办法将他的手推开。他跪在床上，双腿夹住我，拿毯子把我捂住。我大喊他的名字，但他不停地抽打着我，动作极快，我知道他听不见我的声音。不知怎的，我另一只手下意识地挣脱开来，打中了他的喉咙。他往后一跃，喘着粗气。我把他推下床，掀开毯子，但我刚要爬起来，他又揪住我的头发，把我的脸死死按在床垫上。他接着用力捶打我脖子后面。这猛地一击让我的身体都僵住了。他把我的头发扯得更紧了。我等着他再次打我。我能听见他喘着粗气。我们就这样僵持了一段时间。然后他把我推开，站了起来。他死死地盯着我，发出低沉的呼吸声。“给我好好收拾收拾，”他说，他走到门口，又转身说道，“我希望你能吸取教训。”

我吸取了两个教训：第一，打对方的脖子并非万能招数；第二，遇到麻烦时不要骂脏话，会唱歌的话，最好来几首。

那只秋沙鸭成了冠军这辈子见到的最后一只秋沙鸭。没想到冠军竟是杀害猫的凶手。它曾三次把死猫带回家，用它那出奇柔软的嘴巴叼着。德怀特把它们丢到河里，指责我和珀尔放任冠军出门。但冠军就此成了嫌疑犯，有一天，它溜进了某人的后院，在小女孩的眼皮子底下，将她养的小波斯猫撕成了碎片。那天晚上，营地负责人来敲门了，他告诉德怀特，冠军必须马上离开。德怀特说，他得花上好几天时间，才能为他找到一个新家，但营地负责人说，现在就是现在，他一走，冠军就得立马消失。

德怀特在杂物间里待了好一会儿。一阵沉寂之后，我听到他在翻箱倒柜。接着听到他说：“走吧，冠军。”我和母亲正在客厅里读书。我们面面相觑。我走到窗前，看着德怀特走进暮色中，冠军嗅着前面的土地。德怀特背着他那30-30步枪。他让冠军跳上车，载着它驶向了上游。

德怀特只离开了一会儿。我知道他没有埋葬冠军，毕竟他这么快就回来了，何况我家也没有铲子。

我和母亲都喜欢看《铁面无私》。有一集里面，有个人让阿尔·卡彭[1]失望了。这人做了些解释，一副备受煎熬的模样，卡彭在一旁听着，看上去充满了同情和理解。然后他开口了，轻轻地说："你为什么不和弗兰克一起去兜个风呢？"这个男人吓得眼睛都凸出来了。他看了看弗兰克·尼蒂，又转向阿尔·卡彭喊道："不，卡彭先生，等等，我会将功补过的……"但卡彭先生开始阅读桌上的文件了。下一幕，只见一辆修长的黑色轿车在乡间小路上停住了。

在冠军走了之后，每当我做错事时，母亲都会对我说："你为什么不和德怀特一起去兜个风呢？"

1 阿尔·卡彭（Al Capone）是美国黑帮成员，出生于纽约布鲁克林，1925—1931年执掌芝加哥黑手党。

校园公民义务

康克立是孤星混凝土公司建设的企业小镇[1]。由于混凝土厂的粉尘太多，这里的街道、房屋和汽车都变成灰色的了。在无风的日子里，空气中弥漫着厚厚的粉尘团，有时候甚至不得不因此而取消镇上的橄榄球训练。康克立中学建在山丘上，俯瞰着小镇，斜坡上铺着混凝土，避免山体滑坡。我刚到那儿上学时，学校刚建成不久，混凝土斜坡却已经开始破损滑落，露出有夹层的细铁丝网。

山谷周围的孩子都来这所学校上课。他们的父母是农民、服务员、伐木工人、建筑工人、卡车司机或流动工人。大多数男孩都会去做兼职，他们工作并非为了攒钱，而是为了养车和养女朋友。他们中有许多人还没毕业就结婚了，辍学去找了全

1 自19世纪90年代起，由于部分企业地处偏远，生活不便，企业小镇（company town）便应运而生，企业负责建设住宅，提供就业、购物等服务。

职工作。有些人参加陆军部队或海军陆战队——从来没有人加入海军战队。有些人则成了小罪犯。康克立中学的男孩们往往不觉得自己是上大学的料。

学校里有的老师很不错，大多数是年长的妇女，她们不在乎是否会因为背诵诗歌或在描述凡尔登战役时哭泣而被嘲笑。但这类老师并不多。

米切尔先生给我们上公民教育课。他曾担任过陆军部队的非官方征兵人员。就像他喜欢吹嘘的那样，“二战”期间他在“欧洲战区”服役，而且真的杀过人。有时候，他会把从尸体上拿走的各种东西展示给我们看，不仅有奖章和刺刀——这些在任何当铺都能购买到——还有德语写的信以及夹有家人照片的钱包。每当我们想分散米切尔先生的注意力、让他忘了收集我们还没写的论文时，我们就会询问他当年是怎么杀人的。米切尔先生会蹲伏在桌子后面，往外张望，随后滚到教室中间，跳起来大喊“嗒—嗒—嗒”。

米切尔先生上课时非常依赖视听辅助工具。有些电影我们都看过好多遍了，比如战争纪录片和美国联邦调查局制作的警示片，后者讲述了中学生是如何被骗加入美国安妮镇的有关基层组织的。在我们的期末考试中，米切尔先生问道，“你最喜欢的一项修正案是什么？”我们早有准备，都给出了正确的答案——“携带武器的权利”——除了一个女孩回答“言论自由”。由于她太过放肆，这个问题她得了零分，整场考试她也没能及格。她辩称，从逻辑上而言，并不能判定她答错了。米切尔先生怒气冲冲地命她滚出教室。她去找校长告状，但无济于事。班上的大多数孩子都认为她自作聪明，我也这么觉得。

米切尔先生还教体育。他创设了学校的拳击课程，他每年都会组织一场男性集会，数百人花大价钱来观看我们这些男孩是如何把对手打得“灵魂出窍”的。

霍利汉小姐给我们上演说课。她采用了几年前的演说理论，该理论主张“往下捞”词语，而不仅仅是说出来，仿佛这些完美的措辞表达都已经放在我们的肚子里了，只等着像鳟鱼一样从蓄水池中被捞出来。我们应该让词语“逸出来”，而不是仅仅动动嘴唇。这很难掌握。霍利汉小姐坚信一步一个脚印，因此我们一年的大部分时间里都根据她独创的合唱形式，哼着《海华沙之歌》[1]。她非常喜欢这首诗，春季还带我们去弗农山参加演说比赛。比赛在露天场地举行，我们正围坐成大圆圈高声朗诵着，突然下起雨来了。我们都穿着印第安服装，它是用装洋葱的粗麻布袋制成的。麻布袋湿了之后，就开始散发出难闻的气味。大家都闻到那股臭味了。但霍利汉小姐不肯让我们中断朗诵。她绕着圆圈走来走去，悄声说道：“往下捞，

1《海华沙之歌》（*The Song of Hiawatha*）是美国浪漫主义诗人朗费罗（Longfellow）的长篇叙事诗，塑造了印第安民族英雄海华沙的光辉形象。

往下捞。”最终，我们因超时而被取消了比赛资格。

霍斯菲斯·格里利教手工技能课。每次上新生入门课，他都要表演将五十磅的铁块砸到脚上。他这样做既是为了引起大家注意，也是为了炫耀他的钢面鞋——鞋面是用钢筋做的。他认为我们都应该穿钢面鞋。我们在商店里买不到这种鞋，但可以托他帮忙订购。在我来到康克立的第二年时，一个鲁莽的新生试图接住朝着霍斯菲斯鞋面坠落的铁块，结果把手指压伤了。

一开始我总跟家里人说我成绩很好。其实我在骗他们——从奇努克乘坐公交车上学的途中，我拿别人的作业来抄，我从一个又一个班级门前走过，利用在走廊上的时间复习考试内容。第一次阶段考后，我懒得再这么做了。我彻底不学了。于是，我的成绩等级从A变成了C，但家里没人知道我的成绩下滑了。不可思议的是，当时的成绩报告卡居然都是用铅笔写的，我自己手里就有一些铅笔。

我只需要去上上课，有时候我连课都不去上了。我和一些臭名昭著的康克立老油条混在一起，他们发现我是个从未喝醉过的小男孩，对我十分感兴趣，所以愿意带我一块儿玩。对此我很感激。我想要变得与众不同，但我搞不懂怎样才能受人敬仰。如果不能成为体面的公民，我就去当草莽英雄。

每天早晨，我们都在学校后面的浅谷里抽烟，等到钟声响起，我们就往山下走去，穿过蕨丛（蕨类植物太高了，我们就好像在其中游泳似的）走到路边查克·博尔格停车的地方。

查克的父亲不仅在范霍恩附近开了一家大型汽车配件店，还同时担任五旬节教会的牧师。查克喝酒的时候，就会自说自话地讲起黑暗宗教这类东西。他满面愁容，放荡不羁，但态度却很温和，甚至展现出了手足情谊，起码把我当兄弟看待。因此我感觉他比别人更好相处些。我相信他是有底线的人。别的人就不一定了。有个人进过监狱，先是因为偷了链锯，后来是因为绑架了猫。这人是个傻大个儿，为人古怪。大家都叫他疯子，他也任人这么叫着，就像享受假期那样。

当疯子抓走那只猫时，查克也在一旁。他们站在康克立药房外面，猫向他们走来，开始往他们腿上蹭。疯子拎起那只猫，打算揍它一顿，但当他看见猫颈圈上的名字时，突然计上心来。这只猫是一个寡妇的，她的亡夫在镇上有家汽车经销店。疯子认为她肯定很有钱，便决定勒索她一把。他用公用电话打给寡妇，告诉她猫在他手里，要拿二十美元去赎，否则他就杀了它。为了证明他是认真的，他把猫举到话筒旁，拽了拽猫的尾巴，但猫一声不吭。最后，疯子将话筒拿回来靠在自己嘴边，学道："喵，喵。"然后他让寡妇拿上钱，在约定的时间、地点与他碰头。查克想劝他别去，但疯子骂他傻。结果寡妇没出现，其他人倒是在那里候着他。

接下来介绍杰里·霍夫。霍夫挺帅的，就是爱噘着嘴，迷迷糊糊的。女孩子都喜欢他，殊不知，遇到这种人是倒了大霉。他虽然身材矮小，但强壮有力，爱慕虚荣。他的虚荣心就像他那浮夸的蓬帕杜发型[1]。他是个恶霸。他会在卫生间里闲逛，嘲笑其他男孩，踩着他们的白鹿皮鞋，抓住他们的脚踝，将他们头朝下吊在抽水马桶上。恶霸通常欺软怕硬，但霍夫是个例外。他谁都欺负，甚至敢骑在那些打过他的人的头上。

阿奇·库克也跟我们混在一起。阿奇待人随和，头脑简单，常常自言自语，有时候还会无缘无故地大喊大笑。他的脸瘦长，两颊平平。查克告诉我，阿奇很小的时候被汽车碾过。这可能是真的。霍夫曾经对他说："阿奇，如果那个家伙在往后倒车前去看撞到了什么东西，你可能不会被弄成这样。"阿奇是霍夫的堂兄。

我们一共五个人。我们挤进查克那辆1953年的雪佛兰里，到处乱开，找找看可以抽走哪辆车的汽油。如果找到了，我们就将那辆车里的十几升油倒入查克的油箱中，整个上午都沿着消防车道往山上飙车，一般要花半天时间。午餐时间前后，我们常常开回康克立，去拜访阿奇的姐姐维罗妮卡。以前在康克

1 蓬帕杜发型（Pompadour）指将前额头发往后上方梳得很高，据说源自法国皇帝路易十五的著名情妇蓬帕杜夫人的发型。

立读中学时，她和诺玛是同班同学。她的鼻子还像以前一样小巧玲珑，眼睛也依然又大又蓝，只是不像从前当选返校节[1]“皇后”那么耀眼了，由于酗酒，她的脸上长满斑点，皮肤也变得松弛了。维罗妮卡嫁给了一个锯木工，他在埃弗里特附近的一家工厂上班，只有周末才回家。她有两个胖乎乎的女儿，总是穿着内裤在乱糟糟的屋子里跑来跑去，哭闹着寻求母亲关注，她们还会吃薯片，经济优惠装的薯片袋几乎和她们一样大。维罗妮卡超喜欢查克。如果查克兴致索然，她就会穿着短裤和高跟鞋在他旁边走来走去，或者坐到他腿上，让他心情好起来。

我们整个下午都泡在这屋子里，要么玩纸牌，要么阅读维罗妮卡的推理杂志。有时候我想和这两个小女孩一块玩玩游戏，但她们老是闷闷不乐的，没办法假装或想象任何东西。三点钟的时候，我走回康克立中学，搭公交车回家。

查克他们认识很多像维罗妮卡这样的妇女，也结识了那些即将变得和维罗妮卡一样的女孩。他们试图撮合我和一两个女孩子，但我总是临阵脱逃。我不知道这些女孩子想要什么，但我知道自己一定会令她们失望。她们都是单身，想到这一点，我就心生怯意。我不喜欢这种肮脏、赤裸裸的关系，何况还是跟一个陌生人。我希望和我爱的女孩在一起。

1 返校节（Homecoming Week）一般在每年秋季举办，庆祝时间长达一周，各校都会举办一系列活动来宣扬校园精神。

这是天方夜谭，因为我爱的女孩从来都不知道我爱她。我不愿跟她表白，担心她会觉得这种情感很可笑，甚至带有侮辱性。她的名字叫瑞亚·克拉克。在我刚读高一的时候，瑞亚从北卡罗来纳州搬到了康克立，接着读高三。她有着及腰的亚麻色长发和娴静的淡棕色眼睛，金色的皮肤就像蜂蜜一样闪闪发光。她的嘴唇饱满，显得有些诱人。她穿着紧身裙，走路时臀部一扭一扭的，让人看得分明，她那淡雅的毛衣紧贴身体，袖子卷到手肘处，露出奶白色的内臂，美得令人心醉。

瑞亚来到康克立后，我在体育馆举办的一次派对上邀她共舞。她点点头，跟着我到了场上。这是一曲慢舞。当我转过来与她面对面时，她真诚而热烈地投入了我的怀抱，从没有女孩对我这么做过。她紧紧地贴着我，我感觉快要融化了。她配合着我的每一个微小的动作，双腿紧靠着我，脸颊紧贴着我，手指轻轻拂过我脖子后面。我知道她并不认识我，所有这些都是一个新来的女孩易犯的错误。但我觉得自己趁机占点便宜也没什么错。我们认识得正是时候，彼此坦诚相对，这个年纪还没遇到什么挫折。

过了一会儿，她说："你们都不懂什么才是真正的派对。"

她声音低沉嘶哑。我都能在胸口感觉到它。

"诺维尔的那些大男孩玩的那才叫派对呢，"她说，"我可没骗人。"

我说不出话来。我只是抱着她，和她一起跳舞，呼吸着她的头发的气息。我只拥有了她三分钟，然后就永远失去了她。那晚接下来的时间里，大男孩们都在陪她跳舞，我没有勇气再上前约她。大约一周后，她与篮球运动员劳埃德·斯莱在一起了，他有一辆酷炫的车。就连我们在大厅擦肩而过时，她都没认出我来。

我给她写了一封辞藻浮夸的长信，但后来又撕掉了。我想了各种各样的可能性，想象着命运会怎样使她落到我的股掌之间，这样我就能展现出自己真实的一面，让她爱上我。在大多数想象中，劳埃德·斯莱要么死了，要么危重难治。

如果——这种情况时有发生——同龄的女孩对我产生了兴趣，我会变成一个花花公子。

查克他们运气还算不错，总算把我灌醉了。虽然我不会喝酒，但他们非常有耐心，一再尝试，等待时机成熟。事情终于在篮球比赛的时候出现了转机，这是本赛季的最后一场比赛。早些时候下了点雨，空气湿漉漉的。学校的窗户是敞开的，我们站在山谷里，还能听到啦啦队队员们调动看台上观众的情绪，而球员们则在进行上篮训练。

他们最怕碰到哪支球队？

康——克立！康——克立！

他们无法击败哪支球队？

康——克立！康——克立！

霍夫递过来一罐混有伏特加的夏威夷饮料。他管这个叫“猩猩之血”。我觉得喝这个可能会反胃，但不管怎样我还是闷了一口。酒慢慢到了肚子里。其实我还挺喜欢这味道的，喝上去和夏威夷饮料很像。我又喝了一口。

我和查克一起待在学校顶楼。他看着我，若有所思地点点头。“沃尔夫，”他叫道，“杰克·沃尔夫。”

“哟。”

“沃尔夫，你的牙齿太大了。”

“我知道。我知道。”

“狼人[1]。”

“哟，咯咯笑[2]。”

他举起了双手，手在流血。“别撞到树，杰克。好吗？”

我说我不会的。

“别撞到树。”

1 狼人（wolf-man）与姓氏沃尔夫（wolff）很相似。

2 咯咯笑（chuckles）与姓氏查克（Chuck）很相似。

我仰面朝天躺着，而霍夫跪在我身上，抽打我的脸颊。他说："说话啊，"我应道："嗨，霍夫。"大家都笑了。霍夫的蓬帕杜发型没弄好，长长的发丝垂到了脸上。我笑着说："嗨，霍夫。"

我踩着树的枝干走，就快走到山谷边上的混凝土斜坡了。他们都抬头看着我，大喊大叫。这群傻瓜，我的平衡感可是很好的。我在枝干上一边蹦跳，一边拍手。然后我把手插到了口袋里，沿着枝干漫步，直到枝干断裂了。

我没有感觉到自己跌落在地，但我听到风从自己身旁呼啸而过。我双手仍插在口袋里，滚向了山坡侧面，像木头一样滚来滚去，在陡峭的坡段上越滚越快。由于下方的泥土被冲走了，混凝土地面出现了断层。我从边上飞出，在空中旋转着，重重地摔在地上，顺着蕨丛往坡下滚动，撞到岩石和倒下的树木就弹跳起来，蕨丛发出沙沙的响声，然后我就撞到了什么硬的东西，冷不丁地停了下来。

我四仰八叉地躺着，无法动弹，无法呼吸。我感觉自己被掏空，提不上来气，身体没办法根据大脑发送的信号做出反应。黑暗从我的眼底浮现出来。我正在失去知觉，然后我就真的昏过去了。

我睁开眼睛时，发现自己还是四脚朝天。我听到有人在呼唤我的名字，但我没有回答。我躺在一大片蕨丛中，厥叶上的雨滴闪闪发亮。我上方的厥叶围成了斜格图案。呼喊我的声音离得越来越近，但我依然默不作声。躺在这里挺开心的。周围的灌木丛中有动静传来，我听见他们一遍遍地喊我的名字。我咬住脸颊内侧，以免笑出声暴露自己的位置，最后他们走掉了。

我在那里过了夜。第二天早上，我走到主干道，搭便车回家。我的衣服弄湿了，破破烂烂的，不过除了背部有点痛，我并没有受伤，只是在地上躺了一晚，骨头有些嘎吱作响。

我进门时，德怀特正坐在餐桌旁。他上上下下打量我，然后说道——声音很轻，他知道这次抓我个现行了——“昨晚你去哪儿了？”

我答道：“我喝醉了，跌下了悬崖。”

他自顾自地笑了，我就知道他会这样。他给我上了一课，教我醉酒后怎么办，而母亲穿着浴袍，站在洗手池那边，静静地听我们对话。德怀特放过我之后，她就跟着我走过大厅。她在我房间门口停住了，双臂交叉，等着我看她。她终于开口说道：“这可不是什么光彩的事儿。”

的确不光彩，但那天晚上我过得很开心，听着他们到处找我，听着他们喊我的名字。我知道他们找不到我。他们走了之后，我就喜滋滋地躺在那好地方。透过上方的蕨叶，我看到了浓黑天空中的月晕。冰凉的水珠顺着蕨叶滑落到我脸上。我只能隐约听到山上那场比赛的声音、啦啦队的加油声和看台上的蹀脚声。我怀着虔敬的心情听着。这里只有我一个人，没有人能找到我，陪伴我的只有比赛所带来的轻微兴奋感和一些声音，那些声音喊着康克立、康克立、康克立。

我和哥哥已经六年没见过面了。离开盐湖城之后，我跟他就失去了联系，直到我在康克立中学的第二年秋天，他才给我写了一封信，还寄了件普林斯顿运动衫过来。我走到哪儿都穿着那件运动衫，搭便车的时候，遇到陌生的司机，我就说自己是普林斯顿大学的学生，要回家探亲。我甚至还剪了个“普林斯顿”发型——头顶平平，两边长发往后梳。

我决定到普林斯顿去。母亲忙着为杰克逊参议员和约翰·F.肯尼迪参议员的竞选出力。德怀特称肯尼迪为“教皇候选人”和“罗马参议员”。他不喜欢肯尼迪，可能是因为肯尼迪对母亲影响太大了，母亲为肯尼迪的远大前程激动不已，甚至还有点爱上他了。她总是出门，德怀特也就更加随意使唤我。他并没有真的打我，只是总威胁说他随时会动手。我讨厌和他单独待在家里。

我想着搭便车去普林斯顿，然后找杰弗里帮我打点一切。我没有钱付路费。为了搞点钱，我打算伪造一张支票。那段时间里，我被银行的天真无知惊到了，他们居然就那么放心地把支票簿留在客服台上。人们从街上随便走进银行，写下自己想要的钱数，然后就腰包鼓鼓地走出去了。我完全可以拿一些空白支票，回来再填写。我绝不能在奇努克或康克立兑现支票，别人会认出我用假名字的，但如果在别的小镇，我就可以轻轻松松兑现支票了。

我是童子军国家荣誉协会的成员，我们的年会将在贝灵汉举行。那天下午，我与其他成员一起开车过去，到了之后我就与他们握手告别。我先去了一家银行。进银行之前，我戴上了母亲给我买的角质框架眼镜，当时买来是为了让我能看清学校黑板上的字。戴上眼镜之后，我就变得斯斯文文的，就是有些显老。我穿过银行，走到一张桌子旁，从便利支票簿上撕下一张支票。我排队等候了一会儿，然后好像突然想起了什么似的打了个响指，转身走掉。

在公共图书馆主馆，我成功拿到了托马斯·芬顿的借阅证。之所以选择“托马斯·芬顿”这个名字，是因为暑假期间我曾与叫这个名字的男孩共同担任营地辅导员。他是来自波特兰的老鹰童子军，是个说话很温柔的运动员，身材健壮，和那些来营地探望弟弟的女孩处得很好。我们一起教游泳，但后来我被降职到了射箭场，在那儿我没有好好教课，而是为年轻人组织比赛，每场比赛收参赛费25美分，我差点因此丢掉了工作。

图书馆就像银行一样容易糊弄。我只需要把名字和住址报给图书管理员就行，住址是我从电话簿中随便抄来的。我等待的时候，她就把借阅证打印出来了。

我在大街上逛了一个多小时，仔细观察商店和柜员。我在寻找值得信赖的人。我在商业区角落的一家药店[1]里找到了她，就沿着这条街走，在“瑞典水手之家”前方不远。我来来回回走了几分钟，透过药店橱窗观察她。接着我就走了进去，站在杂志货架旁边，假装看书，紧张不安地把小旅行包从一个肩膀换到另一个肩膀。她满头白发，但面部光滑，像年轻女孩一样诚恳直率。这是一张忠厚老实、可爱亲切的面庞。她戴着半月形眼镜，一边望着顾客，一边用收银机计算购物总额。算完后，她与他们寒暄起来，大部分时候她都是倾听者，但偶尔也会发表自己的见解。她的笑声柔和悦耳。她让商店变得宾至如归。

我拿起几份《星期六晚报》和《读者文摘》，在货架过道里寻找其他成人用品。我拿了些“老香料”须后水、镀铜指甲刀、梳子和一包烟斗丝。当我走近收银台时，她笑眯眯地问我今天过得怎么样。

“很棒，”我说，“棒极了。”

1（美国的）药店（drugstore）兼售化妆品、家居用品、饮料、小吃等。

她算了算总金额，问我是否还需要别的东西。

“我想这些就够了。”我答道。我把手伸到右后兜里，皱了皱眉。我继续皱着眉头，拍了拍其他口袋。“谁能想到呢，”我说，“我好像把钱包落家里了。该死！不好意思给你添麻烦了。”

我准备将商品放回货架，她说不必，让我不要担心，这种情况很常见。我向她道了谢，转身要走，又折了回来。“我可以给你一张支票，”我说，“你们这里收支票吗？”

“当然收了。”

“太好了。”我拿出从银行取来的支票，放在柜台上。“可以的话，我就写五十美元。”

她犹豫了一下：“五十美元应该可以。”

她看着我填写支票。我看过德怀特写这个，知道些小窍门，比如在金额这一栏要写上“五十美元整”。我用花体字签了字，把支票递给她。

她研究了一下。我在一旁等待，耐心地微笑着。她开口了，但声音不知怎的好像变了。“托马斯，”她说，“你带身份证了吗？”

“当然。”我应道，再次把手伸进后裤兜。然后我停了下来。“该死的钱包，”我说，“我的东西都在那里边。我不确定，也许我带了别的东西可以证明一下。”我翻遍所有口袋，假装松了一口气，拿出了借阅证。“找到了，”我说，“这样就搞定了。”

她认真研究了借阅证，就像刚才研究支票那样。“你住在哪儿呢，托马斯？”

“什么？”

她透过眼镜看着我。“你家地址是哪里？”

我完全忘记了借阅证上写的住址。我站在那儿，傻傻地眨了眨眼，然后靠在柜台上，从她指间抽出证件，说道：“就写在这里呀。”我读了遍地址，将证件递回给她。

她点点头，看着我。她仰起头，大喊道：“阿尔伯特，你能来一下吗？”

一位矮小瘦弱的老人穿着白色夹克，从处方柜台那边慢慢走下过道。她递给他支票和借阅证。她盯着他，刻意地说：“阿尔伯特，这位年轻人给了我们这张支票。请收好。”他先是狐疑地看了她一眼，然后做出心领神会的样子。“好的，”他说，“我会保管好的。”他走下过道。我跟着他走，但她说：“他马上就会回来的，托马斯。请在这里等会儿。”

她把我购买的东西放进袋子里，我们就这么站了一会儿，什么话也没说。“我手头通常不会带那么多现金。”她终于开口说道。

我朝商店后面瞅了瞅。我没看见那个老头。

“那你在这里住了多久啦，托马斯？”

“大概六个月吧。”我说。

“目前你觉得这里怎么样呀？”

“挺好的。我是说，我很喜欢这个地方。”

“那就好。我也喜欢，这是个好地方。这里的人都很好。”

然后我就看到她颤抖起来，快要哭出声的样子，我就知道她背叛了我。我又看了看空无一人的处方台，说道：“那啥，我还有别的事情要做，待会儿再过来。”

我开始走下过道。她喊道：“等一等，托马斯。”我走到门口时，转过头看了看，发现她从柜台后面走出来，一路跟着我。“等一等。”她说道，用眼神挽留我，她眼里流露出和刚才的声音一样的——悲伤。我打开门，走到街上，速度飞快。我走过了几家商店，又听到她的声音在我背后响起——“托马斯！”我加快了脚步。她紧跟不舍，一直喊着我的名字。我转过头看了看。她跑起来了，动作缓慢而笨拙，但的确是在奔跑。我用手肘夹住小旅行包，猛地跑起来。我们俩在街上跑着，大约相距6米，慢慢变成了7米。我没有跑很快，只是步子迈得很大。“托马斯！”她喊道，“托马斯，等一等！”每次她喊我，我都会感觉自己被这关切备至的声音拉了回去。我觉得她看透我了，看透了我的愚蠢和苦恼，只想抓住我，帮我走上正轨。

人行道上很拥挤。如果周围的男男女女认为有必要拦住我，肯定就会这么做的。她只要大喊一声：“小偷！”我就会被当场围攻。他们一定以为这只是家庭私事。他们肯定和我听到了同样的声音，听到一位母亲想要靠近她的孩子。

我在街区尽头转了个弯，这下她就跟丢了。我之前攒的力气似乎全在此刻爆发了出来。我冲到下一个街角，拐过去，跑过半个街区后再拐弯，穿过一条小巷。直到那时，我才敢放慢脚步向后看。她不可能跟上我的，我只是确认一下。她不在后面。我把她甩掉了。我以为自己把她彻底甩掉了，但其实不是。

小巷的尽头是条街道，街对面是家小餐馆。街道正在整修中。路上没有汽车，只有几个行人。我歇了一会儿，喘了口气，然后穿过街走向了餐馆。餐馆里几乎没人。我进来时，收银员咕哝了一声，头都没抬，继续写着记账簿。我往后走，把自己锁在男卫生间里。

我靠在门上。我就这么站着，让自己平静下来。汗水流到了我的眼睛里，灼得生疼，衬衫也湿透了。我的喉咙很痛。我把头凑到水龙头下，让水流进嘴里。接着我脱掉上衣，用纸巾擦身子。擦干之后，我脱下裤子，将它与衬衫和眼镜一起塞入小旅行包。我拿出了自己的童子军制服，小心翼翼地慢慢地摊开穿上。我用湿纸巾擦了擦鞋子，站直审视了一下自己。我穿戴十分整齐，围巾系好了，皮带卡扣对准了皮带头，帽子戴正了，两条肩带自然垂下。一条是童子军国家荣誉协会授予的肩带，它亮白色的背景上有个红色箭头，另一条是功绩徽章肩带，充分证明了我的实力。那年夏天，我在营地里无所事事，疯了一般地收集徽章。我现在是一名“生命级童子军”，只要再得到一个功绩徽章，我就能升级为“老鹰级童子军”。这徽章叫作“国家公民义务”。我已经满足了许多项要求，包括参加陪审团依法办事，但德怀特不肯帮我递交申请书。他不愿多做解释，只是说我还不够格。我们俩为此争执不休。

我背上小旅行包，离开了餐馆。

从刚才逃离药店到现在返回药店，才过去了不到十五分钟。一辆空警车停在药店外面，警灯闪烁着。我镇定自若地看着正前方，走过药店，走到举办年会的那家酒店。

距离年会开始还有一个小时，但大厅里已经挤满了戴着荣誉协会肩带的童子军，他们四处打量别人。我把小旅行包寄存起来，向其他部队的熟人问好。其中一位负责摆放椅子。他请我帮他一起弄，完成这项工作后，他又让我和其他几个男孩在门口站着，迎接来宾。我们仨心有灵犀。当人群开始鱼贯而入时，我们已经准备好如何机智应对了。与来宾谈笑之间，我已核对好受邀名单，第二个男孩在胸牌上写下宾客的姓名，第三个男孩则陪同客人走到对应的餐桌。

然后我就发现她排在一对老夫妻的后面。我抬起头，看见她正盯着我。我顿时感到天旋地转，所幸最终站稳了。我眼睛眨都不眨一下。我核对过这对老夫妻的名字，说了些善意的俏皮话，逗得他们发笑。

接着我转向了她，露出热情的笑容，问道："您叫什么名字，太太？"她走到桌前，若有所思地站在那里，双手拿着钱包。她像之前在药店里一样穿着白色毛衣和格子裙。最初的震惊过后，我就不再慌手慌脚了。我知道她不是尾随我到这儿来的。很显然，她儿子也是童子军，很显然，这男孩也是童子军国家荣誉协会的。她看了看我的胸牌，上下打量着我，当她确定自己搞错了，确定那不可能是我的时候，她的脸重新舒展开来，表情安详。她也对我笑着，告诉我她的名字。我从名单上看到她两个儿子都是荣誉协会的成员。她已经开始寻找他们了，环顾四周，往嘈杂的大厅里瞅着。她拿起自己的胸牌，用手臂挽着门口的男孩，走进了宴会厅。

哥哥给我寄过他写的一篇小说《一团头发、一块骨头》。故事中，一名美国人因杀害妓女而被监禁在意大利。他父亲很有钱，但这个年轻人拒绝向他求助。他与父亲以及其他所有人都疏远了。他彻底脱离了社会，甚至都不愿表达他对杀死女孩的悔意。其实他很愧疚——当时他喝醉了——但他对这个社会太过鄙夷，说什么也不肯求饶。这篇小说描述的监狱生活细节十分真实，比如厕所每隔几分钟就会自动冲洗，而且囚犯们还会用锡杯敲打牢房。

我觉得这小说写得真好。我无法像杰弗里一样大胆地写作。我给他寄去我自己写的一篇小说，讲述了两匹狼在育空地区搏斗至死的故事，但我知道他写的那篇更好，还考虑过将他的小说当成作业提交给英语老师。最后，我还是决定不这么干了，要不然肯定吃不了兜着走。

杰弗里回信说，他喜欢我写的故事，希望我再给他寄些。这封信情真意切，还带来了新消息。这是他在普林斯顿大学的最后一年了。他希望毕业后能搬到欧洲去写小说。但也有可能去土耳其教书。普林斯顿待他很好，他写道，等我选择大学时，应该好好考虑一下普林斯顿。

杰弗里还随信附上了父亲的寄语。他和妻子离婚了。他已移居加利福尼亚州，并在康瓦尔宇航公司找了份工作，这么多年来，这是他第一次正式去上班。事实上，杰弗里写道，他们一直都过得很坎坷。等见到我时，他会告诉我更多实情，他希望在他出国前我们能见上面。咱们已经太久没见面了，他写道。

杰弗里想见我，这是显而易见的。多年来，我总想和他见上一面，但在此之前，即便我早已制订好与他会合的计划，我也不敢确定他是否想见我。在大多数方面，我们都不了解对方。但他是我的兄弟，这对我来说很重要，对他来说似乎也很重要。他信里的口吻不再装得高雅客气，而是变得简朴友善。

我随身带着这些信件，兴高采烈地阅读它们。

一天下午，我和珀尔正吃着我弄的热狗时，德怀特进了厨房。他注意到垃圾桶里有一罐法国芥末，把它捞了起来。“谁把这个扔掉的？”他问。

我告诉他我扔的。

“你为什么要把它扔掉？”

“因为它已经空了。”

“因为它已经空了？你觉得这里面一点东西都没有了吗？”

他把罐子凑到我的脸旁。罐子的颈部和底部凹槽中残留着一些芥末酱。

珀尔说：“在我看来，这就是空的。”

“我没问你。”德怀特对她说。

“好吧，但它的确是空的呀。”她说。

我说我也觉得罐子是空的。

“再看一次。”他说道，并将罐口对准我的眼睛。我往后闪，他就抓着我的头发，把我推回罐子前面：“你觉得这是空的吗？”

我没回答。

“爸爸。”珀尔叫道。

他又问了我一遍罐子看起来是不是空的。我的眼睛被熏得发疼，只好回答“不，它看上去还没空”。他把我放开了。

“弄干净。”他说。他把罐子递给我。我拿刀在芥末罐里刮擦，他就在边上看着。过了一会儿，他坐到了桌子对面。里面有些条痕真的很难弄，尤其是在颈口那块，刀子根本没法够到。德怀特变得不耐烦了。他说：“如果这种小事儿你都做不好，就别指望成为一名工程师了。”

早在斯基珀提到他要去上工学院的时候，我就违心地宣告了同样的雄心壮志，附和他那严肃的计划，希望能增加印象分。说多了就好像变成了真的。我对工程专业的细节既没有钻研的兴趣，也没有学习的天赋，但我父亲是一名工程师，我也挺喜欢这个词的发音。

我尽可能地把芥末都搞出来。餐盘边上多了一块棕黄色斑点。

“好了，”德怀特说，“你看看——这罐子之前是空的吗？”

“是的。”我说。

他越过桌子，扇了我一巴掌。他没有下狠手，但声音很响。珀尔开始朝他大喊，他也大叫起来，我便起身离开了屋子。我四处闲逛，自哀自怜。随后，我决定去主仓库装货坡道上那台贩卖机里买瓶可乐。坡道上还有个电话亭，在我喝可乐时，我突然想到可以给哥哥打个电话。我不知道该怎么操作，接线员被我的无助逗笑了，认真地引导我。她从普林斯顿大学信息台那边要到了杰弗里的电话，她说这是要付费的，我顿时就慌了，她又安慰我。“钱就由对方出吧。”她说。我听着受静电干扰的含混不清的信号声。我全身都在发抖。接着我就听到了他的声音。我已经六年没有听到过这个声音了，但一听就知道是他。他接起电话说道："你好，托比。"

我也想说"你好"，但这个词卡在喉咙里发不出声。每次我想讲话时，喉咙都会变紧。这并非因为我感到自卑，而是因为听到自己哥哥的声音，还因为这么多年来第一次听到他叫我的名字。但这些根本没法解释。杰弗里一直在问我怎么了，等到我能发出声音时，我把浮现在脑海里的第一件事告诉了他——德怀特打了我。

"他打了你！这是什么意思，他打你了？"

我花了好一会儿才讲完整个故事。"芥末"这个词听上去像是玩笑话，在我开始讲来龙去脉时，我担心杰弗里会觉得荒唐可笑，因此就将事情描述得比实际更严重些。

杰弗里一直默默听着，没有打断我。等我说完，他便问道："让我先把这个搞清楚。他是因为一点点芥末就动手打你吗？"

我说是的。

"妈妈在哪里？"

"她在工作。"

杰弗里沉默了片刻。他再次开口时，语气变得沮丧起来。"托比，我不知道该说些什么。"

"我只是想给你打个电话。"我说。

“等等，”他说，“他无权这样打你。他以前也打过你吗？”

我说他打过——“一直都这样。”

“就这么定了，”杰弗里说，“你必须离开那里。”

我问他我是否可以过去跟他一起住。

“不行，”他说，“那是不可能的。”

“那如果和爸爸一起住呢？”

“不，你不会想和那个老头住在一起的，相信我。”杰弗里说，他还有些别的想法，本打算下次写信时再提及。他问我奇努克的学校怎么样。我告诉他我到下游64千米处的康克立上中学，他问道：“在哪儿？”

“康克立。”

“康克立。老天，他们都教些什么？”

我列出了课程：乐队、手工技能、代数、体育、英语、公民教育和驾驶。杰弗里听上去不太满意。他问我成绩如何，我告诉他都是A等级。“那很好，”他说，“这给了我们一些希望。很显然，你在努力做到最好，他们就想看到这一点。”

然后他谈了谈自己的想法。他说，他以前就读的预科学校——乔特罗斯玛丽中学——每年都会发放一定数量的奖学金。既然我成绩名列前茅，他觉得我有机会获得其中一项奖学金。虽然希望不大，但为什么不试试呢？我应该同时申请迪尔菲尔德中学和圣保罗中学，父亲以前在那边上过学。或许还有别的一些学校，他们喜欢运动员。他问我是个运动员吗？

我告诉他我会游泳。

“很好，他们喜欢会游泳的。你加入学校游泳队了吗？”

“我们学校没有游泳队，我加入的是童子军的游泳队。”

“你是个童子军？太棒了！希望越来越大了。你是什么级别的？”

“老鹰级。”

他大笑起来：“天哪，托比，他们会抢着要你。你还会别的吗？下棋？音乐？”

“我在学校里玩乐队。”

“真了不起。你玩什么乐器？”

“小鼓。”

“好的，继续保持好成绩，好好游泳，当个出色的童子军。”杰弗里告诉我，他会给我寄一份申请学校清单，里面有投递地址和截止日期。他告诉我得耐心点儿，这很难一蹴而就。“我不希望那家伙再打你了，”杰弗里说，“你觉得自己还能在那儿坚持一段时间吗？”

我说可以。

“我要跟老头打电话说说这事儿。他可能会出些主意。不管用什么方式，我们都要带你逃离那里。”他让我向母亲转达他的爱意，让我继续写作。他说他真的很喜欢那篇关于狼的小说。

母亲这段时间陷入了人生低谷。之前竞选期间，她在山谷跑上跑下，参加会议，与她的偶像共度时光。她结识了约翰·F.肯尼迪。现在选举结束了，她只能回到厨房端端盘子。她怀念那些让她激动、兴奋的日子，但她的悲伤不只是因为这个，不只是因为无聊和疲惫。她告诉一个共同参加竞选活动的男人，她想离开奇努克，他提出可以帮她在东部找找工作。德怀特不知从哪儿听闻此事。有天晚上，他们从马布尔芒特驾车回来时，他开上了一条伐木用的道路，将她带到偏僻的地方。她让他开回去，他却一声不吭。他就坐在那儿，开了一瓶威士忌。喝完了酒，他把猎刀从车座下抽出来，抵住她的喉咙。他就这样要挟了她好几个小时，让她求饶，让她保证永远不会离开他。如果她敢离开，他说，他会找到她，并杀了她。无论她去了哪儿，无论要花多长时间才能找到她，他一定会杀了她。她觉得他会说到做到。

我知道肯定出事了，但我不知道具体是怎么回事。母亲不肯告诉我。她担心我知道以后，事情会变得更糟，会再次激起德怀特的怒火。事实上，她既没有钱，也没有地方可去。如果是一个人，她还可以一走了之。但现在还得照顾我，她放心不下我。

我告诉她我跟杰弗里打过电话了，她的眼里顿时噙满泪水。她可是很少哭的。我们俩就坐在餐桌旁，我和她单独在家时，总喜欢坐在这儿聊天。最近杰弗里也给母亲写了信，不过自从离开犹他州后，他们俩就一直没说过话。她想听听他的声音，想知道他最近过得怎么样，想了解各种各样我忘了问他的事情。母亲变得忧郁起来，只要一聊起杰弗里，她就会这样。她担心让他和父亲一起生活是错误的决定，担心他会因此记恨她，因为这件事，因为离婚，因为她跟罗伊在一起。

我提到杰弗里建议我去乔特罗斯玛丽中学，说我有可能在那里或者在其他学校获得奖学金。我担心她会反对，我以为她会因为我想离开而感到受伤，但没想到她还挺赞同这个主意。

“他真的觉得你能申请上？”她问道。

“他说他们会抢着要我，这是他的原话。”

“我不知道为什么他会这么想。”

“我成绩很好的。”我说。

“这倒是真的，你成绩不赖。他还提到了哪些学校？”

“圣保罗中学。”

“这是给你规划了远大前程啊。”

“迪尔菲尔德中学。”

她笑了。“他们会认出你的姓氏的，我想你的父亲应该是他们劝退的唯一一个男生。”她接着说，“不要抱太大希望。”

“杰弗里说，他会和爸爸谈谈。他说也许爸爸会出些主意。”

“我敢肯定他会的。”她说。

杰弗里寄来了他之前提到的学校的名称和地址，以及另外三所学校——希尔中学、安多福菲利普斯中学和菲利普斯埃克塞特中学。我去了学校的图书馆，在万斯·帕卡德的书籍《身份追求者》中查了查这些学校。这本书解释了上层阶级如何保持自身的长久发展。据说这本书推崇民主，通过揭露秘密来抨击权贵，颠覆上层阶级。但我没把这本书当成社会批评专著来读。在我看来，追求身份地位是世界上最正常不过的事情了。每个人都这么做过。那些买书的人肯定也在这么做，他们与我有着相同的目的，他们读这本书并非为了批判阶级分化，而是为了跻身上流阶层。

无论帕卡德真正的意图是什么，他的书都为那些想往上爬的人提供了绝佳指南。他列出了你应该居住的地方、应该上的大学、应该加入的俱乐部以及应该皈依的信仰。他列出你应该光顾的裁缝店和商店，还细致入微地描述了可能暴露你出身的种种举动。在游艇俱乐部聚会上穿一套蓝色哔叽西服。把沙发说成达文波特[1]，把生病说成欠安，把有钱说成富裕。给房屋墙壁涂上鲜艳的颜色，把姜汁汽水与威士忌搞混。舞跳得过于曼妙。他向我们展示了盒子里套着盒子，圆圈里还有圆圈。你当然会去上一所常春藤盟校，但这并不意味着万事大吉。“关键不在于哈佛，而在于哪种哈佛？提到哈佛，人们其实谈论的是

1 达文波特（Davenport）指坐卧两用长沙发。

坡斯廉俱乐部、弗莱俱乐部或AD俱乐部[1]。”他指出，决定一个人上哪种哈佛、哪种耶鲁、哪种普林斯顿以及人生道路走向的，其实是预科学校。“上哈佛、耶鲁或普林斯顿还不够。去精英预科学校才最重要……”

帕卡德说美国有三千多所私立学校，只有极少数能达到他的精英标准。他列出了一份简短的清单，与杰弗里列的几乎一模一样。我在康克立中学的图书馆里琢磨了一下这些学校，开始明白它们所许诺的精英生活意味着得将大多数人赶出去，赶到高墙外，赶到糟糕的裁缝店里。我不想被排除在外。既然我已经看到了这种生活的可能性，别的生活就只会让我感到压抑。

帕卡德特意指出，外人几乎无法考上这些学校。但他也提到，这些学校都会提供奖学金，其中一大部分会授予那些“家道中落的校友后代”。我不禁想到，或许迪尔菲尔德中学正等着我到来呢。

我给学校去函，索要申请表。这些学校很快就给了回复，从措辞生硬的申请表里，我竟然能感受到学校求贤若渴。迪尔菲尔德校长寄来的短笺，其内容十分友善，他叫约翰·博伊登，就是他的父亲把我父亲劝退的。他说今年学校已经收到了无数份申请表，因此建议我申请其他学校。他列出的清单上都

1 坡斯廉俱乐部（Porcellian Club）、弗莱俱乐部（Fly Club）和A.D.俱乐部（A.D. Club）都属于哈佛大学的精英俱乐部，只招收男性成员。

是我熟悉的学校。他在手写附言中补充道，他还记得我父亲，祝我一切顺利。他的口吻十分亲切，我把这当成是他对我的偏爱。

表格全部收到之后，我刚准备填写，就碰壁了。从表中列出的问题能看出，且不提获得奖学金了，单单是想要被录取进任何一所学校，我起码得像之前跟哥哥描述的那样优秀，或许还得更出众一些。我说什么杰弗里就信什么，但学校可不吃这一套。每份申请表都要求附上推荐信，他们希望看到老师、教练、辅导员和本校校友的推荐信。他们让我描述社区服务经历，那里留下很大一片作答区域，真是令人气馁。运动成就、国外游历和语言能力这几项都要求这些长篇大论。我知道这些自述与推荐信内容必须一致。他们想要康克立中学出具的正式成绩单。最后，他们还要求我参加预科学业能力测验，该测验将于1月在西雅图的湖滨中学举行。

这可把我难住了。一看表格，我就感到绝望。这一大片空白就像环境恶劣、广袤无垠的撒哈拉沙漠。我没办法表达自己的意思。白天，我想了很多浮夸的言辞，每句话都可以绕上十八个弯，但是到了晚上，我实在无法写下这些愚蠢的论述。表格上依然一片空白。母亲催我早点把申请表寄出去，我就把它们转移到学校的储物柜中，告诉她一切都已妥善处理。我没有麻烦老师帮我写溢美之词，因为我知道他们是不会愿意的，也没有把我那满是C等级的成绩单寄出去。我已经破罐破摔了——就像人们喜欢说的那样，我变得现实了。这让我十分痛苦。这是一种全新的感觉，我不喜欢这种感觉，但我看不到任何出路。

我父亲打电话来了。那天晚上德怀特和珀尔都不在屋里，实在是幸运，因为母亲接电话时仿佛变了个人似的，她变成了一个少女。我马上意识到是谁打来的，站到她旁边，费劲地从压低的声音中分辨爸爸在说什么。大部分时候都是他在讲话。母亲笑着摇摇头。她不时狐疑地笑着说："以后再决定吧。"以及"我不知道。"最后她说道，"他就在这儿"，然后把话筒递给了我。

"嗨，小兄弟。"他说道，我能感觉到他就在身边，看到他那熊一般魁梧的身材，闻到他身上散发的烟味。

我跟他打了个招呼。

"你哥告诉我你考虑申请乔特罗斯玛丽中学，"他说，"我个人认为，你在迪尔菲尔德中学会过得更开心些。"

"嗯，我刚刚申请了，"我说，"不一定能录取。"

"噢，像你这样出色的男孩，肯定能被录取。"他复述了一遍我告诉杰弗里的事情。

"我不知道。好多人申请这所学校。"

"你肯定能申请上的，"他严肃地说道，"问题是，你要选择哪所学校。我只是觉得迪尔菲尔德中学的规模可能会比乔特罗斯玛丽中学更适合你。说实话，你已经习惯了在小池塘里当大鱼——在乔特罗斯玛丽中学你可能会迷失方向。当然了，选择权在你。如果你想去乔特罗斯玛丽中学，看在老天的分上，那就去乔特罗斯玛丽中学！那是一所很好的学校。一所该死的好学校。”

“好的，先生。”

他问我还申请了什么学校，我就给他念了遍清单。他十分赞成，补充道：“多说一句，安多福菲利普斯中学其实就像工厂一样。我不确定是否要送自己的儿子去那儿，到时候我们再谈。现在我来跟你说说我的打算。”

按他的计划，我中学毕业后就马上去拉荷亚。等杰弗里毕业后从普林斯顿飞过来，我们仨就一起度过整个夏天。在我预习迪尔菲尔德中学的课程时，杰弗里会进行小说创作。如果我们想休息一下，就可以去“风与海”沙滩那儿游泳，沿着公寓旁边的街道往下走就到了。过段时间，等母亲觉得一切进展顺利时，就来与我们会合。我们会一家团聚。“我过去犯了些错误，”他对我说，“我们都犯过错误，但都过去了。对吧，托比？”

“对的。”

“我敢打赌这肯定能成，我们将开启新生活。对了，别再管自己叫杰克了。你可不能用杰克之类的名字去迪尔菲尔德中学读书。明白了吗？”

我说我明白了。

“好孩子。”他问我继父打我是不是真事。听到我的肯定答复，他说道：“下次他再这么做，你就毙了他。”然后他让我把话筒递回给母亲。

她挂断电话后，我告诉她父亲跟我说的话。

“听起来真不错，”她说，“不要抱太大希望。”

“他说你也会来。”

“哈！这就是他的馊主意。我疯了才会这么做。”她接着说道，“走一步看一步吧。”

母亲开车送我去西雅图参加考试。早上我参加完语言考试，就开始扬扬得意起来。词汇和阅读理解题看起来很简单，但我发现这里面都狡猾地设置了陷阱，误导我们去选那个错的答案。这些花招展示了出卷人的自以为是，这激怒了我。我想驳倒这些骗子，表明我并不像他们想象的那样愚蠢。当监考人员宣布考试结束时，我突然感到一阵孤独，就好像吵得正欢的时候，对手转身走了。

其他参加考试的男孩都聚集在走廊上对答案。他们似乎都相互认识。我没有走近，只是仔细地观察着他们。他们披着皱巴巴的运动外套，穿着宽松的法兰绒裤子，白色袜子搭棕色乐福鞋。我是唯一一个穿着西装的男孩，这是我八年级毕业时买的黑白相间西装，现在穿着就太小了。我还是唯一一个留着“普林斯顿”发型的男孩。别人的长发都大概分一分，从额头上垂下来，几乎快垂到眼睛那边。他们不时甩头，把掉下来的头发弄回去。如果只有一个人这样，还可以当作随意之举，但他们所有人的动作风格都很一致，就难免引起我的注意。我还留意到他们交谈的方式——讽刺他人，也自我嘲弄。我觉得这很有趣，很刺激，有些时候，我不得不憋住笑。他们说话时会露出嘲讽的笑容，站着晃来晃去，像嘶鸣的马一样甩头。

吃完午餐后，我逛了逛校园。这儿的学生还在家里享受圣诞节假期，校园里一片寂静。我找到一张长凳，坐在那里俯瞰湖面。湖面上雾气笼罩，灰蒙蒙的。在数学测验开考响铃之前，我就一直这么坐着，跷着二郎腿，假装自己是这里的学生，假装这些漂亮的老建筑就是我的家，建筑上爬满了真正的常春藤茎蔓，挂着一些棕色叶子。

亚瑟很讨厌手工技能课，但在康克立中学，这是男生的必修课。大概做完第八或第九个雪松木盒后，他不干了。作为交换，手工技能课期间他愿意去学校办公室干活。我以为他会帮我忙，但他生气地拒绝了。我不知道为什么他这么愤怒。我没意识到他也想逃离这里。我放弃了，没有再提起此事。

但几天后，在自助餐厅里，他朝我走了过来，往桌上放了个马尼拉文件夹，又一言不发地走开了。我站起身，把文件夹拿到澡堂，把自己反锁在一个隔间里。什么东西都在里边，我想要的一切。五十张带着学校抬头的信纸、几种空白的成绩单以及一沓学校的官方信封。我将它们又装入文件夹，回到了自助餐厅。

接下来的几个晚上，我填写了成绩单和申请表。现在，填写申请表变得容易多了，我知道推荐信会写得十分详尽，于是自述就尽量写得简洁而谦逊。写完这些后，我开始弄推荐信。我手写了粗略的初稿，然后去了学校的打印间，用不同的机子在带着学校抬头的信纸上打下了最终版本。我写初稿的时候很小心翼翼，划掉了很多内容，又用铅笔添了很多，但不再像之前那么犹豫不决了。现在，这些话轻轻松松就能写下来，就好像有人将它们吹入我的耳朵一样。我感觉有好多话不吐不快，这些真相憋在心里很久了。这就是我自认为在写的——真相。这是只有我才知道的真相，比起那些相悖的事实，我更相信我写下的这些。虽然没有证据，但我相信从某种意义上来说自己的确是个全优生。同样地，我相信自己是一名老鹰级童子军，是一名强壮的游泳运动员，也是一个正直的男孩。这些是我矢志不渝的信念。现在我终于可以说出来了。

我没有写下那些连我自己都无法相信的论述。我没说自己是明星四分卫或者校橄榄球队运动员，原因在于，虽然我每年都会参加橄榄球比赛，但我对愚蠢的橄榄球精神实在无感。篮球也是如此。我无法在最后一刻绝杀，就像埃尔金·贝勒在美国大学体育总会季后赛中为西雅图队效力对阵旧金山那样。同样的还有校园政治，有些人总是忍不住要检验自己受欢迎的程度，真是搞不懂他们是怎么想的。

我并不想成为这类人，我也不想误导别人这么以为。

我不会说自己是橄榄球明星，但我虚构了一支康克立中学游泳队。教练给我写了一封很好的推荐信，我的老师和校长也写了推荐信。他们并没有夸大其词。他们只是如实描写一个正直的天才男孩，他默默地成长进步，学校和社区的教育资源渐渐无法满足他了，他们把能做的都做了，现在他们希望他能去其他地方接受更好的培养。

我写这些的时候并没有过于激动或夸张，如果老师真的像我一样这么了解自己，他们也会这么写的。这就是他们写的推荐信。从这个活在推荐信里的男孩身上，从这个承载了我所有希望的华丽幻影身上，我仿佛真的看到了自己的面庞。

我和亚瑟的谈话变得越来越尖锐。一开始只是在开玩笑，但后来却变得不留情面，有时候甚至开始推推搡搡、嘟嘟囔囔，我们发生了一些小摩擦，在这种时候，我们都镇定自若地笑着，显示自己只用了很小的力气。一天放学后，我们在公交车站等车的时候，又这样扭打起来。本来我们打闹一会儿也就没事了，但别的男孩兴致盎然，在一旁大声喝彩。这就引起了米切尔先生的注意，他在马路对面大叫道：“拉开他们！拉开他们！”他来到我们中间，把我们拉开，好像我们就快激动地扑到对方身上了。

“好了，”他喊道，“到底怎么回事？”

我们俩都没有回答。我知道接下来会发生什么事情，不管我说了什么，都无济于事。

“你们不能在学校里打架，”米切尔先生告诉我们，“如果你们俩有积怨，我有一块地方可以让你们对决。”他拿出笔记本，写下我们的名字，祝贺我们成为男性集会志愿者。

早在几年前，米切尔·哈德先生就开始组织仅限男性参加的社交集会，以展现几个男孩的拳击天才和他作为拳击教练的能力，但创设伊始，这就是一门大生意了。每张门票三美元，几天之内就卖光了。之所以会这么热门，并不是因为拳击赛的质量提高了，而是因为拳击手打得越来越差。没有人想看轻量级拳击手灵动地跳上跳下，轻轻地抖动肩膀，飞奔过去，迎接对手科学的爱抚。他们想看的是好勇斗狠的彪形大汉针锋相对，将对方砸成肉泥。他们想看到鲜血，他们想看到痛苦。

米切尔先生满足了他们的愿望，集会变成了斗殴。再不登对的两个人他也能给匹配到一起，并没有过多地考虑身高和体重问题。实力悬殊和势均力敌都一样有趣，甚至更加有趣。你会情不自禁地看着布尔·斯拉特这种摇摇晃晃的胖子——他被大家称为“大膀胱”[1]——是如何保卫他那宽阔的边界，抵御像霍夫这种恶毒无情的侏儒。招式并不重要。观众想看到搏斗的场面，整晚的高潮就在仇敌对决。

仇敌对决是全场的压轴戏。米切尔先生给比赛取这个名字，是为了燃起全场的激情，提醒拳击手奋力置对手于死地是件光荣的事。大多数男孩并非真的仇视对方。也许他们就像我和亚瑟一样，只是捉弄对方过头了，或者在自助餐厅里向对方炫耀自己的肌肉，或者碰巧在同一天双方脾气都很差。他们唯一的共同点就是不幸被米切尔先生当场抓住。

米切尔先生总是睁大双眼寻找仇敌对决的候选人，当他逮到几个不错的人选时，便会当场记下他们的名字。哪怕他们之间没有多少仇恨，或者距离下一次集会还有很长时间，通通没有关系。我和亚瑟很幸运，我们只需要等待三个星期。名单中有些男孩自9月以来就一直在等着，都快忘了彼此之间具体有什么嫌隙。但他们都没有放弃——他们想都没想过这一点。不管等多久，他们的怒火都没有消散，到了那一天，他们就像人们所希冀的那般搏斗起来，穷凶极恶，满怀恨意，仿佛要把对方从地球上除掉似的。

我和亚瑟尽可能地避免碰面，狭路相逢时就恶狠狠地看着

1 大膀胱（Full Bladder）与布尔·斯拉特（Bull Slatter）英文发音相近。

对方。仇敌对决双方不能变成朋友，否则就有失体统，极不明智。为了搏斗集会，我们必须心存敌意。这对我来说并不难。既然现在有需要，我发现自己心里的怨怼还不少。

我们曾经亲密无间。以前有多亲密，疏远之后就有多难受。自从读高中以来，我和亚瑟就走上了不同的人生道路。亚瑟努力成为一个好公民。他从不惹事，成绩很好。他在“德尔通斯”乐队里弹奏贝斯，这是一支相当不错的乐队，我曾经想在里面当名鼓手，但被傲慢地拒绝了。他在康克立的朋友都是优等生和奋斗者，而这种人在我们班上很少见。他甚至谈了个女朋友。可惜我太了解他了，知道这些得体的举止都是在表演，演技太做作了。不论他的新朋友身上有多少优点，都掩盖不住他们的无趣。为了融入他们，他必须谨言慎行，避免做出古怪的行为。他不得不表现得很沉闷，他根本就不是这种人，只是努力装成这样罢了，不知道别人会不会这么觉得，反正我是看得一清二楚的。

他的表演中最拙劣的部分在于与女友贝丝·马西斯的相处。贝丝并不漂亮，但也不是吓人的蛇发女妖，从亚瑟对待她的方式中就能猜到。他们在教室走来走去时，亚瑟会握着贝丝的手，但他从未和她说话，甚至看都不看她。相反，他只是不耐烦地盯着路人的面庞，仿佛在观察他们是否露出怀疑或嘲弄的神情。似乎没有人注意到他这样，但我注意到了。我为此很苦恼。这太奇怪了，我决定什么也不说。

但我知道他不是好公民，他也知道我不是亡命徒——我并非铁石心肠，并非毫无规划，更不会瞧不起别人的观点。当他看着我和狐朋狗友厮混时，我能看出他也知道这一点。他看穿了我，这令我很困扰，就好比我看透他道貌岸然，他发现之后也很苦恼。我们日渐疏离，但我倒觉得无所谓。大部分时候，我还挺喜欢这样的状态的。但我不能接受他居然知道我是装出来的，枉我装得那么辛苦。我们都无法原谅对方看穿自己，直到我们都愿意接纳真实的自我。

我的力量不仅仅源于自己内心的敌意，还源于身边的人。他们很支持我，还给我出主意。有的男孩不喜欢亚瑟，但其中大多数只是指手画脚，虚张声势。他们不停地给我打气，讲解演示他们自创的无敌招式，让我拿去用。德怀特也踌躇满志。他打扫了杂物间，当作决斗场所，重新训练我。毫无疑问，这次不能再偷袭亚瑟了。我需要新的策略。德怀特想知道亚瑟是如何挥拳的。

“下手很重。”我告诉他。

“好，但具体是怎么挥的？”

自从四年前在马路上打过那一架后，我和亚瑟就再也没有真正搏斗过，但我们在体育课上打过几个回合，我也看过他和别的男孩练习拳击。“大概像这样。”我一边说着，一边学亚瑟抡拳。

“也就是说他的手臂就像风车叶片一样。”德怀特说。

“他的速度要快得多，”我说，“下手也要重得多。”

“不管他下手有多重，都没关系。只要他还像风车一样挥拳，就必败无疑。你赢定了。”德怀特告诉我，当亚瑟扑过来时，我先侧移一步闪开，再往他下巴来一记上勾拳。就是这么简单：侧移一步闪开，再来一记上勾拳。

教我搏击时，德怀特总是保持特有的耐心，几乎变得温柔起来，在集会前还同我练习了几次。虽然我学会了这招式，但并不觉得能派上用场，就像别人教我的动作一样。我认为只有忘掉策略，变成亚瑟那样的大疯子，我才有万分之一的胜算。

每场比赛都有三个回合，每个回合持续一分钟。所有拳击手都在更衣室里待着，等着米切尔先生叫名字。更衣室里灯光昏暗，我们都不说话。除了那些真正的大块头，我们其他人都外强中干，戴着大手套，穿着鼓鼓的超大短裤。一些男孩躺在长凳上，用前臂挡住眼睛。剩余的人都弯腰抱着护膝，盯着地板，听着体育馆里的喧闹声。吼叫声不断地传来，机械性地重复似的，只有在回合间隙才会减弱，但在特别激烈的回合中分贝又会上升。每到这种时候，就像有人凑在我们耳边嘶吼似的。我们会仰起头，等声音变弱了再垂下头。间隔五分钟左右，门就会打开，叫两个男孩出去，他们会经过大汗淋漓、喘着粗气的可怜虫身旁，这些人刚刚结束战斗。

我和亚瑟等了很久。我们坐在更衣室的两端，都不看对方。男孩们来来去去。我突然不知道自己在这里做什么，接下来又会发生什么。我开始神思恍惚起来，困惑不解。接着就听到有人叫我的名字，我跳了起来，跑到体育馆里，亚瑟就跟在我身后。灯光闪得我眼花缭乱。我看不清观众台上的人，只觉得五颜六色的。我们跑出去时，看台上的观众呼喊着，声音比我想象的还要大，这是令人兴奋的喧嚣，我顿时不再恐惧了。我们走到了各自的角落，米切尔先生介绍说我们俩之间有血海深仇，到现在为止的确是这样的。听到我的名字时，我举起了手套，看台上再次传出呼喊声。那一刻我意识到自己是无敌的。我要狠狠揍他一顿，把他打得灵魂出窍，我迫不及待了。

铃声一响，我们俩就扭成一团了。

那天晚上载我回家的时候，母亲几乎一言不发，她太震惊了。她不相信我不得不搏斗，不相信我逼不得已。整个集会场面把她恶心到了，主要是因为我居然参与其中。她说她感到无地自容，不得不用手捂住脸。我讨厌她这样。我觉得自己差不多可以排第二名，德怀特也这么认为，他赞扬我把所学的都用上了。

事实上，我还没怎么发挥出来呢。第一回合中，我按计划行事，像疯子一样战斗。亚瑟扑到我身上，他比我要更加疯狂。他那戴着手套的手就像风车叶片似的，有两次直接捶在我头上，把我打得跪倒在地。第二回合中，他又把我打倒了。我站起来后，他冲了过来，我未加思索便侧移躲开，给他来了记上勾拳。他顿时愣住了。他就站在那儿，摇了摇头。我又揍了他一下，接着铃响了。

在最后一回合中，我又用上勾拳袭击了他两次，但都没有像第一次那样震动他。那一招打得实在是太棒了。我用脚尖蹬地，用尽全力，把他揍得浑身颤抖。我能感觉到这股力量直直地穿过他的身体。我能感觉到这次真伤到他了。我的老朋友一被击中，头就猛地往后缩，我突然扬扬得意起来，体会到一种紧密地联结，不是与他的联结，而是与德怀特的联结。我清楚地知道德怀特就在周围喧闹的人群中。我能感觉到他对我使出这一招欣喜若狂，感觉到他充满了自豪，看到他正低头冲我微笑，脸上满是赞赏和喜悦，似乎还带着一丝慈爱。

我在西雅图参加的那场考试中获得了好成绩。但得知成绩后不久，我就收到了安多福菲利普斯中学的拒信，接着圣保罗中学也拒绝了我，然后是菲利普斯埃克塞特中学。这些拒信的措辞都很客气，说了些抱歉的话，并祝我一切顺利。我从没收到过乔特罗斯玛丽中学的回音。

拒信令人失望，但反正我也没多指望这些学校。我主要想去迪尔菲尔德中学。收到该校回信时，我独自一人走开了。我走到河边坐下，读起了这封信。我读了很多遍，起初是因为我一时有点反应不过来，没法消化信的内容，后来是为了找出某个单词或语调，来推翻信件中所说的其他内容或者起码给我一线希望。但是写这些信的人知道自己在做什么。他们知道如何关上门，不留一点缝隙，不透一丝亮光。我知道一切都完了。

大约一周后，学校秘书把我从课上叫到办公室去接电话。她说听上去是从很远的地方打来的。我以为是哥哥打来的，甚至还有可能是父亲打来的，但没想到居然是住在西雅图的希尔中学的校友打来的。这位先生叫霍华德。他说希尔中学对我的申请“挺感兴趣”，请他与我见面交谈一下，只是随意地聊聊天，他说他一直想参观我们州的这块地方，正好借此机会来逛逛。我们约好第二天放学后在康克立中学外边见面。霍华德先生说他会开着一辆蓝色的雷鸟汽车。他没有提出要会见我的老师，真是谢天谢地。

“无论做什么，都不要太过张扬。”我告诉母亲这通电话时，她这样说道，“做你自己就好。”

当霍华德先生问我哪儿可以聊聊天时，我建议去康克立药店。我知道学生们会去那边。我想让他们看到雷鸟停靠在店前，我跟这个男人一同下了车，这男人和我父亲差不多年纪，而且显然不同于康克立药店里出现的其他男人。虽然霍华德先生看上去并不幼稚，但他内心仍住着个男孩。他走路时会轻轻地蹦跶。他那张窄脸神采奕奕，像狐狸一样。他满怀期待地环顾四周，似乎在留意周围有什么好玩的事儿，如果真的感兴趣，他也允许自己表现出来。他穿着西装，打着领带。我们中学的男老师也穿西装打领带，但一点儿也不轻松自如。他们总是拉扯袖口，手指在衣领和脖子之间来回滑动。那副模样简直令人窒息。同样西装革履，霍华德先生就表现得很自然，好像并不知道自己穿着西装。

我们坐在后面的隔间里。霍华德先生买来了奶昔，喝奶昔的时候，他问我在康克立中学感觉怎么样。我告诉他我很喜欢所学的课程，特别是那些有挑战性的，但最近我感到有些厌倦了。很难解释为什么会这样。

“噢，别这样，”他说，“这很容易解释，你就是觉得课程太无聊了呗。”

我耸了耸肩。我不会在背后说老师的坏话，他们可是给我写了推荐信的。

“你在希尔中学肯定不会感到无聊的，”霍华德说，“这一点我可以向你保证。不过你可能会遇到其他困难。”他和我分享了“二战”前他在希尔中学上学的那段经历。他在西雅图长大，是学校里的佼佼者。他以为自己能轻松融入希尔中学的生活，但并非如此。那里的学业任务要比之前繁重得多。他想念家人，讨厌宾夕法尼亚的冰雪寒冬。希尔中学的男孩和他家乡的朋友并不相同，前者性格更内敛些，更关心金钱和社会地位。他感觉学校里没有人情味儿。但在最后一年，情况发生了变化。他的同班同学们居然紧密团结起来，以至于称兄道弟，超越了朋友关系。理由很简单，他说，因为他们好长时间都生活在一起。这让他们变得像家人一样。这就是学校在他心中的地位——学校是他的第二个家。

但在此之前，他吃了不少苦，有些男孩甚至都没法走出困境。他们郁郁寡欢，在边缘挣扎。如果这些男孩留在家乡，可能会过得更好。一所预科学校本身自成一个世界，并不是所有人都能顺利融入这个世界的。

如果他说这些是为了让我打退堂鼓，那可就失策了。当然了，男孩们肯定会关心金钱和社会地位；当然了，并非每个人都能习惯预科学校的生活——否则，学校的意义何在？

但我装出一副深思熟虑的样子，表明自己也意识到了这些问题。我解释说，我的父亲和哥哥曾给过我类似的忠告，但为了接受良好的教育，我愿意忍受这一切。

霍华德先生似乎被这个回答逗乐了，他问我父亲和哥哥都经历了什么才给出这些忠告。我告诉他，他们俩都上过预科学校。

“真的吗？在哪里上的？”

“迪尔菲尔德中学和乔特罗斯玛丽中学。”

“那我懂了。”正如我希望的那样，他对我表现出了别样的兴趣。尽管霍华德先生并非势利小人，但我能看出他担心我可能无法适应希尔中学的氛围。

“我哥哥现在在普林斯顿上学。”我补充说。

他问了我父亲的事。我说父亲是一名航空工程师，霍华德先生顿时来了精神。原来战争期间他曾当过飞行员，很熟悉我父亲协助设计的那款战斗机——P-51野马战斗机[1]。他本身没有开过这架飞机，但他认识开过的人。这让他回想起了身着制服的时光、与他一起服役的飞行员以及他们干过的那些疯狂事。“我们当时只是一群小毛孩。”他说。看他说话那口气，好像没把我当成小孩，而是当成可以理解他的人，当成他的同道中人，甚至亲人。他双手叠在桌面上，头微微低着。我倾身向前，这样能更清晰地听到他在说什么。我们特别聊得来。然后霍夫就出现了。

霍夫有着独特的尖嗓门，还带着鼻音。虽然我背对着门坐着，但能听到他走了进来，和另一个男孩坐到我们后边的隔间里，那男孩的声音我不熟悉。他们俩正在讨论上周末围观的那场搏斗。康克立有个家伙打断了对手的鼻子，后者来自塞德罗伍利。

1 P-51野马（p-51 Mustang）是“二战”期间最出名的战斗机之一，被公认为是性能最优秀的单座单引擎的活塞式战斗机。

霍华德先生不再讲话了。他身子往后靠，略微眨了眨眼，好像刚刚打盹了似的。他不说话，我也不吭声。我不想让霍夫知道我在这里。霍夫打招呼的方式十分特别，我很想躲开他，如果他察觉到碰面会让我难堪，就绝对不会放过我。他会把我的黑料都抖搂出来的。因此，当霍夫和另一个男孩谈论这场搏斗以及双方为之争风吃醋的那个女孩时，我低下了头，闭上了嘴。他们谈论起另一个女孩。他们谈论起下流的事情。霍夫就这个话题发表看法，丝毫没有要停下来的意思。他滔滔不绝地说着。我经常听到男孩子这样夸夸其谈，我自己也老这样做，但我想现在还是装出惊慌失措的样子比较妥当。我皱了皱眉，摇了摇头，低头盯着桌面。

“我们走吧？”霍华德先生问。

我不想暴露自己，但别无选择。我站起身，走过霍夫所在的隔间，霍华德先生跟在我身后。虽然我把脸别到另一边，但确信霍夫肯定看到我了，我走向门口，一直等着听他大喊：“嘿！傻瓜！”但却始终未听到他的声音。

带我回学校之前，霍华德先生载我在康克立转了一圈。他对混凝土厂感到好奇，但我对厂内发生的事情一无所知，这令他有些失落。他沉默了一会儿，然后他说：“你应该知道吧，男校是一个很乱的地方。”

我说我会照顾好自己的。

“我不是说他们行为粗暴。”霍华德说，“而是说男孩们会谈论各种各样的事情。即使是在希尔这样的学校，晚上也不一定能听到男孩子围坐谈论莎士比亚。他们会谈论别的东西，性啊什么的。他们可是一点都不客气。”

我一声不吭。

“你不能期望每个人都能成为……你懂的，那种老鹰级童子军。”

“我没这么想过。”我说。

“我只是说，男校的生活可能会让那些娇生惯养的小孩受到惊吓。”我正准备回话，霍华德先生又接着说，“我再啰唆一句。你在这里显然表现得很不错，你成绩这么好，样样出色，以后应该可以进入一所优秀的大学，我不确定预科学校真的适合你。可能会弊大于利。你得慎重考虑一下。”

我告诉霍华德先生，我并没有娇生惯养，而且我下定决心要接受比现在更好的教育。我忍住不大喊大叫，只是让自己听起来很愤怒。

“不要误会，”霍华德说，“你是个优秀的男孩，我会如实向学校汇报的。”他说这些话的时候速度很快，好像在背诵一样。他接着补充道，“你胜算很大，但也应该知道现在竞争激烈。”他说明天他会写信给学校，只能拭目以待了。据他了解，挺多男孩和我争这些候补名额的。

“我想你也申请了别的学校吧。”他说。

“另外只申请了乔特罗斯玛丽中学。但我更想去希尔中学，希尔中学是我的首选。”

车停在学校门口。霍华德先生从钱包里拿出一张名片，说如果有任何问题，随时联系他。他让我不要担心，一切都是最好的安排。他向我道别之后，就开车离开了。我一直盯着雷鸟从山上开到山下，一直开到主干道，就像一个男人看着萍水相逢的女人离开了他，本来她给他带来了改变生活的希望，现在这希望也落空了。雷鸟朝主干道南面驶去，消失在了树林后面。

我一边把木板推向桌上的锯子，一边和旁边的男孩开着玩笑。我突然感觉到一阵剧痛，低头一看。我左手的无名指在往外喷血。原来我把手指最末端的关节给切断了。那一小截指头就躺在旋转的叶片旁边，连带着指甲啊什么的。一直和我聊天的那个男孩和我一起望着它，他嘴巴里发出了奇怪的声音，然后转身走掉了。“嘿。”我喊道。手工技能课上很嘈杂，没有人听到我的叫声。我跪了下来。有人看到了我，开始大喊大叫。

霍斯菲斯·格里利带我去看医生。他请另一位老师开车，他自己则问了我一些诱导性的问题，如果最后闹到要上法庭，我的回答将保护他。我知道他什么意思，就给了他想要的答案。我觉得这起事故完全是我自己的错，把他卷进来是不公平的。我是个傻瓜，我居然割断了自己的手指。现在最重要的是表现得大度一些，这是我唯一的救赎了。

手指伤得很严重。母亲准许医生带我去弗农山的医院做手术。那天下午我就挨刀子了，第二天早晨我醒过来，发现绷带从手腕一直缠到剩余的手指头上。本来我在医院待上三天就够了，但医生担心我感染，所以我躺了差不多一周才回家。那段时间里，我对吗啡上瘾了，吗啡是护士免费给我的，因为如果没拿到吗啡，我就会大声尖叫，吵得病房不得安宁。一开始，我只是用吗啡来减轻疼痛，疼起来真是要命，后来我希望吗啡能给我带来宁静。我并不担心吗啡的副作用，我甚至都没有想到这一点。我就像灵魂出窍一般，做着美梦，像海鸥在温暖的上升气流里翱翔似的。

离开医院时，医生给了我一些药片，但没啥效果。我手指本来就疼，现在还得忍受没有吗啡的痛苦。这只是轻微的毒瘾，但对我来说要戒掉却很困难，主要是因为我不知道这是怎么回事，也不知道这种痛苦终将结束。知道一切终将结束，这是人生经历馈赠的礼物，能让我们得到心灵的慰藉。在抵达终点之前，我们一直生活在当下，并把未来想象成更多的当下。幸福是无穷无尽的，不知其终将逝去。痛苦也是无穷无尽的。

如果我家附近有人交易毒品，我一定会去买的。我会不择手段拿到毒品。但我身边的人都不吸毒，他们想都没想过这一点。勾人毒瘾的惊悚电影从未在康克立放映过。

我不愿再装得乐天知命了，我对什么事都感到不满。我抱怨学校，抱怨药物没用，抱怨自己吃穿不便。我想要舒适的生活，又处处挑刺。我会顶嘴，存心找碴儿，特别是冲着德怀特。借着这次受伤的机会，我斗胆对德怀特说了一些以前从未说出口的话。

我忽然想到酒精可能会让我好受些。我偷了一些德怀特的老鸦酒，但刚喝一口，我就呛住了，只好用纯净水把酒瓶重新装满，又放了回去。过了几晚，德怀特问我是否动过他的威士忌。那里面掺了水，他说。他问这个似乎只是出于好奇。如果我承认，他顶多只是警告一下，就放过我了，但没想到我居然回答："我可不是这屋子里的酒鬼。"

"不许这样跟我说话，先生。"他说道，用手指杵了杵我的胸膛。

他并没有杵得很用力，但我顿时失去了平衡。我往后踉跄，被自己的脚绊住了，当我跌倒时，我打算用手撑着缓冲一下。这一系列动作似乎发生得很缓慢，接着我就坐到了手指上。

我一下子失去了知觉，在地板上疼得打滚，听到周围不断传来尖叫声，还有其他声音。然后我就坐到了沙发上，浑身是汗，母亲正尽力安抚我。一切都结束了，她说。到此为止，这是最后一次。我们要离开这里。

我先离开了。这么多年来我一直想着要逃离此地，现在终于实现了。母亲与查克·博尔格的父母交谈了一番，他们同意让我在接下来的几个月里和他们住在范霍恩，直到这一学年结束。到那时，母亲希望自己能在西雅图找到工作。一旦她开始工作并找到住所，我就会搬过去跟她同住。起初，博尔格先生很不信任我们。他怀疑查克干的疯狂事儿我也难辞其咎。但查克已经这样野了很多年，聪明的博尔格先生不可能不知道这一点，他心地善良，不忍心拒绝我们的寄宿请求。当然他也提了些条件，我得去他的商店帮忙，和他的家人去教堂；我得服从他的权威，我不能抽烟，不能喝酒，也不能骂人。

我拍着胸脯答应了。

查克开车来接我了。德怀特坐在厨房里，查克、珀尔还有母亲帮我把东西搬到了汽车上。我们要离开时，德怀特走到外边看着我们。我能看出他想跟我和好。他在营地中早就声名狼藉，如果家里人这样逃离，他会觉得更加丢脸。他知道我会将他趁我行动不便来欺负我的事情传出去。虽然母亲没说她也计划离开，但他肯定知道，我不在这里的话，就没有别的什么可以拖住她了，他只能通过威胁来留住她。

我能看出他鼓起勇气想上前来。他终于走过来，说我们应该坐下来好好谈一谈。当这一刻来临时，我本打算说些伤人的话，但最后只是摇了摇头，不再看他。我与母亲吻别，跟珀尔说学校见。接着我就上了车。德怀特走到车窗前说道：“好吧，祝你好运。”他伸出手。我情不自禁地与他握了握，并祝他也一切顺利。但我们都不是真心的。

我们互相厌恶。我们之间已经没有感情了，剩下的只有怨恨。这让我也变得面目可憎起来。回忆在奇努克度过的岁月时，我一直在寻找朋友的面孔、朋友的声音和宾至如归的房间，但我总是看到德怀特的脸，听到他的声音。当我生气地与自己的孩子吵架时，我发现自己的声音变得和他一样了。孩子们也觉察到了，惊讶地看着我。我最小的孩子曾经问：“你不再爱我了吗？”

我离开了奇努克，一点也不留恋在那里度过的时光。我们开过通往营地外的那座桥时，查克伸手在座位下拿出一罐专门为我调制的“猩猩之血”。我接过来喝，而查克啜了啜一品脱装的“加拿大俱乐部”。我仍记得这种写有两个C[1]的小麦色标签，记得查克倾斜酒瓶时眯起眼的样子，记得他把瓶子再次放低时晃了晃酒。我记得他嘴角有酒滴在闪耀。

1 加拿大俱乐部（Canadian Club）英文名里两个词首字母均为C。

《阿门角》[1]

查克几乎每晚都会喝醉。在某些晚上，他兴高采烈。在其他一些晚上，他则陷入愤怒，脸涨得通红，从他嘴唇抽动的方式能判断出他所呼喊的词句。在暴怒之际，他会撞向那些不可动摇之物。他会用肩膀撞向一堵墙，往后退几步，再往前撞。有时候他只是站在那里，一言不发，用拳头哐哐砸墙。到了早上，他会问我前一天晚上他都做了些什么。我不太相信他是真的忘记了，但我还是配合他的演出，说他昨天喝醉了，完全失去了控制。他摇了摇头，仿佛那是陌生人干的。

我跟他不在一个频道上，所以就懒得配合他了。他什么也没说，但我知道他对我很失望。

查克的父亲在当店主和牧师之前，曾经营过一家乳牛场。

1 阿门角（The Amen Corner）是指教堂的右前部座位，坐在那儿的教徒领祷高呼“阿门”。

这家农场现在仍归他们家所有，只不过将牧场草地和谷仓租给了邻居。博尔格夫妇和他们的两个小女儿住在主屋。我和查克两人住在数百米以外的改建仓库里。博尔格先生觉得，对我们多一些信任，能够让我们意识到自己是成年人。这道理是没错，但效果不佳。

博尔格夫妇每晚九点三十分准时上床睡觉。十点钟左右，如果查克还没醉倒，我们就将他的车子推一段距离，启动起来，开到维罗妮卡家。阿奇和疯子通常都在那里，有时候霍夫也在。他们喝着小酒，玩着扑克。我没有钱玩，就坐在地板上与维罗妮卡一起看深夜秀。维罗妮卡告诉我的明星八卦，毁掉了我看电影的乐趣。她有关系能搞到好莱坞内幕。她知道某个男演员——大家都以为他死了——实际上是个只会流口水的植物人，还知道某个女演员只有出动整个橄榄球队才能满足她的欲望。她对男演员的评价尤其刻薄。在维罗妮卡看来，他们都是一群同性恋，从他们做广告时的小暗号和手势就能看出来。他们点烟的方式、手帕放在胸前口袋里的位置、他们瞥手表或调整帽子的方式——这些在维罗妮卡看来都是证据。即便她不说话，我也能感觉到她正盯着屏幕上的男演员，随时准备揪住他们的把柄。

在回家的路上，查克吓到我了，他开着车在马路上迂回行进，开始讲些下地狱受永世煎熬的布道词。他声称是在模仿他父亲，但其实他是在自说自话。博尔格先生可不是这样布道的。查克可以模仿父亲的语调变化和说话节奏，但学不来他那悦耳的声音。相反，他表达的全是他自己害怕下地狱的恐惧。

我不习惯跟那些对待宗教信仰十分严肃认真的人相处。我母亲不信教，德怀特则是热爱科普的无神论者。每隔几周，圣公会的卡尔神父就会驱车来到奇努克认真传教，有些我还觉得挺有道理的，但他一离开，我就把他讲的东西都给忘在脑后了。

博尔格先生小心翼翼，从不向我施加压力，但我知道他是个渔夫，而我是池中的小鱼。这也许不是无上光荣的事，但起码是合法的。真正的危险并不在于他会逼迫我做些什么，而在于我会为了取悦他而强迫自己。博尔格先生是高个子，体面、庄重。他的脸长长的，眼神总是很忧郁。我与他交谈时，他就直勾勾地盯着我，导致我有时候都忘了自己在说什么。我觉得他看透我了。他对我彬彬有礼，但没有流露出一丝感情；他似乎总是在压抑着什么。我希望他对我有好感。

这是一种危险，另一种危险来自音乐。在博尔格先生的教堂里，音乐充满激情，与我在盐湖城里听到的正值更年期的天主教的赞美诗并不相同。人们忘乎所以地唱着这些圣歌。他们边哭泣并拍手，他们高声呼喊，摇摇晃晃地走上过道，朝阿门角走去。有时候我也想这么做，但我忍住了。查克总是伴我左右，沉默如石。他就动了动嘴唇，没有跟着唱出声。他从未走到过阿门角，我担心我去的话，他会嘲笑我。因此，虽然煽情的音乐和讨好他人的念头诱惑着我往前走，但我还是克制住了。做完礼拜后，我总是很高兴自己没有往前走，因为我知道博尔格先生会识破我，会对我产生反感。

查克从不找我麻烦。即便他喝得酩酊大醉，狂发脾气，他也只会自残。我算是十分走运。查克虎背熊腰，身体壮实，有着发达的胸肌。我不可能打得过他。只要别的男孩不去惹他，他一般不会主动去找碴儿。他对待除了自己以外的人都很温和——不是像他父亲那样，他们那种庄重的男人总是轻易表现出绅士的模样，而是像他母亲一样，要费点劲才能显得温文尔雅。他长得也跟他母亲比较像。他的皮肤是乳白色的，两边脸颊上都长着红色冻疮，一头黄毛在阳光的照射下仿佛变成了白色，额头宽大。他的眼睛跟他母亲一样是淡蓝色的，听别人说话时，他也像母亲一样眯起眼，低头望着地板，不管你说什么，他都会点头赞同。

所有人都喜欢查克。在他清醒的时候，他友善淡定，慷慨大方。我很喜欢他的一件毛衣，他就送给了我，后来还把我们一起跟着唱的巴迪·霍利专辑也送给了我。不在教堂时，查克还挺喜欢唱歌的。前一天晚上还看到他往树上撞，第二天早上却发现他精神状态很好，真是令人难以置信。这就是博尔格夫妇无法接受自家儿子会发狂的原因。他们什么也看不出来。吃饭的时候，他在主屋里晃来晃去，与父亲谈论商店的事儿，帮母亲洗碗。他的小妹妹像西班牙猎犬似的讨好他。查克仿佛是全世界最悠然自得的男孩，在这些时候他也的确如此。他并不是在表演。因此，另一个查克——那个坏查克——干蠢事时，相当于从博尔格夫妇的盲区进行袭击，将他们痛扁一顿。

一天晚上，疯子和霍夫过来玩扑克牌。他们和我一样没钱，所以我也加入了游戏。我们喝着酒，拿火柴当钱币，慢慢地感到无聊了。接着我们想到，开车去贝灵汉是个挺不错的主意。查克车里剩的汽油不够一个来回的，但他说他知道在哪里可以搞到汽油。他拿了几个五加仑罐子和一段软管，我们四个人就准备横穿田野了。

白天下了场大雨，所以空气中仍弥漫着水雾。刚刚耕种过的土地十分松软潮湿。我们的鞋子陷了进去，拔出来的时候脏兮兮的。疯子穿的乐福鞋老是掉。最后他放弃了，转身要走回去。我们其余的人继续前进。每走几步，我们就能听到疯子在后面怒吼。

我们走了足足1600米才到达韦尔奇农场。我们在外屋里闲逛了一会儿，才穿过院子，走到韦尔奇先生的卡车旁边。我和霍夫监视着房子，查克则负责从油箱里抽汽油。我以前从未来过这里，但我在学校里就认识了韦尔奇家的男孩们。他们一共三兄弟，总是满脸忧愁，穿得破破烂烂，安静得跟哑巴似的。

其中一个男孩也叫杰克，是我的同班同学，他看上去很孤独，身上有股难闻的气味，像一个活得毫无尊严的老人。因为我们俩名字相同，所以米切尔先生总让我们在体育课上结伴练习拳击，他觉得这样很好玩。别的男孩会围着我们大喊：“上啊，杰克！抓住他，杰克！杀了他，杰克！”但杰克·韦尔奇对此兴味索然。他迟疑地举起手套，仿佛觉得这些手套会掉转过来打他似的，每次米切尔先生催他动手时，他都会向我投来满怀歉意的目光。想到他就在那座黑咕隆咚的房子里睡觉，闭上了他那忧郁的眼睛，而我在外面放哨，这种感觉真奇怪。霍夫用树枝刮擦鞋子时咕哝了一声。空气里都是汽油味。

查克往罐子里装满了汽油，我们就起程往回走了。这比来的时候要艰难得多。我们现在走的是上坡路。我们轮流将这些罐子往前推，跌跌撞撞地跟在后边跑。罐子太重了，害得我们陷入泥泞，失去平衡，越挣扎越往下掉。等回到住处的时候，我们身上全是泥巴。铁丝网划破了我的衬衫。由于拉拽罐子，我的一只手臂已经麻木了，另一只手的手指头被柱子蹭伤了，一抽一抽地发疼。我累极了，其他人也是如此。没有人再提去贝灵汉的事儿了。查克开车送霍夫和疯子回家，我则去洗了个澡，瘫倒在床上。

第二天早晨，博尔格先生把我们叫醒了。他只是把头靠在门上，叫道：“起床。”但他的声音不太对劲，我“唰”地一下坐起身，彻底清醒了。查克也是。我们看着对方，一声不吭地下了床。博尔格先生在门口等着。我们穿好衣服之后，他说："来吧。"然后朝主屋走去。他大步流星地走着，头往前伸着，好像被什么东西压着似的，一次也没有回头看我们是否跟在身后。我瞥了一眼查克，他正盯着他父亲的后背。他一脸茫然。

我们跟着博尔格先生走进厨房。博尔格太太坐在早餐桌旁，用手帕抹着眼泪。她眼眶红了，苍白的额头上有条凸出的蓝色静脉。"坐下。"博尔格先生说。我坐在博尔格太太对面，看着桌布。博尔格先生说，韦尔奇先生刚刚来过，想必我们都很清楚他来所为何事。我沉默不语，查克也不说话。博尔格先生等着我们开口，但我们仍然一言不发。为了避免我们傻乎乎地否认，他直接挑明说我们硬生生地踩出了一条路，甚至都不需要亲自到场核实——从这里就能看到那条路。

"你们怎么能做这样的事？"博尔格太太问，"对韦尔奇全家做这种事？"

我抬起头，发现博尔格先生正在观察我。对上视线时，我们俩都赶紧望向别处。

博尔格太太在抽泣。博尔格先生把手放在她的肩膀上。"你有什么要为自己开脱的吗？"他问查克。

查克说没有。

“杰克呢？”

“没有，先生。”

他分别瞅了瞅我们俩：“你们喝酒了吗？”

我们承认昨晚的确在喝酒。

博尔格先生点了点头，我知道事情好办了，他坚信酒精能改变一个人的心智。我们没有拿喝酒当借口，而是坦然承认喝酒是不对的，事情在朝着有利于我们的方向发展。这样一来，博尔格先生就方便为我们开脱了。

查克和我照例装出羞愧的模样，博尔格先生也照例发发火，但最坏的时刻已经过去了，我们都知道。整个早上，我们都待在餐桌旁，商定补救计划。查克和我得把汽油还回去，我们昨天太累了，都还没有将这些汽油倒入查克的油箱呢。我们得向韦尔奇先生道歉，并保证再也不喝酒了。没有人提及我们违背的诺言。我们同意博尔格先生提出的条件，除了一个——我们不愿告诉他还有哪些共犯。他反复询问他们的名字，但在我看来，这显然只是仪式的一部分，起码我们不会出卖朋友，这一点想必让他很开心。反正他早就知道共犯是谁了。

我们站起来握了握手。博尔格先生明确表示，他不想对我们指手画脚。他希望事情快点结束，越快越好。博尔格太太没有站起来。我能看出她仍为我们所干的错事感到不安，但我本人倒没有这种感觉。

我和查克把罐子放到车上，开到了韦尔奇农场。从田野走过去倒不远，但要开车的话，我们就得开到主干道上，再拐上未铺砌的蜿蜒小路，昨天下雨了，地上还有些泥泞。查克开得很快，所以车没有陷进泥里。泥浆嘭嘭地砸着车厢底板。我们穿过威忌州松林，松林后面时不时露出一间房子或者放牛的空地。一路上查克都在不停地骂脏话。

我们开进韦尔奇家的车道，静静地坐了片刻，才下车。

以前暑假的时候，我在几个农场干过活，帮忙收割牧草，然后晒干。这些农场位于马尔布芒特上游河谷地带。它们邻近河流，但又不至于靠得太近，它们排灌良好，土壤肥沃。农场主都混得不错，他们买了最新的设备，还给房屋和谷仓涂了油漆。他们的院子里长满青草，周围有一圈花坛，点缀着喂鸟器、马车车轮和大型陶瓷松鼠。

韦尔奇的农家庭院里一片泥泞，简直就像猪舍。里边什么都没种，院子里静悄悄的，没有猫，没有鸡，没有跑过来挑衅我们的小狗。他们的房子很小，是灰白色的，破烂不堪。房瓦上长满了苔藓。没有走廊，只是从一面墙上拉了块防水帆布，遮住带有轧液机[1]的洗衣盆，遮住晾衣绳，绳上挂着大大小小颜色暗淡的法兰绒衬衫和劣质床单。

1 轧液机（mangle）是过去用于压去已洗净衣服水分的机器，通常将衣服置于两根滚轴之间挤压。

烟从烟囱里袅袅升起。我抬起头，发现天空如此湛蓝澄净，不免感到惊奇。

查克敲了敲门。一个女人开了门，在门口站着，后面跟着个小女孩。她们俩都是一头红发，瘦瘦的。小女孩对查克笑了笑。查克也苦笑了一下。

“我很吃惊，”那个女人说，“我必须承认我很吃惊。”

“对不起。”查克说。他露出羞愧的表情，就像早上在厨房里表现的一样。

“我怎么都想不到居然是你们干的。”她说。她看看我，又瞅瞅查克：“你刚才道歉了。嗯，我也感到很遗憾。韦尔奇先生也是如此。这不是我们想要的。”

韦尔奇太太告诉我们在哪里可以找到她的丈夫。我们在泥泞中跋涉时，两边手上拿着的汽油罐不停地晃动，查克骂道：“该死，该死，该死……”

韦尔奇先生正坐在一堆木材上，看着杰克和另一个儿子。他们离得有点远，轮流拿工具在地上打洞以插桩。韦尔奇先生的头都快秃了，他那稀稀疏疏的棕色头发被风轻轻一吹，就飘起来了。他穿着一件崭新的深蓝色工装式连衣裤，看上去很硬挺，脚踝处沾满了泥。我们走到他身边，把罐子放下。他瞅了瞅这些罐子，又回头望着他儿子。他们俩边工作边盯着我们，不是威胁的眼神，只是为了看看接下来会发生什么。我能听到机器在泥面吱吱作响，就像昨天晚上我们的鞋子踏入泥泞的声音。查克朝他们挥手致意，他们俩都点了点头。

我们看了他们一会儿。接着查克就走到韦尔奇先生身边，开始低声说话，说他为我们所干的事儿感到抱歉。他没有辩解，也没有提到我们昨晚喝了酒。他表现得严肃而真诚，几乎带有悲壮的意味。

韦尔奇先生看着他的儿子们，没有说话。查克说完后，韦尔奇先生转过头看着我们，动作缓慢而吃力，不难看出他觉得与我们对视很痛苦。他满脸胡茬，两颊凹陷，脸上沾着些泥点子。他那棕色的眼睛里闪着泪花，好像哭了很久，又好像将哭未哭。

无须看到韦尔奇先生的眼泪，我就知道自己干了件无耻之事。初次来到这个农家庭院时，在大白天看到这个地方时，我就意识到这一点了。接下来看到的一切令我更加羞愧难当。这些人过得很惨淡，他们已经在悬崖边上了，而我还把他们往外推，没有推很远，但肯定让他们更濒临边缘了。归还汽油并没有改变这一结果。我们所造成的真正伤害在于，他们意识到有人本可以在这种情况下对他们动手，但选择了放过他们。这肯定让他们觉得自己卑微渺小，孤苦伶仃——这就是我们造成的伤害。有些是我想明白的，有些则是我感受到的。

韦尔奇农场给我一种似曾相识的感觉。不单单是因为这里的房屋与我在西雅图住过的房子很像，还因为整个视野、整座房屋、整片泥地和它们带来的寂静感觉，男孩们一会儿拿起打洞机，一会儿又放下。我在这里重新体会到了什么叫一败涂地。

为什么杰克和他的兄弟要往地上打洞呢？如果在那里竖起篱笆，不就与庭院四周原有的篱笆平行了吗？韦尔奇家里根本没有圈养动物——重新围篱笆毫无用处，他们的工作毫无意义。多年后，当我等待一条船载我过河时，我看到两名越南妇女有条不紊地用棍子砸着废弃的卡车轮胎。她们就这样砸了好久，我过河的时候，她们仍在这么做着。她们就是我所做的梦的一部分，我在这些失败之梦、诅咒之梦里觉得韦尔奇一家似曾相识，庄严地进行认真而无用的操作。

把别人当成符号，是一种幼稚或者说糟糕的想象。我不认识韦尔奇一家子，我无权这样定义他们。我只能谴责自己，但无权感到恐惧、怜悯或厌恶。但我又确确实实有这些感觉。我有点慌了。我没法好好呼吸，只想走开，逃离此地。

韦尔奇先生对查克说了些什么，我听不见，接着查克就走到一边去了。我知道韦尔奇先生已经接受了他的道歉。韦尔奇先生在等着我过来道歉，看他等待的样子，我就知道这对他来说很痛苦。是时候结束这一切了。但我仍待在原地，看着韦尔奇家的男孩们挖出泥土。我没法动弹，也没法开口。我只能继续站在那儿。当查克意识到我不打算说些什么时，他低声道别，握了握韦尔奇先生的手。我跟着他上了车，没有再回头看。

到家后，博尔格先生敲了敲我们的房门。这个礼貌的小动作里透露着希望，他进来时，我能看出他迫不及待地想要宽恕我们。但我知道自己不配得到他的原谅，心里十分难过。他朝我们点头致意，问道："怎么样？"

查克没有回答。自从我们离开韦尔奇家，他就再也没有跟我说过话了。我知道他是因为我没有道歉而瞧不起我，但我无法向他解释我的感受，我甚至都无法给自己一个交代。我觉得，解释和借口是一码事，怯懦的人才会找借口。感受也是如此，特别是那些复杂的感受。我没有承认这些感受的存在，我几乎不知道自己有这些感受。

查克沉默着。我们的关系就要破裂了。我以前没办法像他一样放浪形骸，现在也没办法像他一样忏悔道歉。

查克没有回答，博尔格先生就盯着我。

"查克道歉了，"我说，"但我没有。"

博尔格先生让查克出去一下。查克走后，博尔格先生坐到另一张床上。他表现得很有耐心，想要了解我为什么没有道歉。我只能告诉他我做不到。

他继续追问。

"我想道歉来着，"我说，"但就是做不到。"

"这么说你同意自己应该向韦尔奇一家道个歉。"

“是的，先生。”

“你答应要道歉的，杰克。你做出承诺的。”

我又说了一遍我想道歉来着，但就是做不到。

博尔格先生对我彻底失望了。这我能从他的眼睛里看出来。他告诉我，他和博尔格太太曾希望我搬来和他们一起住，我们会过上幸福的生活，比我和继父在一起时要幸福得多，但情况似乎并非如此。总而言之，他觉得我继续待在这儿毫无意义。他说当天晚上就要打电话给我母亲，安排她来把我接走。我没有跟他争论，我知道他已经下定决心了。

我决定去参军。

第二天母亲开车过来了。她与博尔格夫妇私下交流了几个小时，然后开车带我去兜风。起初，她一言不发。她双手紧紧地握着方向盘，下巴的肌肉也绷紧了。我们沿着这条路开了好几千米，一直开到卡车停靠站。母亲驶入停车场，关掉了引擎。

“我不得不哀求他们。”她说。

她告诉我她的哀求打动了他们。博尔格先生最终同意让我继续留在这儿，只要我答应放学后去韦尔奇家的农场打工，将功折罪。

我说我不想这样做。

她不理我。她看着方向盘，说博尔格先生希望我跟卡尔神父聊聊。他希望卡尔神父的宗教信仰能够感召我，博尔格先生认为比起他所布道的，卡尔的布道与我从小熟悉的宗教信仰更加类似。母亲说我有两个选择：要么跟博尔格先生回去，要么收拾行李走人。现在就得做出抉择。而且，如果我决定走人，就得想好下一步计划，因为我不能和她一起回家了——德怀特不会让我进门的。她在西雅图找的工作似乎有点眉目，但得过一阵子才能确定，等定下来了，她还得花时间熟悉工作内容，找找住处。

"你为什么不向那些人道歉？"她问。

我告诉她我做不到。

她看看我，又看看车窗外面。她从来没有像现在这样疏离过。就算我抢了银行，她也不会抛下我不管，但这次情况不一样。她说："那你准备怎么办？"听上去心不在焉的。

我告诉她博尔格夫妇让我做什么我就做什么。

她开车把我送了回去。把我放下车之后，她就迅速离开了。

博尔格先生那周太忙了，没空安排我去韦尔奇农场帮忙，但我对此并不知情。每天放学后，我都会去商店，等着他叫我到外面坐车过去。我走进商店，踌躇一会儿，如果没人发话，我就悄悄地走进后屋，穿上围裙，干些杂活。以前我和查克常常一起干活，一起交谈，互开玩笑，互扔抹布，拿扫帚柄戳对方的屁股。但现在我们各干各的，谁也不搭理谁。我会胡思乱想。有时候，我想象着自己待在韦尔奇农场，被沼泽地吞没，周围都是谴责的面孔。每当这个念头出现时，我都不得不闭上眼喘口气。

一周将尽，卡尔神父来了。他在储物间与博尔格先生聊了几分钟，然后把我叫了出去。“我们去散散步吧。”他说。

我们沿着一条小径走到河边。一路上，卡尔神父默默不语。他捡了块石头丢进水中。去年夏季童子军开营当天，牧师给每组新生都做了布道，我不禁愤世嫉俗地揣测道，卡尔神父也会做一模一样的布道。夏令营的那位牧师会走到湖边，随便抓起一把石头，将其中一块投进水中。“只是一小块鹅卵石。”他会若有所思地说道，仿佛这是他刚刚才想到的，“只是一小块鹅卵石，但是看看它所激起的涟漪，能够扩散得那么远……”到夏末的时候，我们所有营地辅导员都公然鄙夷他。我们管他叫涟漪。

但是卡尔神父没有对我做这种布道。他不可能这样做。他的信仰之路充满艰辛，他并不打算运用什么文辞技巧来巧妙地谈论宗教。他的父母是犹太人，他们俩都在集中营遇害了，卡尔神父也差点没命。战后不知何时，他改信了基督教，随后成为牧师。他讲话仍带有东欧的腔调。他长得黝黑，十分俊朗，但他自己好像没有意识到这一点，如果他不得不对付虚伪轻浮之徒，他就不再显得体贴，而是变得严厉起来。我以前就曾被他训过，现在又要挨训了。

他问我我以为自己是谁。

我不知道该如何回答这个问题。我甚至都没打算要回答。

“看看你自己，杰克。你在干什么？跟我说说你认为自己在干什么。”

“我想我把事情搞砸了。”我说道，悔恨地摇了摇头。

“别说废话！”他喊道，“别说废话！”

眼看他就要动手打我了。我决定闭嘴。

“如果你还执迷不悟。”他问道，“以后会变成什么样？回答我！”

“我不知道。”

“你知道的。你知道的。”他的声音变得温和一些了，“你知道的。”他捡起另一块石头，抛进河里。

“你想要什么？”

“什么？”

“想！你肯定有想要的东西。你想要什么？”

我知道这个问题的答案，我心知肚明。但我确信自己的回答会越发激怒他，我是个大俗人，他则截然相反。我无法想象卡尔神父想要金钱，想要一大堆商品，不惜一切代价想要得到世界的尊重；难以想象他会和我一样想要这些东西，他如果知道了肯定不屑一顾。

我无言以对，在我看来，卡尔神父所希望的那种救赎，与我想要的救赎完全不同。他信仰上帝，而我追求名利。

我打算搪塞过去。我不确定自己想要什么，我说。

他坐在一根木头上。我犹豫了一下，在离他有点远的位置坐了下来，凝视着河面。他拿树枝戳着地面，问我是否要让母亲伤心。

我说不是的。

"不是吗？"

我摇了摇头。

"好吧，可这就是你现在干的事情。"

我一声不吭。

"那好吧。你想让她开心吗？"

"当然。"

"很好。这就是你的愿望之一，对吗？"我同意了，他接着说道，"但是你现在让她伤心了，对吗？"

"我猜是的。"

"这不是猜出来的，杰克。你就是在伤她的心。"他看着我，"那你为什么不停下来？你为什么不停下来？"

我没有马上说话，担心答应得太过爽快。我想装作认真地在思考他所提的问题。"好的，"我说，"我试试看。"

他把手中的树枝丢掉了。他还在盯着我，我知道他识破我了。他根本没有真正"触及"我的心灵，因为我总是把真实的自我隐藏起来。站在这儿面露歉意、信誓旦旦的人是个假货，真实的我并不在这里，卡尔神父也知道这一点。

不过，我们并没有马上离开。我们凝视着水面。河水径流量大，水位上涨。在岸边，绿得发棕的河水发出叮叮咚咚的响声。离岸较远的地方，河水在长满苔藓的巨石和盘曲的树根之间翻腾。水声起伏变化，但河底总是传来深深的叹息，如果你仔细聆听，这声音就会变得越来越大，到后来你就感觉天地间只剩下这个声音了。鸟掠过水面，沿岸的颤杨树上新叶闪耀。

现在正是春天。我们俩被这春色迷住了，忘记了我们本要离开。我们像同一类动物一样，待在一块儿。我们突然惊醒过来，恢复了神志。卡尔神父给了我最后的忠告，我说我会做得更好的，然后我们就回到了商店。

到了周末，博尔格先生告诉我，他与韦尔奇夫妇交谈过了，但他们拒绝我的帮助。“他们不肯让你去。”他说，他表现得很严肃，为的是让我知道，这是对我的终极惩罚，比起这个来，去他们农场辛勤工作根本不算什么。他真的让我感到失落了。但我缓过劲来了。

有天晚上，警长来到主屋里告诉博尔格夫妇，查克将被指控犯有法定强奸罪[1]。霍夫和疯子是共犯。那个女孩在康克立

1 法定强奸罪（statutory rape）指与未成年少女发生性行为。

中学读书，跟我同班——她是那群歇斯底里、脾气乖戾的女孩之一，她们穿着紧身的衣服闲逛，脸上化着浓妆，一支接一支不停地抽烟，在课堂上讲话，竭尽所能吸引男孩们的注意力，这些男孩肯定不怀好意。她怀孕了。她想要保守秘密，可是她变得太胖了，怀孕还不到两个月就被发现了。她叫蒂娜·弗拉德，但大家都称她为“那股洪流”[1]。她十五岁。

警长与蒂娜交谈了一下，根据她的意见，他说服她父亲先别急着提出指控。蒂娜说她不想指控任何人，她只想让查克娶她。然而，弗拉德先生想将他们全都送进监狱。不过他肯定知道这对他的女儿一点帮助都没有，他也肯定知道，如果蒂娜能嫁入像博尔格这样的家庭，那将是天大的运气，大家做梦都想不到这等好事会发生在蒂娜身上。因此他接受了警长的建议。他只是在等查克的回复。

那天晚上查克从主屋回来，坐在他床上，把一切都告诉了我。他还告诉我，他并不想娶蒂娜·弗拉德。他也告知警长了，表示他选择在监狱中度过余生。警长让他不要太匆忙地做决定。他会先稳住弗拉德先生，让查克再好好考虑一下，与他的朋友们讨论讨论。但查克拒绝蒂娜会带来什么后果，警长讲得很明白。他会被判入狱。这种指控是非常严重的，而且铁证如山。

1 在英语中，“洪流”（Flood）与姓氏“弗拉德”（Flood）谐音。

查克说他不会跟她结婚的。

我告诉他我也不会愿意的。我给了他一些鼓励，但内心里其实幸灾乐祸，不仅是因为这会减轻我的压力。当我陷入麻烦时，他抛弃了我，我到现在都感觉很受伤。现在换查克备受煎熬了，我正好有机会展示一下，作为朋友，我比他要称职得多，为此我挺高兴的。我会坚决跟他站在同一条战线。

没有人像我这样捍卫他。霍夫和疯子没有这样做，就连他父母也没有这样做。博尔格太太痛苦到无法跟他说话。她不停地哭泣，几乎没有踏出房门一步。博尔格先生对她的关切、担忧，化作对查克的熊熊怒火。他把查克数落得很惨，在没批评他的时候，他也一直怒目而视，尤其是在用餐时间。吃晚餐的时候是一天中最糟糕的时段。没有人说话。刀叉敲击瓷盘的声音、咀嚼吞咽的声音和椅子吱吱呀呀的声音——这些声音似乎都被放大了，显得十分骇人。查克的姐妹们风卷残云般地吃完饭，就赶紧出去了。我也是如此。查克不得不留下来，等其他人都走了，他父亲开始恫吓他。

博尔格先生要他跟蒂娜·弗拉德结婚。查克本人也承认了，他跟那个女孩上过床。至于她是否也跟另外两个男孩抑或是一百个男孩上过床，这都不是重点，既然查克与她上过床了，他就得为后来可能发生的事情负责。再苦再难，他也必须承担责任。之前，他干了些大人才干的事，现在是时候当个真正的男人了。

博尔格先生肯定是把自己的看法埋在心底了。他固然大度，但自尊心也很强，在劝说儿子娶“那股洪流”时，他不可能不觉得丢面子。可是他还是选择牺牲原则，不说出自己的真实感受。

霍夫和疯子也希望查克和蒂娜结婚，但他们的理由比博尔格先生的更为简单。如果查克不娶她，他们俩都得跟着他一起进瓦拉瓦拉县[1]的监狱。这似乎没有必要，也并不公平。查克咬紧牙关忍几年，再甩掉她不就得了。

查克不肯那样做。他没有向霍夫、疯子乃至父亲解释原因，但是到了晚上，在他感到四面楚歌而形单影只时，他跟我吐露了一切。他费了好大劲才阐明自己的想法，听到从自己嘴里说出的这些话，他似乎有些惊讶。我也觉得惊讶。说白了，查克之所以不愿娶蒂娜·弗拉德，是因为他要跟别人订婚。虽然他喜欢四处鬼混，但他内心深处有位梦中情人，非她不娶。他能清晰地勾勒出她的模样，等他终于遇见她时，他会跟她结婚，白头偕老。查克心心念念的是电视剧里那种完美的妻子，可爱、时髦又虔诚。他们的婚后生活就像是情节暖心的电视剧，有许多深情的戏码。这部电视剧里也会涉及宗教，为了命

1 瓦拉瓦拉（Walla Walla）是西雅图市下属的一个县。

中注定的那位妻子，查克很想成为一个知错就改的丈夫。永远不碰酒，永远不赌博，永远不出轨，永远不和年少轻狂时结识的狐朋狗友混在一起。结婚后，他们会生孩子，会生很多个。他会永远节制、忠贞。吃晚餐时要优雅，周日则要休息个够。

他想过上好生活。他为自己所设想的好生活，和我为自己设想的一样传统，只不过少了些史诗般的浮夸。我早已不抱希望，查克却依然满怀憧憬。我不知道自己的未来会怎样。我现在的生活一团糟，我觉得之所以会出现这些问题，是因为我运气太差了，所以只能寄希望于好运气的光临，但好运气又偏偏不来。

查克还坚持着梦想，仿佛那已然成真。他甚至不惜为此锒铛入狱。蒂娜·弗拉德和她肚子里的宝宝对他而言并不是真实的，它们只是他所犯的错误之一，正是因为有了这些，他将来的浪子回头才显得更具戏剧性，他那完美的婚姻生活也将弥补这些错误。

警长原本以为查克过几天就会做出让步。但事情并不如他所愿，于是他开始放狠话了。弗拉德先生等不及了，他说。从现在开始，他随时可能提出指控，一旦案子提交到了法院，查克就没有获得缓刑的机会了。警长希望查克明白这并不是在吓唬他。一个男孩和一个女孩上床是一回事，但三个成年男子和一个女孩上床可就是另一回事了。从法律的角度来看，查克和他的朋友们都是成年人了，法院会按照衡量成人的标准来量罪定刑。

查克没有屈服。他害怕进监狱，但他绝不肯跟蒂娜·弗拉德结婚。单单这个提议本身就让他觉得受不了。被父亲恫吓完，他从主屋回来，双眼冒火，满脸流汗，像发烧了似的。在我看来他应该逃掉，跑去参军，但他不愿这么做。他动弹不得，没有劲儿奔向未来了，只剩下一点力气来拒绝可怜的蒂娜·弗拉德。

夜晚，当他开始在被窝里哭泣时，我不再幸灾乐祸了。我本来想用胳膊搂住他，说些安慰的话，就像曾经为母亲做过的那样。但这在我们之间是不可能的，何况我也知道他正努力地压抑着哭声，不想被人听到。

在这期间，我在学校里又接到了霍华德先生的来电。他在电话另一端喊得很大声，好像担心我听不见似的，但其实信号相当稳定。他告诉我，我已经获得了希尔中学的奖学金。那天早上他刚和招生办的主任谈过。过几天我就会收到一封正式的信函，但他还是想亲口告诉我，告诉我他有多为我高兴。他真的很高兴。我能从他声音里听出来，他打电话来仿佛是为了告诉我有关他自己的好消息。

他说，他坚信我能得到奖学金，他对这种事情一向很有把握。但他当时认为还是不要让我抱太大希望，毕竟什么事情都有可能发生。“当然了，”他说，“我都给你写那么好的推荐信了，要是你没拿到奖学金，我可要大跌眼镜了。”

霍华德先生说有很多事情要跟我商量。他想进一步跟我讲讲希尔中学的情况，帮我做好准备。还有衣服的问题，我需要一个宽大的衣柜，来装下学校规定的制服，这些衣服的剪裁和质量都得满足一定的要求。他倒是希望希尔中学的男孩不在乎这些事情，可惜他们非常在乎，全世界的男孩都是一个样儿。霍华德先生不愿让我感觉格格不入。如果我母亲同意，他就带我去西雅图的裁缝店挑选全副装备，他自己就是在那里定做衣服的。他想让我转达母亲，告诉她，他非常乐意效劳，前提是得到她的允许。

他会回电跟我讨论更多细节。“我替你感到高兴。”他又说了一遍。我几乎全程一言不发。霍华德先生挂断电话后，我回到了听不懂的代数课上，这堂课剩下的时间里，我就看着老师的嘴巴动啊动。

学校的信函到了。我每年能拿到2300美元的奖学金，而每年的学费是2800美元。招生办的主任说我在学校里的履历和考试成绩都非常优秀，他和校长都欢迎我加入希尔中学。不幸的是，我在康克立所学的课程很少是学术型的，导致我学分不够，没法直接在希尔中学读十一年级或者说高中三年级[1]。于是他们把我招

1 美国的义务教育分12级，小学阶段是1—6年级，初中阶段是7—8年级，高中阶段是9—12年级。

进来读十年级。不必为此担心，他对我说。有些学生以前读的公立学校偏重职业教育，让他们留级一年是常见的做法。很多人都是这样的，在多出来的这一学年里，我可以慢慢适应希尔中学的生活，为自己的履历增光添彩，再申请大学。

我如痴如醉地读着这封信，揣摩着校长和十年级这些措辞。招生办主任还随信附上了一份校友简报，里面是各种照片，拍了翠绿草坪上的哥特建筑、秋天的大树、操场以及各种各样的男孩，他们对工作、崇拜的概念和体育追求有不同的看法。这里面还有更多值得细细品味的词。如长曲棍球、壁球、欢乐合唱团。这些学生看起来和我过去认识的男孩有所不同，不只是衣服和发型不同，那更像是一种群体性差异——骨子里散发出来的气质、仪容举止和一系列标志性表情。我仔细看着这些照片，就像看着《国家地理》中拉普兰人[1]和库尔德人[2]的照片一样。有的面孔很神秘，我看不出这些男孩真实的一面；有些面孔则给人一种大大方方、毫不设防的感觉。我把每张面孔都认真研究了一遍，想知道他是谁，以及他是否会成为我的朋友。

简报背面还有课堂笔记。

1 拉普兰人（Laplander）是北欧地区的民族，主要居住在挪威北部、瑞典北部、芬兰北部和俄罗斯科拉半岛，大部分位于北极圈内。

2 库尔德人（Kurds）是西亚地区的民族，主要居住在土耳其南部、伊朗西北部、伊拉克北部及叙利亚北部地区。

"1952年生的R.T.'切普'·布莱兹韦尔最近与老接力搭档R. 霍顿·'豪迪'·艾默生四世还有他的妻子'诺迪'（波特小姐，1955年生的）听到了午夜钟声。豪迪和诺迪在风城[1]组建家庭，豪迪还想了些办法来帮助阿穆尔把斯威夫特追到手。隔天，切普似乎和某位茜茜·肖瓦尔特-普里斯小姐（马德拉，1955年生的）在橡树公园谈了些'正事'。他们计划在6月结婚。自从他们宣告要结婚的消息以来，格林威治的居民就听到一大片哭泣声和咬牙切齿的声音。嗯……不知道那都是些什么人。纳夫说，祝你好运，茜茜！（提示：最后一次见到切普时，他正把球传给豪迪，就在东瓦克大道和湖岸路的拐角处，诺迪紧追不舍……）

"现年46岁的R.S.K.昂斯沃斯·圣约翰，最近被任命为新兴产业市场研究总监。干得太棒了，昂斯沃斯！"

这些笔记有好几页，有些上面附着男士的照片，他们自信地微笑着，或穿着西装，或穿着白色网球衫，或穿着打高尔夫的服装。简报最后一页上全是宝宝的照片——都是男孩，都是校友的儿子，所有的宝宝都穿着白色的小毛衣，胸前印着大写的H。1978年和1979年的入学名额都被这些小孩占满了。

招生办主任给我寄了张表格，让我填写一些简单的信息。

1 风城（Windy City）是美国芝加哥市的别称。

我没有马上寄回去。我随身携带了几天，然后才开始填写。有个地方需要我填写自己的名字，我希望这名字能出现在学校通信录上，我提笔写道："托拜厄斯·乔纳森·冯·安塞尔——沃尔夫三世。"

一天下午放学后，母亲来接我，还带我去康克立买可乐。她无法相信我真的获得了希尔中学的奖学金。她一直好奇地看着我，然后笑了出来。"行吧，"她说，"你都和他们说了些什么？"

"你什么意思呀？什么叫我和他们说了些什么？我什么也没说，就只是申请了一下而已。"

"别装了。"

"我的考试成绩很好。"

"你肯定和他们说了些什么。"

"谢了，妈。谢谢你对我的信任。"

"你会惹上麻烦吗？"

"惹上麻烦。那是什么意思？"

"你会惹上麻烦吗？"

"不会。我不会惹上麻烦的。"

"你保证？"

"我不会惹上任何麻烦的，我保证。你以为会看到什么血腥场面啊？"

我们谈起了别的事情。不管怎样，她还是挺为我高兴的，不想太追究运气的成分。

她自己也有个好消息。她在西雅图找了份工作，去安泰人寿保险公司当秘书。按照计划，再过一周她就得开始工作了。她认识的一位女士愿意给她提供住宿，直到她找到新的住所，这样缓解了她的压力，她不必去租自己不满意的房子。她可以轻轻松松慢慢来，再加上6月我就要去加利福尼亚州了，不用过去和她住在一起。父亲一直与她保持联系，她说。他已经安排好一切了。等学校放假了，我就乘大巴去拉荷拉，杰弗里从普林斯顿大学毕业后，就来跟我会合。

“那你呢？”我说。

“什么意思？”

“你也会来吗？我是说以后，一切顺利的话。”

“我去的话，我就是个傻瓜。”她闷闷不乐地说道，好像知道自己注定会干这种蠢事。

我们聊起了德怀特和他的小花招。他会熬夜计算房子里的糖果数，看看那天我吃了多少糖；他回到家第一件事就是奔向客厅，把手放在电视上感受它是否还在发热；他会买上一打真空吸尘器的滤网袋，在每个袋子上写下间隔一个月的日期，这样就能刚好用上一年。母亲说，自从她开始找工作以来，他就表现得规规矩矩的。他不想让她离开。现在她找到工作了，他就使出浑身解数讨好她。有点像在追她，她说。他十分友善，让珀尔成天巴结她。他甚至申请调到西雅图去工作，这样就可以待在她身边。

“我不明白，”她说，“他根本就不喜欢我，他只是想维持婚姻。这太奇怪了。”

母亲接着说她有话要告诉我，一听她的口气我就知道不是什么好消息。是跟我的钱有关的，她说，我当报童挣的钱都被德怀特拿去存起来了。她知道我打算用这笔钱来支付奖学金未涵盖的学费。问题是，德怀特并没有真的把钱存起来。钱不见了，一分都没有。她问过他，但他迟迟不回答，避而不谈，最后他被逼得没办法，他只好承认这笔钱没了。她在营地厨房赚来的钱也没了。银行账户里是空的。

“我会凑齐五百美元的，”她说，“你放心。”

我只能眼睁睁地看着她。

“我们也无能为力。这笔钱已经没了，你就忘了这回事吧。”

但我没有这么做。我没有抹去这份记忆，我记得清清楚楚的，总共有1300多美元。事实上，我感到难过，并不是因为丢了钱，而是因为我为此白付出了那么多的时间。整整两年半，我每天下午都去送报纸。大部分时候，我吃过晚餐后会再次出门，找订户收取费用，同时努力招徕新客户。人们不愿意付钱给我，就连那些老实人也一次次拖款，还有那些赖账的，他们要么声泪俱下地告诉我支票丢了或者看病花了太多钱，要么一听到我的声音就关掉灯和电视，窃窃私语，从百叶窗往外偷看，等着我放弃然后离开。冬天的时候，我的鞋子总是湿漉漉的，头重鼻塞，鼻子干裂发红。我烦得快发疯了，转移注意力的方法之一就是反复从头到尾算着自己总共赚了多少钱。

我问道："钱都去哪儿了？"

母亲耸耸肩说："我也不知道呀。"她想要岔开话题。大部分时候她都非常耐心，但她不喜欢爱哭鬼。听到我哭哭啼啼，她就变得冷冰冰的。

我没有就此住口。"那是我的钱。"我说。

"我知道。"她说。

"他偷走了它。"

"他可能打算偿还你。我不知道，钱不见了，我不知道该怎么办。我说了我会付学费的。"

我拉下了脸。

"这里面可能也有我的一点失误。"她说，她早该清楚让德怀特打理财务不是什么好事，应该坚持自己开设一个联名账户的。但德怀特觉得掌管财务大权挺威风的，她不想让他为此发脾气。她希望我们能和平相处。

我们喝完了可乐，沿着街道走到汽车边上，母亲走路轻飘飘的，好像如释重负。她忧郁的时候，就会戴上面具，满脸苍白，缄口不言。之前那段时间里，这张面具都快变成她自己的脸了。现在，这面具不见了，她看起来年轻漂亮。天气暖和，雾蒙蒙的空气中飘着混凝土粉尘。伐木车驶过我们身边，隆隆作响，齿轮摩擦，喷出黑色的尾气。我们边走边制订未来的计划，考虑了各种可能性，我们重新相依为命——躁动不安，精心筹划，准备逃离此地。

当我告诉查克奖学金的事情时，他向我表示了祝贺，但我小心翼翼的，不敢表现得太嘚瑟。留给他考虑的时间不多了，他大概很想知道为什么我的手气超好，但他却抽到一手烂牌。如果我是他，我就会这么想。但他可能完全没想过这个。他对我想要的东西一点也不感兴趣，比起我来，他更关心自己会成为什么样的人。

警长最后一次来到查克家。他已经一周多没来过了，那天晚上离开的时候他很恼火，他受够了查克的犟脾气。他给查克下了最后通牒：要么乖乖听话，要么死路一条。如果查克在某天没有打电话给他想要的回复，就要将他绳之以法。查克没有给警长他想要的回复，他压根儿就没给他打电话。

我们听到巡逻警车的声音。我们现在对这种大型发动机的声响已经特别熟悉了。查克穿上鞋子，等着博尔格先生来接他，一起走去主屋。他离开后，我时不时走到窗前，瞅瞅外面。我总有种不祥的感觉。

查克回来时，我正坐在床上出神。他看着我，仿佛在看一个陌生人，然后轻轻地关上了身后的门。他蹦到地上，开始用拳头捶打地板，好像小家伙在闹脾气似的，但他并没有哭泣，反而哈哈大笑起来。他捶了一会儿，就站起来，在房间里踉踉跄跄。他满脸通红。他抓住我的肩膀，拉着我在房间里跳舞。“狼人！”他喊道，“狼人！”

“哟，咯咯笑。”

“我爱你，狼人！我太爱你了！”

我一边说“棒极了”，一边小心观察着他。

“听我说，狼人。听我说。”他凑到我面前，“就要举行一场婚礼了，狼人。古老的婚礼钟声即将敲响。你怎么看？”

“我不知道，”我说，“你怎么看？”

“我怎么看？我觉得这真好啊，狼人，你觉得我该怎么想？”他走进储物间，拿了瓶“加拿大俱乐部”。“敬新娘。”他说。他喝了一口，把瓶子递给了我。“现在敬幸运的新郎，”他说，“继续啊，喝起来。”

他把瓶子拿回来，问我：“婚礼结束后你打算怎么称呼蒂娜呢，狼人？”

我不知道该说些什么。

“你打算怎么称呼她？”

我说我不知道。

“叫她霍夫太太怎么样？”他说。

“叫她杰拉尔德·卢修斯·霍夫太太怎么样？”他看到我的神情，就举起右手说，“老天在上，狼人。我可不是在跟你扯淡。”

“霍夫？霍夫要跟蒂娜结婚了？”

查克正准备回答，突然弯下了腰，又是咳嗽又是打喷嚏的。酒从他鼻子里流出来，我拍拍他的背。我听到自己像乌鸦般发出刺耳的叫声，我身体里有什么东西在奔涌，那是一股狂暴无情的喜悦之潮。我快要喘不过气来了。我的脸抽搐着，浑身发抖，有一种如释重负和幸灾乐祸的感觉，因为说实话我既不喜欢霍夫，也不为蒂娜感到可惜。对我而言，她只是“那股洪流”，现在我看到霍夫被困在洪流之中，有气无力地在宽阔而起伏的水面上扒拉着，被人捶打，被按在水里几近窒息，他沉入了水底，用毛茸茸的手臂搅着水，在别处冒出他那闪闪发亮的蓬帕杜头。

我母亲离开后，珀尔感觉自己被抛弃了，我也替她难过。有时候我会跟她一起吃午饭，毕竟我们还挺聊得来。我没脸没皮地奉承她，她也听之任之，我坦率地指出她应该采取哪些措施以变得更加可爱，更受欢迎，她默默听着，没有反驳我。其实她长得不太丑，尤其是在我母亲带她去医生那里去除秃斑之后。她体格瘦削但有力，但我体会不到这种美。我觉得她很可悲，她也这么觉得。

5月一个温暖的周五下午，我们将午饭带到了高高的橄榄球场看台上。别的孩子在我们周围成群结队地吃东西和抽烟，盯着翠绿的草坪，仿佛那里有场比赛正在进行。我们聊七聊八，珀尔提到德怀特打算那天晚上开车去西雅图，表面上是要去和诺玛共度周末，但实际上是要去见我母亲，计划把她劝回来。他会带上珀尔，一起去买些弹药。

听到这一消息我很生气。第二天查克会开车送我去西雅图，我可以和霍华德先生共进午餐，去挑选一些合身的衣服，我本来还希望返程时去见见母亲。但既然有可能遇到德怀特，我就放弃这个计划了。

但那天晚些时候，我突然想到该怎么办了。查克愿意帮我的忙，但也提出了一些条件。午夜一点左右，我们把查克的车推到主干道上，沿着山谷开到了奇努克。查克保持着最低车速，也不碰酒了。

营地里一片漆黑寂静。当我们靠近房屋时，查克就关掉大灯，关掉引擎，滑行后慢慢停住。没发现德怀特的福特车。为了确认一下，我下车环顾四周。查克待在车里。我们俩都认为，只要他不进屋子，也不触碰任何物品，就算我被抓到了，他也不必承担法律责任。

和往常一样，门没有上锁。我戴上预先准备好的手套，溜进杂物间。虽然我知道自己应该赶紧干正事，早点离开这儿，却还是信步走进了厨房。冰箱快没电了。我弄了个花生酱三明治，倒了一杯牛奶，然后用戴着手套的手握着它们，从一个房间走到另一个房间，打开电灯，整个屋子里瞬间灯火通明。

珀尔的房间里有一股香水味儿。我坐在她的书桌旁，阅读她的日记。自从我上次偷看以来，她还没有写过什么新的内容。我站起来，沿着走廊走到了我的旧房间。两张床都光秃秃的。斯基珀的床旁边还有一些东西，像旧靴子啦，渔具啦，汽车杂志啦，而我只有一套童子军制服挂在橱柜里，这是我住过的唯一痕迹。

我去了德怀特的房间。虽然我知道他不在，但还是屏住了呼吸，慢慢地转动门把手，将门打开。床上乱七八糟的，房里一股馊味。我打开灯，到处乱翻。在梳妆台的一个抽屉里，我发现了一条"骆驼"牌香烟，从中抽了两包。我还找到了一沓童子军官方表格，包括童子军团长发送给总部的表格，报告男孩们为了晋升军衔和获得徽章而完成的任务。我拿了几张表格。既然德怀特不肯把我提拔为老鹰级童子军，那我只能靠自己了。

我走回厨房，把玻璃杯洗了洗，放回柜子里。然后我关掉了屋子里的所有电灯，将几支靶向步枪带到了汽车上。查克走过来打开后备厢，朝我发出嘘声。"你在干什么？你到底去哪儿了？"我能看出他情绪失控了，所以并不打算回应他。我回到屋子里，又拿了两支猎枪。我现在手里拿着马林步枪和加兰德步枪。刚才那一趟，我把蔡司双筒望远镜、彪马猎刀和德怀特专门为马林步枪买的压花皮鞘都装起来带走了。他原本打算在骑马猎杀麋鹿时佩戴这个皮鞘，却从来没派上过用场。

查克把这些东西摆放到后备厢里，拿沙袋把它们盖住了，沙袋本来是下雪时用来增加车轮对地面的附着力的。然后我们就离开了。查克气还没消，但他现在紧张兮兮的，一句话也不说。他继续保持着最低车速，故意摆出一副安全驾驶的模样。我们不再像刚才那么恐惧了。真正令我们烦躁沉默的是怎样处理这些东西。我们抽起烟来。我们听着广播，喧闹的音乐声渐渐远去，山峦和田野交错更替。我们望着窗外山脉的紫色淡影，望着河流，望着蜿蜒的荒径。每次会车时，查克都会条件反射地调暗灯光，放慢速度，仿佛他之前超速了似的。他太局促不安了，任何一个懂行的巡警都会当场命我们靠边停车。

但是我们很幸运。我们顺利回到了家，把汽车从车道推进去，上床睡了几个小时，直到博尔格先生派他一个女儿过来喊我们去吃早餐。博尔格先生心情很愉悦，他心情这么好不是没有缘故的。早晨空气十分清新，查克仍然是个自由的单身汉，而且再过几周我就要前往加利福尼亚州了。我们狼吞虎咽地吃着火腿、玉米粒和鸡蛋，博尔格先生则在桌上铺了一张地图，标出我们到西雅图的路线。虽然没明说，但他想让我们知晓这次旅途是证明自己的新机会。我们必须一路开到西雅图，办完事后直接回家，不能顺道去别的地方游玩，不能让别人搭便车，不能喝酒。博尔格先生在下达命令时努力装出严肃的样子，但不难看出他其实很乐意送我们出行，他觉得这是我们人生中的“高光时刻”。这的确是我们的“高光时刻”，只不过跟他想象的有些出入。

我在码头旁边的伊瓦尔多亩蛤蜊餐馆与霍华德先生碰面。他妻子也来了，她个头很高，身材匀称，她那头黑发里夹杂着白发——这几缕白发衬得她剩余的头发更加乌黑发亮。她那双黑眼睛深邃而警觉。即使在她微笑时，我也感觉到她在打量我，对我充满了好奇。这不是那种傲慢的好奇心，她只是想知道我是什么样的人。这种凝视令我很不安，我担心她会看穿我，担心会因此暴露自己。我一直注视着霍华德先生，他表面上说是为了提醒我在希尔中学生活会遇到的一些陷阱，其实是借此机会兴奋地回忆他自己的那段岁月——他在那里结识的朋友和他们干的蠢事，比如让宿舍里水漫金山，打开窗户让水结冰，然后在房间里打曲棍球。我能看出他觉得某些事件太过火了，实在无法说出口。每到这时他便会心一笑，摇摇头，接着讲别的话题。他的言辞越来越尖刻。他的脸上不知不觉露出傻笑，他似乎变得越来越年轻，谈论年少岁月仿佛真让他返老还童了。

霍华德太太不再审视我。我对着菜单，不知道该点什么，她帮我做了决定。我们聊起我正在阅读的英文版《尤利乌斯·恺撒》，她提到她曾经为西雅图剧团筹过款。

她自己就是一名非常优秀的女演员，霍华德先生说道。

她做了个鬼脸。

“哟，这可是真的。”他说。我可以看出他很仰慕她，他希望我也能仰慕她。他们俩伉俪情深，令人暖心。

我们的桌位就在临水的角落处。海鸥在外边的栏杆上昂首阔步地走着，甩着羽毛，朝我们这边转过来。空气里有浓浓的杂烩羹味。阳光照亮了银餐具，照亮了我们眼镜上结的冰块，桌布也被照得像雪地一样明亮。我感觉慵懒而舒适，就像我们餐具垫上早期拓荒者所写的歌词那样：

我不再是野心的奴隶，
我嘲笑着世界和它的伪装，
想想自己如此幸福，
被数英亩蛤蜊包围！

吃午饭时，霍华德先生沉默不语。他安静地吃了一半，然后将剩余的食物堆在盘子里。他礼节性地问了我几个问题，却没有仔细听我的回答。他装作若无其事的样子，这让我警觉起来，他说有些事情我们需要谈一谈。很严肃的事情。

我心里一沉。

他支支吾吾了一会儿，问我是否需要再考虑下去希尔中学这个计划。现在改变主意还为时不晚，他说。关键在于，我根本不必担心会令他失望或沮丧。他反而忧虑自己可能干涉太多了，可能推着我做出了一个本该由我自己所做出的决定。这毕竟是我人生的一大步，如果我不想这样做，那就不该这样做。我在康克立中学表现得特别棒，特别出色。去希尔中学有点冒险了。我不一定会喜欢那里，我甚至有可能表现得不好，过得比现在更糟糕。必须考虑到这种可能性。

他放松了下来。那么，我是怎么想的呢？

我看着他。他其实很想听听我的答案。我告诉他，我已经认真考虑过了，我决定去希尔中学。

“你母亲怎么办呢？”霍华德太太问，“我想这对她来说有点难以接受，你们俩分别这么多年。”

我承认这对她来说很难接受——非常难，但我们已经聊了很多次。我说，母亲愿意让我去希尔中学。事实上，她对此表示赞同，甚至可以说她非让我去不可。

“她心胸宽广，”霍华德太太说，“希望等那一天到来时，我也能这么大度。”

她和霍华德先生互相看着对方。

片刻之后，他说：“这么说来，你下定决心了？”

“是的，先生。”

他喊道：“太好了！”他鼓起掌来，我知道不这么回答的话，一定会伤透他的心的。

当我们走进裁缝店时，柜台后面有三个男子在叠衣服。其中一个走到我们面前，他的皮肤是灰白色的，喉结像甲状腺一样肿起，我忍住不去盯着它。霍华德先生向我介绍他是弗朗兹，向他介绍我是沃尔夫先生，这听起来没有什么讽刺意味。弗朗兹点了点头，但没说要跟我握手，也不跟我说话。他眼睛浑浊。霍华德先生告诉弗朗兹我们的需求，霍华德太太则坐在一张红色皮革椅上，这套座椅下边铺着破旧的东方地毯。已经有两个穿着深色西装的白发男子坐在那里，他们俩都抽着雪茄，将烟灰敲到装满沙子的圆柱形黄铜烟灰缸中。店里铺着深色木板，高高的镜子之间挂着猎狐版画。木地板很有光泽，上面到处都是衣服边角碎料和线头。

其中一位男士跟霍华德太太说了些话，她也回了几句。他望向我。他长着紫红色的蒜头鼻。“你就要去希尔中学了，是吗？”他问。

“是的，先生。”

“我曾经和你们的校友摔过跤。强大的团队，希尔。名副其实的巨头。”他只说了这些。过了一会儿，他和另一位男士把雪茄按灭，离开了裁缝店。

霍华德先生带我去照镜子，弗朗兹跟在后面，抱着一大堆夹克。霍华德先生不停翻着，直到找着一件顺眼的。他让我穿上，然后站到我身后，眯起眼看着镜中的我。

“你们这里有没有颜色深一点的花呢夹克？”

“有。”弗朗兹重重地说。

“拿来看看。”

弗朗兹拿来了另一件夹克。霍华德先生让我转转身，扣上扣子，再解开扣子。“袖子很长。”他说。

弗朗兹测了测袖子的长度，在随身携带的账本中做了记号。

霍华德先生让我去更衣室试穿了一套西装，接着又试穿了另一套。弗朗兹测量了尺寸，别住袖口，但没有发表任何意见，就连表情也丝毫没变。他安静地待在一边，而霍华德先生翻遍他拿来的成堆的衣物，扔掉十件才能挑出一件，停下来再看一看，或者用手指摩挲摩挲。霍华德先生把那些看不上眼的衣服扔到一旁时，动作十分霸气。他眯起眼睛，脸颊泛红。霍华德太太高兴又骄傲地看着他。

我担心他最后可能连一件喜欢的都找不到，但我什么也没说。我知道自己弄这套装束不是为了娱乐，而是为了生存，这些衣服是一种微妙的语言，在我即将踏入的新世界中，男孩们一眼就能读懂这种语言并以此来评判我，我也会根据制服来评判这些男孩。

我安安静静的，照他们说的做。霍华德先生一会儿让我去更衣室，一会儿让我站在镜子前。弗朗兹拿着别针和卷尺站在一旁等待，霍华德先生则为我调整裤腿的长度，一会儿调高，一会儿调低，直到裤脚长度正好到鞋子处。他拉了拉我的袖子，让我转身，帮我摆出直角肩，好像在对我进行雕刻一般。如果他对某件衣服很满意，就会对弗朗兹点点头，弗朗兹便把它放在一边。衣服堆得越来越高。两件夹克，一件是多尼戈尔花呢的，另一件是哈里斯花呢的；一件运动夹克，一套西装，几条华达呢和斜纹布的裤子，一打牛津衬衫，领带，一件雨衣，还有灯芯绒裤子和法兰绒衬衫，霍华德先生说了，这些是用来“闲逛时穿的”。一双便士乐福鞋、一双正装皮鞋和一双布洛克短鞋——也是用于闲逛时穿的。三件毛衣，接下来这一堆是天气暖和的时候穿的，还有一堆是运动时专用的。他们让我两周后再来店里试穿一次。衣服剪裁完毕后，霍华德先生会将它们收好，8月的时候将它们寄到希尔中学，这样等我到那里时，就能见到这些衣服了。

我还需要一套周日穿的深色西装。霍华德先生让我试了四五套，我感觉都差不多，最后他终于找到一套觉得还可以的。他在我旁边蹲下来，调了调裤腿的长度。他站起身，看着我在镜中的样子，把我拉来扯去。现在我已经变得像面团一样柔软了。霍华德先生走到我身后，他在我脖子上打了条领带后，就站着不动，手放到我的肩膀上，若有所思地盯着镜子。

“他需要一件大衣。”霍华德太太说。

“对！”霍华德先生说，“一件大衣。我就知道还缺了点什么。”

弗朗兹走到衣架旁，取下一些大衣，让霍华德先生看看。他直接拿了件人字纹黑色大衣。“试试这件。”他对我说。我接过来。大衣手感丝滑，就像猫毛一样。“等等。”我正准备穿上，霍华德太太突然说。她走过来，伸手要拿外套。我心里有些不乐意，但还是给了她。“嗯，”她说道，“是开司米面料的。”她把我转向镜子，把外套像披肩一样搭在我肩上。她上上下下地打量我，有那么一会儿，她什么也没说。接着她开口了：“还需要一条围巾。”

“要海军蓝的。”霍华德说。

她摇了摇头。“那样会看上去像个殡仪服务员。要深红色的。”

弗朗兹递给她三条围巾。她用手抚过围巾，扭了扭手指，像在挑巧克力似的，选了一条围在我脖子上。它跟之前那件外套同样丝滑。霍华德太太帮我拾掇了一下，让围巾自然垂落在大衣的翻领之间。她又瞥了我一眼，再往后退了退，让我独自一人站在镜子前。镜子里那个优雅的陌生人正疑惑地望着我，忧心忡忡的样子。既然他已经被召唤出来，他就开始寻找迹象，看看接下来还有什么等着他。

他认真地看着我，好像我知道答案似的。

他很走运，不懂得评判别人。如果他看到了我性格中的缺陷，他就会料到自己将会遭遇什么，他就会知道自己将碰到各种各样的麻烦，或许比赛还没开始，他就已经灰心丧气了。

但他压根儿没觉得有什么值得惊慌失措的。他向前迈了一步，双手插在口袋里，昂首挺胸。他神气十足，有点像舞台上的骑士，他笑得那么友善，那么满怀希望。

那天下午查克去看了两场联映电影。我们在剧院外面碰头，开车去了先锋广场。我让他等了我一个多小时，但他一心想着正事还没干，所以也没顾得上说我什么。我感觉他的耐心快被我磨光了。他紧绷着嘴，一根接一根地抽烟。他像个老式正派人似的开车，时不时重重地叹口气。

我走了三家当铺，才找到愿意抽空和我聊一聊的店主。第三家当铺是个女老板开的。她和我一样高，有一头硬挺的金发，睫毛尖尖的，脸蛋像打了蜡一般光滑，跟玩偶似的。当我说要卖东西的时候，她正忙着整理货架上的商品。她的手又红又大，戴着绿松石饰品。自始至终，她都没正眼瞧过我。

“都是些什么东西？”她想知道。她的声音低沉而平淡。

我对她说，有四支步枪，还有两支猎枪，以及其他一些物件。

“你从哪里拿到这些东西的？”

“我爸爸留给我的，”我说，“在他去世之后。”她什么都没说，我又补充了一句，“我妈妈需要钱。”

她咕哝了一声。一般听我说到这儿，别的店主就会叫我滚开。“把你的赃物拿走。”第一个店主这么说。

我看着她把东西拿拿放放，包括唱机、单簧管、烤面包机和照相机，等等。当铺又长又窄。电吉他吊在天花板上，步枪和猎枪挂在墙壁远端的架子上，管子上吊着一排闪闪发光的西装，都是清一色的宽松翻领。

“我准备关门了。”她说。她又补充道，仿佛我哀求她似的，“好吧，要不我看一眼。”

查克把后备厢打开又关上，我则负责把东西拿到当铺里。他看上去像是随时准备逃跑的样子。他面色惨白，像受惊的马似的，眼珠子转来转去，留意着过往的行人——乞丐、水手、戴着牛仔帽的印第安人以及迈着醉步的酒鬼，他们正朝着自己幻想出来的敌人大喊大叫。我也担惊受怕。然而，只有一个男孩抱着武器，是无法吸引这些公民的注意力的。没有人多看我们一眼。

我在当铺和汽车之间来回走动时，店主完全不理睬我。我把所有东西都摆在柜子上，等着她发话。

“就是这些吗？”她说。

我说就是这些。

她从柜台后边走出，去把门锁上，然后她又走回柜台后边，马马虎虎地扫了一眼货物。她拿起双管猎枪，拆解开来，将枪管置于光线下，眯着眼依次检查。后来她又猛地把枪合上了。看着太难受了。我对那支猎枪很熟悉，也很熟悉另一支猎枪和那些步枪。这些枪我都用过，我很敬重它们，又不仅仅是敬重。我不想看着这个女人那样摆弄它们，她粗暴地拍打着，撬开枪支，使劲按压，好像想把它们砸碎一样。但我什么也没说。她那双强劲有力的大手和那不动声色的娃娃脸令我不安，最主要的是，她一直都不正眼瞧我。她越不理睬我，我就越渴望她能看看我。她让我觉得自己无足轻重，她才是强势的那一方。她知道自己在做什么。她毫不犹豫地把每支猎枪和步枪都拆解开来，检查枪管，检查击发装置，再将其迅速组装起来，动作跟我一样快。

她检查完所有的东西，耸了耸肩说："我不需要这堆东西。"

"但你说过会看看的。"

她转向身后的架子，又开始搬东西。"我已经看过了。"

我死死盯着她的背。

她说："或许你可以把它们典当掉。"

"典当？典当的话可以拿到多少钱？"

她耸了耸肩："五美元一支。"

"五美元？这也太不公平了！"

她没有回答。

"外面的牌子写着你这里可以交易枪支的。"

“我现在什么东西都不买。”

“它们值更多的钱，”我说，“要比这多得多。”

“那你就去别人那里卖更好的价钱。”

“我会考虑一下的。”我说，但我心里知道这是不可能实现的。我也知道，如果查克看到我原封不动地拿着这些枪走出大门，他一定会抛下我溜之大吉的。“那就每支二十美元吧。”我说。

“我已经说过了，我不会买的。如果你想典当，最多只能每支五美元。”然后她又说，“好吧，算上其他东西，咱们成交吧。”

“你的意思是每支二十美元？”

她犹豫了一下，说道：“十美元，这些东西加一起总共六十美元。这是最高价了。”

“双筒望远镜的价钱可不止这么多，”我说，“单单这一样东西就不止六十美元。”

“典当的话，就不是这个价格。”

我一直盯着她的后背。她站着不动了。她知道我会屈服，我能感觉到她知道，所以我决定不屈服。我拿起了猎枪，但我又把它们放下了。“好吧。”我说。

我离开时，她就把门关了。啪的一声锁上了。正如她知道的那样，我将典当票丢在了阴沟里。

阿门

我抵达加利福尼亚州的第二天，父亲就带着女友飞去拉斯维加斯了。他把钥匙留给我了，这样我就可以驾驶租来的庞蒂亚克汽车，也可以打开食品店的收银台。两周以来，我都去沙滩上来回兜风，边看电视边吃饭，还和父亲的老相识一起去看电影，他主动提出要照顾我。一天早上，我醒过来，发现这个男的正搂着我，向我吐露爱意。我把他轰出了公寓，然后打电话给父亲，父亲说如果他敢回来，就“开枪毙了那个浑蛋”。为此，他指示我去把他藏在壁橱中的0.223英寸口径的空军求生步枪拿出来。他没挂电话，等我从藏匿处取来步枪，他就开始教我组装。

那天晚上，这个男的靠在公寓门外抽泣，而我站在门内的一片黑暗中，默默地抱着步枪，不停地出汗颤抖，就像发烧了一样。

父亲到家几天之后，杰弗里也到了。父亲载我去公交车站接他，然后让我们俩在公寓门口下车，他出去买些吃的当晚饭。但他没有回来。几小时后，他的女友打来电话，说他发疯了，现在被拘留在警察那边。杰弗里去了警察局，从而确信父亲真的精神崩溃了。他同意将父亲送到比尤纳维斯塔疗养院，在那个夏季余下的时间里，每逢周日我们去看他，父亲就会变成友善待客的主人，他跟一群女性订了婚，她们的精神问题比他还要严重。

母亲看到这种情况，拒绝来与我们会合。

杰弗里在康瓦尔宇航公司工作，养活我们仨。他没有时间写小说，甚至没有时间为即将在伊斯坦布尔开展的秋季学期课程做准备。他去工作时，我就恣意妄为。他不肯让我闲着，要求我根据指定的阅读书目（如《〈鼠疫〉中的疾病隐喻》《〈俄狄浦斯王〉中的失明方式》《〈哈克贝利·费恩〉里的良知与法律》）撰写论文，来为学业做好准备。他较为成功地培养了我对姜戈·莱恩哈特[1]和乔·维努蒂[2]的喜爱，教会我唱他在乔特罗斯玛丽中学学的欢乐合唱团曲子，我唱低音，他唱高音。我们到现在还会唱这些歌。

1 姜戈·莱恩哈特（Django Reinhardt，1910—1953），原名让·莱恩哈特，法国吉卜赛裔，著名的爵士吉他手和作曲家。

2 乔·维努蒂（Joe Venuti），意裔美国人，被称为爵士小提琴之父，是最早一批在爵士乐中使用弦乐器的人。

我去东部上学后，母亲就在华盛顿特区找了份工作。圣诞节期间，德怀特尾随她到那里，想要把她勒死在公寓大厅里。在她休克之前，她用膝盖顶了他的下体。他大喊大叫，放开了她，随后他抢过她的钱包跑掉了。在这一切发生的时候，我正坐在房间里，读着《夏威夷》，懒洋洋地把听到的奇怪声音都当作是猫发出来的。我们周围的环境很乱，我索性就骗自己这些都不是人发出的声音。母亲跌跌撞撞地上楼告诉我发生了什么事，我不假思索便急匆匆跑到街上，旋即被一名便衣警察揪住，他怀疑我是另一宗罪行的嫌疑人。等我回到家，德怀特已经被捕了。他与我母亲还有两个警察站在外边，他盯着地面，警灯的影子在他的脸上闪烁。

“浑蛋。”我说，但我有点心虚，所以声音很轻。刚才我明知有人遇到麻烦，却袖手旁观。

德怀特抬起头。他看上去有点蒙，仿佛不认识我一样。他又低下了头。在他的鬈发上，融化的雪花正闪耀着。那是我见他的最后一面。根据母亲的请求，法庭勒令德怀特立即停止骚扰行为，第二天早上，警察就把他送上了前往西雅图的巴士。

我在希尔中学表现得很糟糕。我怎么可能做好呢？我什么都不懂。我太无知了，整堂课没有一个知识点是我能听明白的。老师们以为我很懒，但英语老师不这么想，他看得出来我喜欢书，可是除了从哥哥那里学来的东西以外，我没有别的什么可以和他讨论的。这位男老师成了我的朋友，他给我辅导功课，让我参演他执导的一些戏剧，他太友善了，有时候我甚至得寸进尺，可他还是对我很宽容。但很显然，大多数老师还是对我大失所望。这边要求很高，我害怕自己做不好，为了掩饰自己的恐惧，我成为学校里的野人之一，我开始喝酒、抽烟，在与鲍德温、希普利和法恩小姐一起参加的交际舞会上当个冒牌艺术家。当然这是后话了。

如果我认真学习，还能考个马马虎虎的分数，但只要我一放松，成绩就一塌糊涂。每当我感觉自己成绩要下滑时，就会变得惊慌失措，胡作非为，给自己惹一堆麻烦。我被记的过失分经常是全班最高的。当我周围的男孩都在教堂里打盹时，我学伊斯兰教徒祈祷，祈祷我会以某种方式再次振作起来，这样就可以继续留在这个我偷偷深爱的地方。

学校很有耐心，但并非毫无底线。最后一年，我把钱都败光了，然后被勒令退学。母亲来火车站接我，带我去了钢琴酒吧，里面全是穿着尼赫鲁夹克的男人，在那里，她允许我喝酒喝到醉。她想让我知道她一点都不生气，她觉得我撑得比她想象中的还要久。她刚在白宫对面的教堂里找到了一份好工作，因此她很想庆祝一番。“那儿的视野比肯尼迪那儿的视野还要好。”她对我说。

在我之后，没过几周，我最好的朋友也被踢出了学校，我们俩的愤怒终于爆发了。我暴跳如雷，搞得自己筋疲力尽。然后我就去参军了，我为此感到宽慰，仿佛回到了家里似的。我很高兴能重新过上这般井然有序的生活，由制服、军衔和武器所构成的生活。一到那儿，我就感觉自己长途跋涉便是为了抵达此处，或许还可以进行自我救赎。如果能打仗就好了。

千万不要瞎祈祷。

当我们还很稚嫩懵懂的时候，我们坚信追求梦想是每个人的权利，全世界都得为我们让道，堕落和死亡是逃兵才干的事儿。我们无知又恶毒地坚信，在所有人之中，我们是受特殊眷顾的，我们能永远这么初生牛犊不怕虎。

这种自信在某些时刻会变得尤其闪耀。当我和查克离开西雅图，踏上漫长的返程时，我感觉前途一片光明。我刚刚销赃了。我的钱包里塞满了钞票，虽然后来的某天晚上我会在打牌时把钱输光，但当时我确信这笔钱能当好几个月的盘缠。几周后，我就要去加利福尼亚州与父亲和哥哥会合。我到那儿之后不久，母亲也会加入我们。我们会再次团圆，一切都按部就班。

过完暑假，我就会去东部的一所贵族学校上课，在那里我将取得优异的成绩，担任游泳队队长，大家都欢迎我踏入这个伟大的世界，这是我的梦想，我的权利。在这个世界里，只有我想不到的，没有我做不到的。在这个世界里，我唯一的任务就是挑三拣四。

查克也自我感觉良好。他的后备厢里不再放着枪支了。他摆脱了蒂娜·弗拉德，摆脱了监狱，不久之后就要摆脱我了。虽然我们之间的友谊早已消失，但我们都有快乐的理由，可以幻想我们依然是朋友。我们跟着收音机唱起歌来，分饮了查克带来的一瓶“加拿大俱乐部”。电台主持人正在播放两三年前的歌曲，一听就让人感伤。离西雅图越远，我们就唱得越大声。我们毕竟还是乡巴佬，而对于乡巴佬而言，城市之旅最关键的就是出城的那一刻，城市在后面闭合，就好像没及时逮住猎物的陷阱。

夜色朦胧，看不到月亮。农舍的窗户透出柔和而昏黄的灯光，就像在水底似的。我们路过农田，路过森林，随后沿着河流上游进入山区。我高傲地望着这片乡村，虽然这地方没能留住我，但我允许自己对它保留一些温情。我当时并不知道，“家”这个词会永远浸染上此地的回忆。

随着车的爬升，空气变得越来越清新，温度越来越低。道路沿着河流蜿蜒行进，急转弯一个接一个。现在我们可以看到月亮了，一弯银月在上方的黑色树梢间摇摇晃晃。查克的广播电台总是收不到信号，最后他关掉收音机，我们唱了一会儿巴迪·霍利的歌。唱腻了，我们就唱赞美诗。一开始，我们唱着《我独自来到花园里》《古旧的十字架》和其他一些安静的曲子，只是为了试试嗓子，渐渐融入气氛。后来，我们就唱起了喧闹的曲子，就快把车顶掀翻了。我们带着敬意，用力地唱着，身体左右摇摆，唱到复调时，肩膀上下抖动。唱诗间隙，我们会拿起瓶子喝酒。我们的声音十分洪亮。那个夜晚很适合唱歌，我们使劲地唱啊唱，仿佛我们已经被拯救了似的。